내 어머니의 발

내 어머니의 발

초판 1쇄 발행_ 2012년 9월 21일
초판 2쇄 발행_ 2012년 11월 26일

지은이_ 최명돈
디자인_ 디자인캠프

펴낸곳_ 오즈컨설팅
편집 진행_ 디자인캠프(편집 | 문아람, 디자인 | 남수정)

ISBN_ 978-89-955402-7-5   03800

등록_ 2004. 06. 12 제 16-3355호

주소_135-080 서울시 강남구 역삼동 832-7 황화빌딩 16층 1608호
전화_02-557-1025
이메일_ jeeny@ozcon.co.kr
홈페이지_ www.ozcon.co.kr

저작권자 ⓒ 최명돈 2012
이 책의 저작권은 저자에게 있습니다. 저자와 출판사의 허락 없이 내용의 일부를 인용하거나 발췌하는 것을 금합니다.

오즈의숲은 오즈컨설팅의 임프린트입니다.

책값은 뒤표지에 있습니다.

시대가 상처 낸 어머니의 삶

내 어머니의 발

최명돈 지음

오즈의숲

| 목차 |

들어가는 글 · · · · · · · 06

열세 살의 출가 · · · · · · · 13

일제 강점기 생활 · · · · · · · 29

인민 공화국 탈출 · · · · · · · 97

충청도에서의 피란 생활 · · · · · · · 137

다시 인천으로 · · · · · · · 203

나가는 글 · · · · · · · 242

| 들어가는 글 |

　설날 아침, 차례 음식을 먹은 후 나와 형제들은 어머니, 작은아버지, 작은어머니에게 세배하기 위해 일어났다. 무려 서른 명이 넘는 일가가 모여 있어 다소 복작거렸다. 소란, 웃음 그리고 덕담 속에 세배를 했다. 세배가 끝난 후 나와 형제들은 다시 어른들 앞에 앉았다.
　"난, 발이 탈이 났어요" 하며 어머니가 한쪽 양말을 벗었다. 왼발 엄지발가락이 90도로 꺾여 다른 발가락 위에 올라가 있었다. 작은아버지가 신기하다는 듯 어머니의 엄지발가락을 잡고 이리저리 움직여보았다.
　그 순간 어떤 역겨운 느낌이 일었다. 어머니의 엄지발가락은 흉측해 보였다. 작은아버지는 아무 일도 아닌 것처럼 발가락을 잡았지만 나는 쳐다보는 것조차 힘이 들어 시선을 돌려야만 했다.
　그날 집에 돌아온 후 죄책감에 시달렸다. 어머니의 발은 흉측하게 보일 수 있었다. 그러나 내가 그 발을 흉측하게 보는 것은 크나큰 죄였다. 그 발은 나를 낳아 젖을 먹여 키운 분의 발이었고, 폭풍으로 배가 출항하지 못하던 어느 겨울날 인천에서 서산으로 가는 트럭의 화물 꼭대기에 앉아 내가 얼지 않도록 꼭 안고 있었던 분의 발이었다. 자식을 먹여 살리기 위해 남의 집 식모를 살며 추운 겨울에 빨래를 하다 손이 모두 부르튼 분의 발이었고, 날이 밝기를 기다려 밭에 나가 일하다가 날이 어두워져야 비로소 집으로 돌아오던 분의 발이었다. 허리가 꼬부라지고 뼈마디가 뻐근하게 아픈 노인이 되었지만 지금도 쉬지 않고 일해서 무언가를 얻고 그것을 자식에게 주는 재미로 사는 분의 발이었다. 그분의 덕으로 살아왔고 지금도 살고 있는 내가 그분의 힘들었던 인생이 담긴 그 발을 흉측하다고 생각할 수 있단 말인가? 나는 가슴이 메어졌다.

그날 오후부터 나는 나의 인식에 도전했다. 아름다운 발은 어떤 발이고 추한 발은 어떤 발인가? 그 기준은 무엇인가? 나는 두 아들을 키우면서 아기들의 발이 참 예쁘다고 생각했다. 아내는 나보다도 한결 더했다. 종종 아들의 발을 살짝 깨물기도 했다. 곱게 큰 소녀와 젊은 여인의 발도 아름답다. 그러나 그때를 지나면 발은 추해지기 시작한다. 얼굴과 손에 주름이 생길 나이가 되면 여인의 발도 더 이상 예쁜 발이 되기 어렵다. 노인의 발을 보고 예쁘다고 느낄 수도 있겠지만 결코 흔한 일은 아닐 것이다. 이처럼 발은 나이 그리고 성性에 따른 어떤 객관적인 기준이 있는 것 같다. 어머니는 구십이 머지않은 노인이고 발가락이 기형이니 이런 객관적인 기준에 따르면 흉측한 발이 틀림없다. 그러나 나는 미美의 객관적인 기준을 인정하지 않는다. '미는 주관적'이라고 생각한다. 그러한 관념이 내 죄책감의 근원에 있다.

미의 주관성에 대한 견해는 나만 가진 것이 아니다. 나는 언젠가 발레리나 강수진의 발 사진을 본 적이 있다. 그녀의 발은 흉측했다. 맨발로 돌산에서 일하는 제3 세계 여자의 발도 아마 그보다는 예쁠 것이다. 그러나 사진에는 "가장 아름다운 발"이라는 제목이 붙어 있었다. 또한 테레사 수녀의 손 사진도 본 적이 있다. 거친 손톱, 깊은 주름, 마치 커다란 도마뱀의 피부처럼 우둘투둘한 피부는 참으로 추해 보였다. 그러나 여기에서 "추해 보였다"는 어휘를 쓰는 것조차 죄스러울 만큼 그 손은 아름다운 손이다. 테레사 수녀를 아는 모든 세상 사람은 아마 이렇게 인식할 것이다. 이처럼 미의 기준은 주관적이다.

그러면 '아름답다' 또는 '추하다'라는 생각은 어떻게 일어나는가? 불교 철학에서는 본래 아름다운 것과 추한 것이 없으나 무지에 의해 아름다움과 추함의 분별이 일어나며 분별은 삼스카라saṃskāra 또는 행行에 근거해서 일어난다고 말한다. 삼스카라는 개개인의 직접적인 경험이나 학습에 의해 형성된 것이기 때문에 사람마다 다를 수밖에 없다. 나는 어머니의 발을 외면했지만 작은아버지는 편안한 마음으로 그 발을 만졌다. 이는 나와 작은아버지의 삼스카라가 다르기 때문이다. 내가 나의 인식에 도전했다고 하는 것은 바로 미를 정의하는 삼스카라의 정화淨化를 의미한다. 나는 '예쁜 발'과 '추한 발'을 떠올리고 그 둘이 본래 공空한 것이며 미추美醜를 판단하는 기준 또한 공한 것임을 확인하는 과정을 반복했다.

한편으로 어머니의 삶을 하나하나 떠올리기 시작했다. 이것은 '추한 발'을 '아름다운 발'로 인식하기 위한 과정이었다. 발레리나 강수진의 발이나 테레사 수녀의 손처럼 어머니의 발을 아름답게 인식하고 어머니의 발을 만져보는 것이 마치 테레사 수녀의 손을 잡는 것처럼 인생의 큰 행운으로 느끼게 하려는 시도였다.

나는 이미 어머니의 인생을 상당 부분 알고 있었다. 어머니는 참으로 다사다난한 삶을 살았고 기회가 있을 때마다 당신이 겪은 수많은 일화 중 한두 개를 꺼내곤 했다. 나는 어머니가 자식을 위해 얼마나 힘든 역정을 걸었는가를 보여주는 일화를 하나하나 꺼내 반추하기 시작했다. 그러다 문득 한 생각이 떠올랐다.

'어머니의 이야기를 책으로 내자.'

나는 실소했다. 쓸데없는 생각이었다. 분명 어머니의 인생은 책으로 쓸 만한 이야기였다. 세 살에 아버지를 잃었고 어머니가 개가했기 때문에 할머니에 의해 양육되었다. 아무것도 모르는 열세 살에 새색시가 되었고 해방과 6·25 전쟁의 소용돌이를 겪었다. 6·25 전쟁 후에는 맨주먹으로 이런저런 일을 시작해 다섯 아이를 키웠다. 바람둥이 아버지와의 갈등도 많았다. 그러나 그러한 위기와 좌절, 갈등은 어머니 세대에서는 그리 드문 것이 아니었고 그래서 어머니의 이야기는 한국인에게 그리 참신하지 않아 보였다. 한마디로 상품성이 부족하다고 생각했다. 어머니는 가끔 "내가 글재주가 있으면 내 얘기를 책으로 쓰고 싶다"고 말했지만 나는 그 말을 한 귀로 듣고 한 귀로 흘려보내 왔다. 그래서 나는 '책을 내자'는 생각을 묵살했다. 그리고 이틀간 동영상 강의 준비에 몰입했다. 그런데 일이 끝나고 여유가 생기자 그 생각이 다시 떠올랐다. 여전히 웃음이 나왔다. '무슨, 쓸데없이…….' 그러나 이후에도 그 생각에서 벗어나지 못했다. 침대에 누웠을 때도, 새벽에 잠에서 깨었을 때도, 밥을 먹을 때도, 산책을 할 때도 그 생각이 계속 나를 지배했다. 나는 좀 더 진지해졌다. '그래, 책으로 쓸 만한 내용이기는 하지. 하지만 나는 그 이야기를 책으로 쓸 만한 문학적 소양이 없어. 경영 서적만 써온 내가 논픽션을? 말도 안 돼!' 그러나 열망은 끊임없이 솟아올랐고 나를 지배했다. 나는 항복할 수밖에 없었다.

'그래, 쓰게 되어 있나 보다. 받아들이자. 책이 되든 말든 한번 해보자.'

나는 어머니에게 전화를 했다.

나는 이 모든 게 수상쩍었다. 그래서 할머니의 치마끈을 더욱 세게 붙잡았다. 할머니가 "수양아들 집에 다녀올 테니 어머니와 함께 있어라"고 말했지만 할머니의 치마꼬리를 놓지 않았다.

열세 살의 출가

어머니는 음력으로 1924년 4월 29일 충청도 당진에서 '권병기'와 '연산 서씨'의 딸로 태어났다. 어머니가 태어난 우산리는 대호지만에서 내륙으로 한 10리쯤 들어온 곳으로 안동 권씨 집성촌이었다. 2005년에 발간된 《전화번호부》를 보면 우산리에 등재된 전화번호 마흔네 개 중 열일곱 개가 권씨로 되어 있어 권씨의 비중이 그리 높지 않은데 이는 산업의 발전과 더불어 인구 이동이 많았기 때문이다. 동네 노인들에 따르면 6·25 전쟁 이전만 해도 권씨들의 텃새가 심해서 타성붙이는 동네에 정착하기가 어려웠다고 한다.

외할아버지는 1900년에 3남 2녀 중 막내로 태어났다. 그때 외증조할아버지는 서른둘, 외증조할머니는 서른일곱이었다. 나의 외갓집은 부자였다. 산과 논밭도 많았지만 그 사실을 모르는 사람들도 집을 보면 단박에 부자임을 알았다. 그 지역에 있는 두 채의 기와집 중 하나가 외갓집이었기 때문이다. 집은 정남향이었는데 집 뒤로는 큼지막한 대밭이 있었고 그 뒤는 자모산에서 뻗어 나온 산줄기가 이어져 있었다. 대밭 바로 아래에 장독대가 있고 그 아래에 안채가 있었다. 안채에서 높이가 1미터쯤 되는 축대를 내려오면 50~60평쯤 되는 안마당이 있었고 그 아래에 커다란 사랑채가 있었다. 그리고 사랑채 아래쪽에는 기다란 정원이, 거기서 다시 한 길쯤 내려간 곳에 꽤 큰 연못이 있었다.

그러나 외할아버지가 태어난 집은 이 집이 아니었다. 이 집에서 서쪽 등성이를 넘어간 곳에 있었다. 기와집은 당초 권하중이란 사람이 살았는데 그가 몰락했을 때 큰외할아버지가 샀다고 한다. 큰외할아버지가 상당한 재력을 가졌음을 보면 외증조할아버지의 재산이 적지 않았음을 알 수 있다.

외할아버지는 스무 살에 장가를 들었다. 외할머니는 예산 사람이었다고 전해진다. 그때 외가에서는 꽤 먼 곳에 사는 사람을 며느리로 찾았다. 외증조할머니의 경우도 그랬다. 외증조할머니는 동네에서 용갈미 할머니라고 불렸는데 이는 외증조할머니가 홍성 부근의 용갈미 지역 출신이기 때문이다. 우산리에서 홍성은 100리 길로, 새벽에 출발해도 저녁에나 닿을 수 있는 거리다. 그 당시 어머니 집안에 시집온 여인들의 고향을 보면 해미, 근흥, 팔봉 등으로 하나같이 한나절이나 하루 정도 걸어야 하는 거리였다.

외증조할아버지는 막내아들을 장가들이면서 남쪽으로 약 100미터쯤 떨어진 곳에 새로 집을 지어 딴살림을 차려주었다. 작은 언덕을 넘고 들판을 지난 외진 곳에 집을 지어 딴살림을 차려주었던 둘째 아들과는 대조적이었다. 내리사랑이라고 막내는 가까이 두고 싶어 한 것은 아니었을까?

외할머니는 결혼한 뒤 얼마간 아이를 갖지 못했다. 그때는 아이를 못 낳거나 아들을 못 낳으면 작은마누라를 두는 것이 당연시되는 시대였다. 특히 안동 권씨 집성촌인 우산리는 그런 분위기가 매우 강했다. 그런 곳에서 3년이 지나도록 애가 서지 않았으니 외할머니는 다소 애가 탔을 것이다. 다행히 3년이 지난 후 외할머니는 아이를 가졌다. 귀하게 가진 아이였으니 아들이기를 바랐을 것이다. 그러나 태어난 아이는 바로 어머니였다. 어머니에게는 '용분容粉'이라는 이름이 주어졌고 족보에도 올랐다.

어머니와는 달리 어머니 항렬의 여자들은 족보에 이름이 나와 있지 않다. 그들의 이름이 적혀 있어야 할 자리에는 사위의 이름이 크게 써 있고 그 옆에 작은 글씨로 본관, 사위의 아버지 이름과 아버지의 벼슬, 또 어떤 경우에는 할아버지에 대한 기록 등이 적혀 있다. 어머니 항렬의 여인 가운데 어머니의 이름만 안동 권씨 족보에 유일하게 등재된 것은 아마 아버지의 영향력 때문이었을 것이다. 어머니가 특별한 대우를 받았다는 증거는 이름에서도 찾아볼 수 있다. 어머니의 사촌이나 육촌은 모두 '중' 자를 돌림으로 쓰고 있다. 그러나 어머니 항렬에서도 '용철' '용하' 등 '용' 자를 돌림으로 쓰는 남자가 많이 있음을 보면 '중' 자와 더불어 '용' 자도 돌림자로 쓴 것으로 보인다. 그러니 어머니에게도 돌림자를 붙여 이름을 지은 것이다. 여자임에도 집안의 돌림자를 쓴 것을 보면 어머니는 태어나면서 많은 사랑을 받았던 것 같다.

어머니는 세 살 때 아버지를 잃었다. 외할아버지는 7월 여름 산에 나무하러 갔다가 쐐기에 쏘였는데 그 쏘인 것이 덧나 유명을 달리했다. 참 갑작스럽고 허무한 죽음이 아닐 수 없다. 외할아버지가 세상을 떠난 후 집안 어른들은 며느리 서 씨의 거취에 대해 상의해 개가를 시키기로 결정했다. 당시에는 청상이 되면 개가를 많이 시켰다고 한다. 총각에게 시집을 보내는 경우도 종종 있었지만 대개는 재취나 작은마누라로 갔다. 내 동네 친구 중에도 외갓집에서 자란 사람이 있다. 그의 어머니는 권 씨였다. 그가 어릴 때 아버지가 죽자 권씨 집안은 딸을 집으로 불렀다가 개가시켰다. 그리고 딸 대신 딸의 아들을 맡아 키웠다. 이런 일이 1950년대에도 있었다.

외할머니는 홍성에 사는 사람의 작은마누라로 들어갔다. 새 외할아버지에게는 아내가 있었지만 그 여인은 딸을 하나 낳고 나서는 몇 년째 아이를 갖지 못하고 있었다. 그래서 대를 이을 아들을 얻기 위해서 외할머니를 작은마누라로 맞은 것이다. 외할머니는 개가를 하면서 어머니를 데리고 갔다. 그리고 그곳에서 아들을 낳았다. 집안의 관심이 외할머니에게 쏟아졌다. 작은마누라를 얻은 것은 현명한 판단인 듯했다. 그러나 운명의 장난처럼 얼마 지나 큰마누라도 아들을 낳았다. 조선 시대의 적자와 서자처럼 신분상의 차이가 있는 것은 아니지만 본처의 소생과 첩의 소생은 분명 격이 달랐다. 이때부터 외할머니에 대한 대접은 크게 달라졌다. 데리고 들어온 딸을 잘 키울 수 없게 되자 외할머니는 "귀한 자식 데려다가 눈총받게 할 수 없다"며 어머니를 우산 권씨 집안으로 보냈다. 어머니의 나이 다섯 살 때였다.

아버지는 죽고 어머니는 개가했다면 그들의 자식을 맡아 키우는 사람은 예나 지금이나 할머니다. 그래서 용갈미 할머니가 어머니를 맡아 키우게 되었다. 당시 용갈미 할머니는 둘째 아들과 함께 살고 있었고 그래서 어머니도 둘째 큰아버지 집에서 살게 되었다.

나의 둘째 큰외할아버지의 이름은 '병익'으로 1893년(계사년)에 태어났다. 나의 외할아버지에 비해 일곱 살이 위다. 권씨 세보에는 1903년(계묘년)에 출생한 것으로 되어 있는데 이는 동생보다도 3년 늦게 출생한 것이니 분명한 오류다. 큰외할아버지가 1891년(신묘년)생이라는 것은 정확함으로 계사년을 계묘년으로 잘못 적은 것이다. 어머니가 용갈미 할머니와 함께 그 집에 살게 되었을 때 둘째 큰외할아버지의 나이는 서른여덟이었다. 슬하에는 돌을 갓 지난 '명중'이라는 이름의 아들이 하나 있었다. 왜 그리 자손이 늦었을까?

권씨 세보를 보면 둘째 큰외할아버지의 배우자는 파평 윤씨로 되어 있다. 그런데 세보에는 배우자인 윤 씨의 출생 연도와 사망 연도가 적혀 있지 않다. 출생 연도는 모른다 해도 사망 연도를 적지 않은 것은 이상한 일이다. 거기에는 사연이 있다. 어머니에 의하면 파평 윤씨는 시집을 온 지 얼마 안 되어 세상을 떠났다. 둘째 큰외할아버지는 홀로 살다가 차씨 성을 가진 여인을 재취로 맞았다. 그런데 그 여인은 양반이 아니었고 양반이 아니면 권씨 세보에 올릴 수 없었다. 더구나 그 여인은 곰배팔이었다. 나는 곰배팔이라는 단어를 이때 처음으로 어머니에게서 들었다. 차 씨의 팔이 마치 활을 쏘는 사람처럼 오른팔은 안으로 구부러졌고 왼팔은 쭉 뻗어 있었는데 그게 곰배팔이라는 것이다.

차 씨는 곰배팔이었기 때문에 일을 하는 데 어려움이 많았다. 방아는 두 손으로 찧는 것이지만 차 씨는 두 손을 쓸 수 없었으므로 한 손으로 방아를 찧어야만 했다. 반듯하게 뻗은 왼손으로 방아를 찧는 모습이 어색할 수밖에 없다. 그런 어색함 때문에 어머니는 80년이 지난 지금도 그 모습을 잘 기억하고 있었다. 양반도 아닌 장애인을 왜 둘째 큰외할아버지는 재취로 택했을까? 이유는 알 수 없다. 분명한 것은 집안이 그를 인정하지 않았으리라는 점이다. 차 씨는 재취로 들어와 대를 이을 아들을 낳았다. 그러나 세보에는 이름을 올릴 수 없었다. 그래서 죽은 윤 씨의 사망 연도를 고의로 누락시킬 수밖에 없었다.

용갈미 할머니는 왜 큰아들과 함께 살지 않고 둘째 아들과 살고 있었을까? 용갈미 할머니는 큰며느리를 좋아하지 않았다고 한다. 나는 그 큰머느리에 대해 호감을 갖고 있었다. 나에게 잘해줬기 때문이다. 그러나 어머니가 직접 겪은 일이나 어머니가 자라면서 다른 사람들로부터 들은 이야기들은 대개 부정적인 것들이었다. 아마 집안의 맏며느릿감은 아니었던 것 같다. 증조외할아버지가 유명을 달리한 때가 1922년이었기에 당시 용갈미 할머니는 과부였고 그래서 스스로 결정하고 행동할 수 있었다. 그러나 며느리가 마음에 안 든다고 종부가 큰집을 떠나는 것은 격에 맞지 않는 일이다. 마침 상처해 혼자 살고 있는 둘째 큰외할아버지가 명분을 만들어주었다. 용갈미 할머니는 혼자 사는 둘째 아들에게 밥이나 해주겠다며 큰집을 떠났다. 둘째 아들에게는 논 세 마지기와 작은 밭이 있었고 그래서 몇 식구가 먹고사는 것은 문제없었다. 보리에 쌀을 섞어서 먹을 수 있었다고 한다.

🌿 나는 둘째 큰아버지, 곰배팔 둘째 큰어머니, 명중 그리고 용갈미 할머니와 함께 살았다. 둘째 큰아버지의 집은 들판 건너 외진 곳에 있었다. 북향이어서 겨울에는 매우 추웠다. 그러나 샘물이 참 좋았다. 뼁 둘러가며 돌을 쌓아 올리고 그 위에 바닥을 깬 항아리를 놓았는데 그 위로 샘물이 퐁퐁 솟아올랐다. 나는 그것이 재미있어 심심하면 항아리 속을 들여다보곤 했다.

앞서 말한 것처럼 둘째 큰외할아버지의 집은 큰집에서 꽤 떨어져 나지막한 야산의 북쪽에 외롭게 있었다. 내 눈에도 좋은 집터는 아니었는데 그래서 그런지 10년쯤 전에 철거되었고 집터는 밭으로 쓰이고 있다. 옹달샘도 사라졌다. 옹달샘 옆의 향나무만이 지금도 남아 예전 그 자리에 집이 있었음을 증명하고 있다.

❀ 나는 세 살 아래인 명중이와 놀았다. 한 번도 싸운 기억이 없다. 다정한 남매처럼 살았다. 둘째 큰아버지는 우리가 노는 모습을 그저 지켜보았다. 나에게 야단친 적도 없었다. 곰배팔 큰어머니도 성품이 고왔다. 그러나 가끔 화가 나면 성질을 부리기도 했다. 한번은 나에게 부지깽이를 던졌고 그것이 머리에 박혀 서둘러 빼내야만 했다. 지금도 머리카락을 쓸면 그 흉터가 만져진다.

밤에는 용갈미 할머니 옆에 누어 할머니를 더듬으며 잠을 잤다. 옷은 할머니가 만들어주었다. 할머니는 길쌈을 잘했다. 마을 집집을 다니면서 길쌈을 해주었고 품삯을 받은 돈으로 옷감을 사서 옷을 만들어주었다. 할머니가 바느질해서 만들어준 노랑 저고리, 남색 치마를 입고 놀던 일이 어제의 일처럼 잊지 않는다.

할머니는 종종 나들이를 했다. 1년에 한두 번은 시집간 고모들이 사는 버그네와 덕산에 갔다. 나는 그때마다 할머니와 함께 그곳에 갔다. 걸을 수 없을 때는 할머니 등에 업혀서 갔고, 걸을 수 있을 때는 할머니의 손을 잡고 길을 걸었다.

버그네나 덕산은 우산에서 70~80리나 떨어진 곳이다. 어린아이와 걸어서 여행하기에는 먼 거리다. 그러나 할머니는 어머니를 데리고 다녔다. 이 추억 외에도 용갈미 할머니에 대한 어머니의 추억은 온통 좋은 것뿐이다. 하긴 우리 모두에게도 할머니는 안아주고 업어주고 부모의 회초리로부터 보호해주는 존재가 아닌가? 그러나 어머니에 대한 할머니의 애정은 그 이상이었다. 부모 없이 자라는 손녀에 대한 동정심이 애정을 더욱 공고히 했던 것 같다.

어머니가 사는 곳에서 머지않은 곳에는 3·1 운동이 일어난 기미년에 개교한 국민학교가 있었다. 그러나 어머니는 그 학교를 다니지 못했다.

🌸 학교를 다니는 애들은 많지 않았다. 특히 여자들은 다니지 못했다. '지지배는 배우면 건방져진다'고 일부러 보내지 않은 것이다. 그러던 중 들판 건너 종윤 오빠가 겨울에 야학을 열었다. 많은 동네 여자애가 야학에 들어갔고 나도 거기에 가고 싶었다. 종윤 오빠의 집에는 그의 여동생과 딸 등 내 나이 또래의 여자애가 셋이나 있어 나는 종종 그 집에 가서 놀곤 했다. 그 집에서 야학을 열었으니 어찌 그들과 함께 공부를 하고 싶지 않겠는가? 나는 용갈미 할머니를 졸랐다. 그러나 할머니는 끝내 허락하지 않

앉다. 돈이 없어서 허락하지 않았을 수도 있다. 학비가 없는 학교였지만 공책이나 연필 같은 것은 사야 했기 때문이다. 그러나 돈보다는 좀 더 커서 다니라고 막았을 성싶다. 야학에 다닌 여자애들은 열대여섯 살 된 애들이었고 그에 비하면 나는 한참 어렸다. 또 추운 겨울밤에 혼자 들판을 건너 야학에 다니는 것도 무리였다.

다섯 살에 헤어진 후 어머니는 외할머니를 만나지 못했다. 그러나 열두 살이 되었을 적에 용갈미 할머니는 어머니를 외할머니에게 데려갔다. 어떤 음모가 있었던 것 같다.

❀ 열두 살 때의 일이다. 그때도 할머니와 나는 버그네와 덕산에 사는 고모 집을 찾았다. 고모 집에서 며칠 쉰 할머니는 나를 데리고 홍성에 사는 어머니의 집으로 갔다. 그렇게 7년 만에 어머니를 만났다. 그러나 정이 없었다. 철없던 다섯 살에 헤어져 얼굴도 잊어버린 어머니가 어찌 낯설지 않을 수 있겠는가? 나는 할머니 치마꼬리를 붙잡고 떨어지지 않았다. 그때 어머니가 나에게 "여기서 같이 살자"고 말했다. 그리고 할머니에게 "두고 가시라"고 말했다. 갑자기 웬 떠꺼머리 총각이 나타났다. 그는 할머니에게 굽실굽실하며 잘했다. 그 총각의 오매도 나타나 "두고 가라"고 거들었다. 나는 이 모든 게 수상쩍었다. 그래서 할머니의 치마끈을 더욱 세게 붙잡았다. 할머니가

"수양아들 집에 다녀올 테니 어머니와 함께 있어라"고 말했지만 할머니의 치마꼬리를 놓지 않았다. 어머니도 거들었지만 누구도 나를 할머니에게서 떼어놓지 못했다. 그래서 할머니는 나와 함께 수양아들 집에 갔다. 거기에서 하룻밤을 보내고 바로 우산으로 돌아왔다.

당시는 정신대라는 명목으로 처녀를 공출할 때였다. 그래서 여자가 열다섯, 열여섯 살만 되도 출가를 시켰다. 내 나이는 그에 미치지 못했지만 생김새는 조숙한 편이었다. 또래에 비해 키도 컸고 예뻐서 탐을 내는 사람들이 많았다. "이제 시집가도 되겠네" 하는 말도 가끔 들었다.

외할머니의 구상은 실패로 돌아갔지만 결국 어머니는 1년 후에 결혼을 하게 된다. 근방에 사는 노인이 나의 할아버지와 친분이 있었는데 어느 날 할아버지가 고향에 왔다가 그 노인을 만나 "아들 장가보내게 중매 좀 서라"는 요청을 했다. 그때 노인이 중매를 해서 어머니의 혼사처가 정해졌다. "나이는 어리지만 밥 얻어먹고 사는 신세니 시집이나 일찍 보내자"고 어른들이 결정했다고 한다. 그렇게 해서 어머니는 낯선 황해도로 시집을 가게 되었다. 아마 그때 그 자리를 거절했으면 용갈미 할머니나 외할머니가 잘 아는 덕산이나 홍성 부근으로 시집을 갔을 것이다.

어머니는 혼사가 결정된 과정이나 그때의 심정을 거의 기억하지 못한다. 시집간다는 것에 대한 인식이 전혀 없었던 것 같다. 어머니는 자신이 어리고 철이 없어 아무 생각이 없었다고 생각하지만 집안 어른들이 숨겼을 수도 있다. 아무리 열세 살의 어린 나이라고 해도 시집가는 것이 무엇인지 몰랐다는 사실은 이해하기 어렵다. 결혼 후 첫 친정 나들이에서 어머니를 만난 한 여인은 "노랑 저고리, 청치마 입고 좋다고 할머니 앞에서 깡충깡충 뛰어가더니 이렇게 아들 낳아 왔네"라고 말했다 하니 어머니가 상황을 파악하지 못하고 있었던 것은 분명하다.

❋ 나는 용갈미 할머니, 시아버지와 함께 집을 떠났다. 우리는 시오리 길을 걸어 명천항으로 가서 인천으로 가는 배에 올랐다. 어린 나를 데려가는 것이 안되었는지 시아버지는 내가 한 번도 먹어본 적이 없는 진기한 것을 많이 사주었다. 사탕도 이때 처음으로 먹어보았다. 그러나 나는 아주 심한 멀미를 했다. 배를 타고 조금 있으니 속이 울렁거렸고 바로 토하기 시작했다. 배에서 내릴 때까지 계속 토해댔다. 토하는 모습을 지켜보는 시아버지의 마음이 무척 쓰라렸던 듯하다. 나중에 황해도에 도착해서 시어머니에게 "어린 것 데리고 오다 죽일 뻔했다"고 말하는 것을 들었다. 아마 용갈미 할머니의 가슴은 그보다 더 쓰라렸을 것이다.

오후에 배는 상인천 나루터에 도착했다. 배에서 내리니 멀미가 사라져서 신기했다. 우리는 기차역이 있는 하인천까지 걸어가 여관에 들어갔다. 할머니와 함께 잠을 잔 방은 2층에 있었는데 2층에서 사람들 머리 위를 내려다보는 것이 아주 재미있었다. 뱃멀미를 심하게 했기 때문에 저녁을 먹지 못하고 잠을 잤다. "메밀묵 사려" "모찌 사려" 하는 소리를 들으며 잠이 들었다.

 다음 날 기차를 탔다. 기차를 타자 다시 속이 뒤집어졌다. 그래서 기차에서도 계속 토했다. 그런 나를 보고 용갈미 할머니와 시아버지는 정말 걱정을 많이 했다. 경성, 개성 그리고 마지막으로 토성에서 기차를 갈아탔고 청단에서 내렸다. 청단에서 집까지는 10리 길이니 한 시간 남짓 걸었을 것이다. 강을 건너는 나루터에 도착했을 때 나는 강 건너에서 우리를 쳐다보고 있는 여자를 보았다. 강을 건넜을 때 시아버지가 건네는 말을 듣고 시어머니임을 알았다. 시어머니의 커다란 눈과 낭자가 눈에 콕 박혀들었다.

 황해도에 도착한 때는 음력으로 3월 하순이었다. 시아버지는 식을 치를 날을 4월 초열흘로 잡아왔다. 그날이 좋은 날이라고 했다. 당초 용갈미 할머니는 식을 치른다는 생각을 하지 않았던 것 같다. 시아버지가 "나중에 식을 치르면 그 먼 데서 누가 올 수 있겠습니까?" 하면서 식을 치르고 떠나도록 용갈미 할머니를 설득했다. 날이 잡혔지만 나는 여전히 아무 생각이 없었다. 나는 동갑내기인 의화 작은아가씨와 어울려 놀았다. 할머니 무릎을 베고 낮잠을 자기도 했다. 어느 날은 낮잠을 잤는데 깨어보니 아침인 듯했다. 그래서 할머니에게 머리를 빗겨 따달라고 청했더니 할머니가 웃으면서 "저녁땐데 무슨 말이냐" 했다. 그렇게 철이 없었다.

식을 올리는 날이 왔다. 높다란 상을 구해 마루에 놓고 나는 남편과 서로 마주 보고 절을 했다. 절을 하라고 하면 양옆에 있는 여인들이 나를 부축해 절을 하게 했다. 그 여인들이 누구였는지, 상 위에 무엇이 있었는지, 하객이 있었는지는 생각이 나지 않는다.

식을 올리고 사나흘이 지나자 용갈미 할머니와 이별할 시간이 왔다. 할머니가 행장을 꾸리는 동안 나는 방 한쪽에 쭈그리고 앉아 그냥 울었다. 할머니가 다가와 내 어깨를 토닥이며 몇 마디 말했다. 할머니도 아쉬워 쉽게 일어나지 못했다. 그러나 할머니는 일어섰다. 문을 열고 나가 길을 떠났다. 나는 배웅하지 않았다. 방에서 꼼짝하지 않고 계속 울었다. 한참 후 누군가 방문을 열더니 들어왔다. 그러고는 손바닥을 펴게 하고 무언가를 쥐어주면서 "울지 마" 하고 말했다. 남편이었다. 어디서 구했는지 떡을 쥐여주었다.

용갈미 할머니가 지나간 길에는 눈물이 고여 있었을 터다. 할머니는 지난 8년 동안 부모를 잃은 손녀를 품 안에서 키웠다. 손녀는 그동안 당신의 모든 것이었다. 일흔 나이가 넘은 당신이 죽어서는 안 될 이유가 있다면 바로 손녀 때문이었다. 그래서 자신이 가진 모든 것을 손녀에게 쏟았다. 손녀도 그러한 사실을 알고 할머니에게 의지했다. 둘은 둘이었지만 하나처럼 살았다. 그러나 이제 떨어지게 되었다. 다시 만날 수 있을까? 충청도에서 찾아오기에 황해도는 참으로 먼 곳이었다. 더구나 그때 당신의 나이 일흔둘이었으니 다시 손녀를 볼 수 있으리라 기대하는 일은 과욕이었다. 따라서 두 사람의 이별은 영원한 이별을 의미했다.

이별의 슬픔보다도 용갈미 할머니를 더 힘들게 한 것은 어머니의 미래였을 터다. 시집을 보냈으나 어머니는 아직 철모르는 아이에 불과했다. 낯선 곳에서 낯선 사람들과 함께 살 준비가 전혀 되어 있지 않았다. 고추보다 맵다는 시집살이를 견뎌나갈 준비도 되어 있지 않았다. 그래서 발걸음을 떼기 어려웠을 것이다. 기차에서, 배에서 눈물을 흘리며 걱정했을 것이다. 충청도에 돌아가서도 손녀 걱정에 잠을 청하기 어려웠을 것이다.

용갈미 할머니의 사랑을 느낄 수 있는 이야기가 하나 있다. 손녀와 이별하고 충청도 아들 집으로 돌아온 할머니는 손녀가 무척 그리웠다. 할머니는 샘터로 갔다. 그리고 항아리 안을 들여다보았다. 마치 그 속에 손녀가 있는 것처럼.

나를 야단치지 않는 시아버지는 "네 오매 좀 들여보내라"고 나에게 반복해서 부탁했다. "며느리 사랑은 시아버지"라는 말처럼 시아버지는 나를 그렇게 예뻐해 줬다.

일제 강점기 생활

어머니가 시집온 곳은 황해도 해주군 일신면 생왕리였다. 2년 후 해주읍이 해주부로 승격하면서 해주읍을 제외한 나머지 해주군 지역은 벽성군이라는 이름으로 군명이 바뀌게 된다. 현재는 황해남도 청단군으로 되어 있다.

해주 동쪽에 남쪽으로 20킬로미터쯤 쭉 뻗은 반도가 있는데 이 반도의 중간 정도 되는 곳에 생왕리가 있다. 어머니가 도착했을 때만 해도 반도의 동편에 있는 바다가 막혀 있어 반도라는 말이 무색했지만 예전에는 이를 청룡반도라고 불렀다. 청룡반도는 나지막한 구릉지대로, 높은 곳이라 해도 해발 고도가 20미터 정도에 불과해 평지나 다름이 없었다. 그래도 바다에 면한 낮은 곳에는 염전, 논이 있었고 구릉지대에는 밭, 집, 학교가 위치했으며 군데군데 엉성한 숲이 있는 산과 공동묘지가 있었다.

생왕리에서 해주는 60리로, 언덕을 오르면 해주만 너머로 해주가 보였다. 겨울이면 해주 뒤편의 수양산 폭포가 허옇게 얼어붙은 모습까지 똑똑히 볼 수 있었다. 수양산에서 동쪽으로 큰 산들이 이어져 있었다. 멸악산맥 줄기다. 500미터가 넘는 수리봉, 그에 조금 못 미치는 가지봉, 운달산 등이 이어져 있었다. 생왕리의 동쪽은 넓은 들판이었다. 그 너머 낮은 구릉지대와 들판을 지나면 연안읍이 있었다. 연안읍은 배천읍과 더불어 연백평야의 거점 도시였다. 동네 남쪽으로도 들판이 끝없이 펼쳐져 있었다. 들판 너머는 바다였다. 바다와 접한 곳에 바다와 육지를 구분하는 우람한 방조제가 있었고 그 너머에 거래포라는 작은 항구가 있었다.

어머니가 살 집은 구릉지대에 위치한 생왕리 중심부에서 1킬로미터쯤 떨어진 들판에 있었다. 집 옆으로는 광명저수지에서 내려오는 어사천이라고 부르는 큰 내가 있었다. 하류로 30리를 내려간 곳에 방조제가 있었고 그로 인해 막힌 물이 상류로 올라와 어사천은 마치 강처럼 넓었으며 수심도 깊었다. 집은 'ㄴ'자 형태였다. 꺾인 곳에 부엌이 있었고 양쪽으로 방이 있었다. 한쪽으로 방이 하나, 다른 쪽으로 방이 두 개였다. 똑같이 생긴 집 한 채가 어머니의 집과 처마를 마주 대고 있었다. 관개용 수로를 건넌 곳에도 작은 집이 한 채 있었고 그 옆쪽으로 두 채의 농가가 나란히 있었다. 어사천에 붙어 있는 약간 높직한 곳에도 집이 한 채 있었는데 그 집은 어사천을 건너가는 사람들을 나룻배로 건네다 주는 사공의 집이었다. 이렇게 들판 가운데 여섯 집이 모여 있었다.

어머니의 집은 할아버지가 충청도에 사는 가족을 이주시키기 위해 그 집을 매입할 때까지만 해도 장사를 하던 집이었다. 일신면과 청룡면에 사는 사람들은 어사천을 건너 청단으로 장을 보러 다녔는데 그 사람들이 어사천을 건너는 곳이 바로 자미나루라고 부르는 이곳이었다. 어머니의 집은 바로 그 길목에 위치하고 있어 목이 좋았다. 이쯤해서 나의 할아버지가 이곳으로 이주하게 된 과정을 설명하는 것이 좋겠다.

나의 할아버지는 어머니의 고향 집에서 1킬로미터 남짓 떨어진 곳에서 1891년 3남 1녀의 막내로 태어났다. 증조할머니의 임신은 뜻밖이었다. 10여 년 만에 아이를 가졌기 때문이다. 큰아들은 이미 결혼해서 두 아들까지 두고 있었다. 할아버지를 낳았을 때 증조할머니의 나이는 쉰이었다. 나이 탓이었는지 아이를 낳았지만 젖이 나오지 않았다. 그래서 누이가 암죽을 먹여 동생을 키웠다고 한다. 암죽은 생쌀을 입으로 씹은 것이다. 침이 많이 들었기 때문에 갓난아이도 소화시킬 수 있다.

할아버지가 혼기에 이르자 큰할아버지는 10리쯤 떨어진 신시리에 사는 맹 씨와 할아버지를 혼인시키고 논 세 마지기와 작은 집을 주어 같은 동네에 딴살림을 내주었다. 할아버지는 유복자였기 때문에 큰할아버지가 혼인과 분가를 주관했다. 분가 후 얼마 지나지 않아 노름에 빠진 둘째 조카가 할아버지를 찾아와 논문서를 달라고 청했다. 물론 빌리는 것으로, 나중에 돌려주겠다고 했다. 결말을 예측하기 어려운 상황은 아니었지만 할아버지는 그런 요청을 거절할 만한 위인이 못 되었다. 더구나 그는 둘째 조카였지만 할아버지보다 두 살이나 위였다. 할아버지는 논문서를 넘겨주었고 조카는 노름판에서 날려먹었다. 졸지에 할아버지네는 농토 한 평 없는 집이 되고 말았다.

농토를 잃자 할아버지는 장사를 시작했다. 산 너머 여미리라는 동네에 옹기를 굽는 가마가 있었는데 할아버지는 그곳에서 옹기를 사서 외지에 팔았다. 그때 할아버지가 다닌 곳 중의 하나가 황해도였다. 1920년대 들어 조선 총독부는 '산미産米 증산 계획'이라는 것을 세우고 개간, 개척, 관개 사업을 지원했다. 이 사업이 가장 활발히 진행된 지역이 황해도였다. 이 지역은 대형 사업이 많았기 때문에 자본 조달 능력이 있는 동양척식, 선만개척 등 조선 총독부나 일본인들이 주주로 있는 회사가 사업을 시행했다. 간척 사업이 성공하기 위해서는 간척지에 필요한 물을 확보하는 일이 절대적이었기 때문에 일본인들은 간척과 관개를 동시에 추진하기 위해서 조선인들이 참여하는 지역수리조합을 만들고자 했다. 이로써 설립된 많은 수리조합 중의 하나가 1925년 설립된 연해수리조합이었다. 이 수리조합은 거래포 위쪽에 방조제를 세워 1,800정보의 새로운 농지와 큰 저수지를 확보했다. 그리고 저수지 물을 연백평야 곳곳에 공급하는 펌프장과 수로를 건설했다. 한국인 지주와 소작민들은 일본인 지주의 입맛에 맞춰 사업을 진행하려는 수리조합의 설립을 반대했고, 설립된 후에는 조합의 사업을 방해했지만 권력과 결탁된 일본인 지주들의 뜻을 끝내 꺾지 못했다. 연해수리조합이 시설 공사를 완료한 것은 1930년이나 1931년으로 추정된다. 조선 총독부가 발간한 책자를 보면 1929년까지 공사를 완료하지 못했다고 되어 있다. 그러나 그 책에 거래포 위쪽에 건설한 방조제의 배수 갑문 사진이 실려 있는 것으로 보아 간척 공사는 완료되었으나 하천 제방과 관개 수로 공사는 아직 끝나지 않았던 것으로 추정된다. 간척 공사가 끝났다고 해도 간척지가 바로 농지가 되는 것은 아니다. 소금기가 빠져야 하기 때문이다. 동양척식과 선만개척은 간척지를 몇 년 방치했다가 농지 개발에 착수했다. 간척지를 600평 크기의 논으로 바둑판처럼 정리하고 관개 수로를 건설했다. 모든 작업이 끝나 1,800정보의 전천후 농지가 만들어진 것은 해방되기 직전이었다. 요즘처럼 중장비를 동원한다면 한두 해 만에 끝냈을 것이다. 그러나 당시는 모두 사람의 힘에만 의존해야 했다. 삽으로 흙을 파서 지게에 지고 날랐다. 게다가 전시동원으로 사업이 원만하게 진행되지 못해 그렇게 긴 시간이 걸렸다.

할아버지가 가족을 데리고 이 지역으로 이주한 해가 1931년이었다. 즉, 농지조성과 더불어 농사를 짓기 위한 농민이 더 필요할 때 이주한 것이다. 신규로 개발되는 농지가 있었기 때문에 별 노력을 하지 않아도 농지를 늘릴 수 있는 기회의 땅이었다. 그러나 할아버지는 이주한 후에도 한동안 장사를 계속

했다. 이때에는 옹기뿐만 아니라 목재도 취급했다. 유입되는 이주민이 살 집을 지을 목재 또한 필요했기 때문이었다. 할아버지의 고향에는 목재가 흔했다. 동네 주변도 온통 산이었지만 가야산 줄기의 큰 산에서 대규모 벌목이 이루어지고 있었다. 할아버지는 제재소에서 목재를 구해 배에 싣고 와 이주민들에게 팔았다. 할아버지의 이주와 목재 사업을 보면 할아버지는 시장이 무엇을 원하는지 잘 파악하는 재능이 있었음이 분명하다.

1931년 할아버지가 처자식과 함께 이주할 때 아버지는 열세 살, 의화 고모는 여덟 살, 작은아버지는 네 살이었다. 농사를 지을 수 있는 사람은 할아버지뿐이었지만 실은 할아버지도 농사꾼이 아니었다. 그래서 사람을 사서 농사를 지어야 했으니 많은 농사를 지을 수 없었을 것이다. 그러나 자녀가 성장하면서 일을 할 수 있는 사람이 늘어났고 이에 걸맞게 농지도 늘어났다. 해방될 때 우리 집은 1만 평의 땅에 농사를 지었다. 우리 집의 소유로 되어 있는 땅은 전혀 없었다. 7,200평이 선만개척의 소유였고 1,600평은 해주에 사는 김옥선이라는 지주의 땅이었다. 집이 지어진 땅 1,200평 또한 해주에 사는 오세환이라는 만석꾼의 소유였다. 우리 땅이 아니었기 때문에 소작료를 내야 했다. 소작료는 정액이 아니었고 농사를 지어 얻은 소출을 분배하는 방식으로 지불했다. 한국인 지주는 소출의 50퍼센트를 소작료로 가져갔지만 동양척식이나 선만개척 등의 회사는 소출의 60퍼센트를 가져갔다. 종자를 포함해서 농사를 짓는 데 필요한 모든 것은 소작인의 책임이었다. 지주는 단지 세금과 수리조합비만을 부담했다. 지금으로써는 매우 가혹한 계약이지만 그래도 소작인은 1년 내내 쌀밥을 배불리 먹을 수 있었다. 이는 보리밥도 제대로 먹기 어려웠던 충청도에서의 우리 가족의 삶이나, 끼니를 때우는 것이 가장 큰 숙제였던 그 시대 보통 한국 사람의 처지에 비하면 꿈같은 이야기였다.

다시 어머니의 삶으로 돌아가자. 용갈미 할머니를 보낸 후 어머니는 어떻게 살았을까? 드디어 현실을 인식하고 외로움에, 그리고 고추보다 맵다는 시집살이에 숨어 울며 세월을 보내지는 않았을까?

> 식을 올린 후에도 나는 시누이자 동갑내기인 의화 작은아가씨와 장난을 치며 지냈다. 안방 선반 위에 놓인 꿀단지를 둘이서 몰래 꺼내 먹기도 하고 큰 가마솥에 고아놓은 곰탕을 훔쳐 먹기도 했다. 못된 짓을 함께 했지만 시누는 시부모에게 이르는 법이 없었다.

어머니와 아버지와의 관계는 어떠했을까? 원만하지 못했다. 열여덟 살의 아버지는 결혼할 준비가 되어 있었다. 그러나 어머니는 정신적, 육체적으로 신부가 될 수 있는 상태가 아니었다. 철없고 고집 센 열세 살의 소녀에 불과했다. 그래서 아버지는 장가를 들었지만 적잖이 실망했을 것이다. 신혼의 재미를 묻는 짓궂은 질문을 받으면 속이 뒤집어졌을 것이다.

> ✤ 나는 그때 참 잘 웃었다. 별게 아니어도 "까르르" 하며 웃었다. 남편은 "웃다 죽어라"라고 빈정대었다. 종종 나에게 눈을 흘겼다. 발치에서 자는 나를 발로 걷어차기도 했다. 하루는 남편이 "말도 안 들으니 그냥 충청도로 돌려보내요"라고 시어머니에게 투정했다는 사실을 옆집에 사는 사람이 알려주었다. 시어머니도 금실을 걱정해서 그런 말을 전했는데 그게 내 귀에까지 들어온 것이다.

그러나 할머니의 걱정 또한 어머니에게는 의미가 없었을 것이다. 열세 살의 소녀가 무엇을 이해하고, 무엇을 할 수 있단 말인가? 인간관계에서는 처음이 매우 중요하다. 이때 서로에 대한 관념이 형성되기 때문이다. 이렇게 형성된 관념은 쉽게 달라지지 않는다. 아마 아버지는 어머니에 대해서 '철이 없고, 대화가 되지 않는 고집불통인 여자'라는 관념을 갖게 되었을 것이다. 어머니 또한 아버지에 대해서 '사람을 무시하는, 대화가 되지 않는 고집불통인 남자'라는 관념을 갖게 되었을 것이다. 그리고 이런 관념은 그 후 계속 그런 부부 관계가 유지되도록 했을 터다.

아버지는 여러 번 바람을 피웠는데 상대 여자는 모두 연상이었다. 어머니는 이를 의아하게 생각했다. 다른 남자들은 젊은 여자를 좋아하는데 왜 아버지는 유독 나이 든 여자를 좋아하는지 이해할 수 없었다. 나는 그 이유가 신혼에 형성된 잠재 욕구 때문일 것으로 생각한다. 철없고 고집 센 여자가 아닌 '자신을 이해하고 포용해줄 수 있는 누나 같은 여인'에게 아버지는 무방비 상태로 끌려들었을 것이다. 이런 부부간의 문제가 있었음에도 외면적으로 평온하게 보일 수 있었던 까닭은 다 할아버지의 며느리 사랑 덕분이었다.

🌸 시아버지는 동네 사람들에게 "애기 하나 데려왔다"고 말하곤 했다. 추석과 설이 되면 장에 가서 딸과 며느리에게 똑같이 새 옷을 사다 주었다. 아무것도 모르는 며느리였지만 나에게 모른다거나 잘못했다고 언성 한번 높인 적이 없었다. 가끔 시아버지가 약주를 마시고 취해 돌아오면 시어머니는 어딘가 숨곤 했다. 시아버지의 주사는 욕을 하거나 주먹을 휘두르는 것이 아니었다. 단지 같은 말을 반복하는 것이었다. 시어머니는 그게 지겨워 어딘가에 숨었다. 겁이 많은 시어머니는 벌벌 떨며 시아버지가 잠들기를 기다렸다. 그때마다 내가 방패가 되었다. 나를 야단치지 않는 시아버지는 "네 오매 좀 들여보내라"고 나에게 반복해서 부탁했다. "며느리 사랑은 시아버지"라는 말처럼 시아버지는 나를 그렇게 예뻐해 줬다.

이런 할아버지의 든든한 며느리 사랑이 있었기 때문에 아버지도 어머니와의 갈등을 겉으로 드러낼 수가 없었을 것이다.

할머니 또한 며느리에게 가혹하지 않았다.

🌸 시어머니 또한 아무것도 할 줄 모르고, 시누와 장난이나 치며 하루를 보내는 철없는 며느리를 나무라지 않았다. 잘못해도 언성을 높여 꾸짖은 적이 없었다. 설거지하다가 귀한 그릇도 많이 깨먹었지만 혀를 차며 "좀 조심해라"라고 한마디 할 뿐이었다. 시어머니는 친구와 같았다.

고추보다 맵다는 시집살이가 어떻게 이럴 수가 있을까? 이것은 할머니의 인품 덕분이다. 할머니는 세종 때 영의정을 지낸 맹사성의 16대손이다. 할머니는 할아버지의 고향에서 10리쯤 떨어진 신시리라는 곳에서 동학 농민 운동이 태동하던 해인 1893년에 태어났다. 할머니의 아버지, 즉 나의 진외증조할아버지는 동학 농민 운동 때 지역 책임자인 접주라는 직책을 맡았는데 운동이 실패한 후 관군에게 체포되어 목숨을 잃었다. 1894년의 일이었다.

할머니 집안, 즉 맹씨는 양반 중에서도 명문으로 인정을 받았던 것 같다. 어머니의 기억에 의하면 콧대 높은 권씨 집안에서도 "우리도 그런 좋은 집안의 딸을 며느리로 얻고 싶다"고 말하며 우리 집안을 부러워했다 한다. 어떻게 맹씨는 그런 명성을 얻었을까?

맹씨는 맹자의 후손이다. 그래서 그런지 자손들이 학문을 숭상했고 실력도 출중했다. 할머니의 큰오빠는 세상을 일찍 떠 학문 실력이 세상에 알려지지 않았다. 그러나 둘째 오빠(학순), 그의 장남(천술)의 실력은 세상에 알려졌다. 청출어람이라고 학순 할아버지보다 천술 아저씨의 학문이 더 높았다. 그래서 천술 아저씨는 약관의 나이에 훈장 노릇을 시작했다. 아버지가 운영하는 서당에서 아버지와 함께 학생을 지도했다.

 서당에서는 맞춤식 교육을 했다. 한날한시에 공부를 시작해도 재능과 노력에 따라 진도에 차이가 생긴다. 서당은 그 차이를 인정하고 각자가 배워야 할 부분을 날마다 다르게 가르쳤다. 따라서 훈장이 두 명이면 더 많은 학생을 가르칠 수 있고 더 깊이 있는 교육을 할 수 있다. 나이가 많은 사람들도 젊은 천술 아저씨에게 사서삼경을 배웠다고 하니 장유유서를 존중하는 장소에서도 학문 앞에 고개를 숙이는 모습이 아름답다. 게다가 학교 교육을 받은 적이 없는 천술 아저씨를 중앙대학교에서 강사로 초청해 한학을 가르치게 했으니 적어도 할머니 집안의 학문은 대한민국에서 인정을 받았다고 볼 수 있다.

 할머니에 대한 평가는 '얌전하다, 말이 없다, 언성을 높이는 적이 없다, 우스갯소리 하나 할 줄 모른다, 웃을 때도 큰 소리로 웃는 적이 없다'는 것 등이다. 할머니는 내가 고등학교 3학년 때 세상을 떠났다. 그래서 나도 할머니에 대해 꽤 알고 있다. 할머니와 나는 한 갑자의 나이 차이가 있다. 그래서 내가 기억하는 할머니는 정말 노인으로서의 할머니다. 할머니는

'마실'이란 것을 가지 않았다. 마실은 심심할 때 다른 집에 가서 또래들과 담소를 즐기는 일을 말한다. 마실을 가지 않는 할머니는 하루 종일 혼자 방 안에 앉아 있었다. 바로 아랫집에는 비슷한 연배의 할머니가 둘이나 있었고 그래서 그 집에는 마실 오는 할머니들이 많았다. 그러나 할머니는 그곳에 가지 않았다. TV도 라디오도 없는 방 안에 그저 홀로 조용히 앉아 있었다. 그때는 그러한 행동이 이상하게 느껴지지 않았다. 그러나 참선 수행을 배우면서 홀로 아무것도 하지 않고 가만히 앉아 세월을 보내는 것이 얼마나 어려운지를 알게 되었다. 어느 겨울날 동네에 사는 한 노인이 놀러 와 할머니와 나눈 대화를 기억한다.

"왜 집에만 있어요? 마실 가서 다른 할매들하고 좀 노시지."
"가봐야 재미가 없어."
"왜요?"
"종일토록 남자 얘기만 해."

할머니는 그런 자리에 끼고 싶지 않았던 것이다. 그런 고고함이 양반집 규수의 도리일까?

그러나 할머니는 생활력이 없었다. 문제가 생겼을 때 문제에 부닥치고 그를 돌파하려는 의지가 없었다. 먹고살 양식이 없다면 방 안에서 자식들을 끌어안고 그대로 굶어 죽었을 터였다. 다른 집에 가서 양식을 빌리거나 구걸하는 것, 들판에 나가 품을 팔거나 장사를 하는 것은 할머니의 이미지와 어울리지 않았다. 양반은 얼어 죽어도 겻불을 쬐지 않는다고 했으니 그러한 태도 역시 양반가 규수가 갖추어야 할 이상적인 태도일 수도 있다. 그렇다면 할머니는 시대를 잘못 만난 것일까? 만일 우리 가족이 순탄한 삶을 살았다면 할머니는 양반가 규수다운 언행을 하는 훌륭한 여인으로 나의 기억에 남았을 수도 있다. 그러나 할머니의 삶은 순탄하지 못했다. 조카가 논을 노름으로 날려 끼니를 잇기가 어려운 때도 있었고, 6·25 전쟁으로 모든 것을 잃어 다시 빈털터리로 시작해야만 할 때도 있었다. 이런 위기에서 할머니의 무능은 고스란히 드러날 수밖에 없었다. 다행스러운 점은 그 누구도 할머니의 무능을 지적하거나 비난하지 않았다는 점이다. 아버지나 어머니도 할머니를 극진하게 보살폈다. 그런 점에서 할머니가 무능했다는 나의 지적은 적절하지 않은지도 모르겠다.

2남 2녀의 자식들 중에서는 의화 고모가 할머니를 빼닮았다고 한다. 그러나 가난한 집으로 출가했기 때문에 장점보다는 단점이 부각되었을 가능성이 높다. 할머니의 두 아들도 모두 할머니의 성향을 많이 물려받았다. 그러나 아버지는 할아버지의 성향을, 작은아버지는 할머니의 성향을 더 강하게 물려받았다. 할머니를 닮지 않은 것으로 보이는 이는 의연 고모, 즉 큰고모다. 큰고모의 됨됨이에 대해서는 뒤에서 다루기로 한다.

❀ 내가 시집을 온 그해 국민학교에 들어가지 못한 도련님은 시아버지로부터 아침저녁으로 한문을 배웠다. 그 덕분에 나도 글을 배웠다.

작은아버지는 왜 국민학교에 들어가지 못했을까? 그해 들판 너머에 있는 일신 국민학교는 1학년생 60명을 뽑았다. 그런데 지원자가 80여 명에 달했기 때문에 면접시험-당시에는 구두시험이라고 했다-으로 입학생을 뽑았다. 다른 애들은 아버지와 함께 시험장에 왔는데 작은아버지는 할아버지가 장사로 외지에 있었기 때문에 열일곱 살인 나의 아버지와 동행했다. 그 모습이 우습게 보였는지 작은아버지는 면접시험에서 떨어지고 말았다. 며칠 후 집으로 돌아온 할아버지가 그 이야기를 듣고 국민학교 교장을 찾아가 항의했다. 담판 후에 교장이 "받아주겠다. 보내라"라고 말했지만 할아버지는 "됐다. 입학해봐야 일본 말이나 가르치니 차라리 내가 가르치겠다"라고 말했다고 한다. 그 약속을 지키려 한 것일까? 큰아들에게는 글을 가르치지 않았던 할아버지였지만 둘째 아들에게는 글을 직접 가르쳤다. 그러나 어머니에 의하면 작은아버지는 글을 배우는 태도가 매우 불량했다. 싫은 것을 마지못해, 억지로 하는 기색이 역력했다. 그래도 할아버지는 작은아버지에게 엄하게 대하지 않았다. 《천자문》을 끝내고 《동몽선습》을 배우다가 작은아버지는 동네 서당에서 공부하게 됐다. 거기서 본격적으로 한학을 배웠다.

🌸 밤에 시아버지가 도련님에게 《천자문》을 가르칠 때 나는 바느질을 하면서 《천자문》을 읽거나 외우는 소리를 들었고 그렇게 해서 나도 《천자문》을 외우게 되었다. 먼저 소리만 외웠다. 그러고 나서 도련님이 보는 《천자문》 책을 어깨 넘어 훔쳐보았다. 《천자문》 책에는 한자 아래에 한글이 있었는데 나는 그것이 내가 외운 소리임을 알았다. 소리와 글자를 맞추어가며 한글을 배웠다.

10년 전만 해도 어머니는 "하늘 천 땅 지"로 시작하는 《천자문》을 상당 부분 외웠다. 그러나 한자는 거의 알지 못한다. 한문을 공부하려는 목적이 없었던 까닭이다. 《천자문》 책에는 한글로 한자의 훈과 음이 표기되어 있는데 어머니는 어머니가 외운 소리와 한글 표기를 비교해서 한글을 익혔다. 후에 어머니가 인천에 있을 때 가족과 편지를 주고받았는데 맞춤법에 맞지 않는 글자가 종종 나오기는 했지만 뜻을 서로 주고받는 데는 전혀 문제가 없는 수준이었다.

🌸 나는 옆집 며느리와 친하게 지냈다. 그 집은 우리 집과 형태도 똑같았고 처마가 이어 있어 한집과 다름이 없었다. 그 며느리는 '명배'의 처로 남편, '보배'라는 이름의 시동생, 시할머니, 시아버지 그리고 두 시어머니와 함께 살고 있었다. 처음에는 '보배 아주머니'라고 불렀는데 얼마 지나지 않아 '형'이라고 불렀다. 나보다 나이가 대여

섯 살 위였다.

그녀의 시아버지는 매우 늙은 사람이었다. 죽기 직전의 사람처럼 힘이 없어 일을 전혀 하지 못했다. 흔들병에 걸린 큰시어머니는 자그마한 사람이었는데 이가 다 빠져 남편보다도 더 늙어 보였다. 흔들병은 몸을 가만히 두지 못하고 계속 흔드는 병이다. 몸이 흔들려서인지 말도 더듬더듬 했는데 무슨 말을 하는지 거의 알아듣지 못할 정도였다. 농사일은 두 아들과 작은시어머니가 맡았다. 작은시어머니는 몸이 짱짱했다. 남자들처럼 지게질도 잘했다. 타고난 일꾼이었다. 그러나 바느질이라든지 부엌일은 못 했다. 여자라기보다는 남자였다.

나는 보배 아주머니에게서 바느질을 배웠다. 당시에는 남자나 여자나 한복을 입었다. 시아버지나 시어머니같이 나이가 많은 분들은 대부분 흰옷을 입었으나 젊은 사람들은 흰색 저고리에 회색이나 검정색 물을 들인 바지나 치마를 입었다. 옷은 금방 더러워졌다. 아무리 깨끗하게 입어도 열흘만 되면 새까매졌다. 한복을 빨려면 바느질한 것을 뜯어 솜을 빼낸 후 빨고, 삶고, 풀 먹이고, 다듬이질을 한 후 다시 바느질을 해야 했다. 이가 있어 꼭 삶아야 했다. 어른들의 옷은 다림질까지 했다. 그래서 빨래하는 일이 참으로 큰일이었다. 빨래는 거래포 물이 올라오는 어사천에 가서 했다. 먹고 마시는 물을 뜨는 곳이나 빨래하는 곳이나 같았다. 단지 먹는 물은 좀 위에서 떴을 뿐이다. 겨울과 이른 봄에는 집 앞의 논에 물이 고여 있어 거기에서 빨래를 했다. 낮에는 밖에서 일하고 밤에 바느질을 했다. 그래서 바느질할 때는 졸음과 싸워야 했다. 졸다가 머리로 등잔을 받아 등잔을 떨어뜨린 적도 있었다.

처음으로 저고리를 뜯어 물빨래를 한 후 바느질을 하는데 아무리 해도 소매가 나오지 않았다. 한동안 씨름을 하다가 안 되겠서 옷감을 들고 보배 아주머니에게 갔다.

"형, 이거 저고리가 안 되네?"

"그러니 안 되지!"

바느질한 것을 들여다본 보배 아주머니는 배꼽을 잡고 웃었다.

봄이 오면 보배 아주머니와 함께 논둑에 나가 들나물을 뜯었다. '소시랑가지'라고 부르는 풀로 마디마디에서 새순이 돋아나며 넝쿨을 뻗었다. 충청도에서는 보지 못한 풀이었다. 줄기가 될 순만 잘라 데친 후 양념에 무쳐 먹었는데 그냥 순할 뿐 아무 맛이 없었다. 보배 아주머니는 나물을 뜯다가 쉬면서 무당이 굿할 때 하는 소리를 즐겨 했다. 종종 나보고 소리하라고 손으로 장단을 맞추어주곤 했다.

"둥당당당 둥당당당……."

"오늘이야 모하리아오, 모하리아오. 지구 지성 님을 모시려고 백모래로다 길을 닦어……."

나는 충청도에 살 때 굿도 무당도 보지 못했다. 큰집에서는 종종 경을 읽었다. 대개 식구 중의 누군가 아프면 경을 읽었다. 감기에 걸렸을 때, 옆구리가 아플 때, 종기가 났을 때도 경을 읽었다. 그런데 신통하게도 경을 읽으면 병이 나았다. 경을 읽는 사람을 '경쟁이'라고 불렀는데 큰집 올케의 친정 오빠가 바로 경쟁이었다. 그러니 올케가 오빠를 자주 불러 경을 읽을 수밖에 없었다. 친정 오빠가 못 오면 소경인 경쟁이가 와서 경을 읽었다. 경을 읽을 때는 경쟁이 혼자서 양푼 치고 북 치며 무어라 주문을 외워댔다. 좀 신기하기는 하지만 볼 것은 별로 없었다.

경을 읽는다는 것은 무엇인가? 판소리 〈흥부가〉에는 놀부가 박을 탔을 때 팔도 소경들이 박에서 나와 북을 두드리며 경을 읽은 후 놀부에게 경 읽은 값을 내라며 온 집 안을 뒤집는 이야기가 나온다. 또 《세종실록》에 보면 세종 대왕이 "(액운을 막기 위해) 소경을 불러 경을 읽는 것이 마땅하다고 하나 내가 믿지 않으므로 반드시 행하지는 않겠다"고 말했다는 기록도 있다. 이를 보면 액운을 물리치고 복을 빌기 위해 시각 장애인을 불러 경을 읽도록 하는 것은 오래전부터 내려온 풍습이고 또 민간에만 행해진 것이 아님을 알 수 있다.

어머니는 어려서 경을 읽을 때 들은 구절을 지금도 외운다. '각항저방심미기'로 시작하는 별자리(28宿) 이름이다. 나도 어려서 그 구절을 외웠는데 결코 외우기 쉽지 않다. 별다른 뜻이 없는 별자리의 나열이기 때문이다. 나는 귀신을 물리치기 위해 그 구절을 외웠다. 귀신을 만났을 때 별자리를 외우면 귀신도 따라 외운다. 한창 귀신이 따라 하고 있을 때 거꾸로 외우면 귀신이 머리를 땅에 박고 쓰러진다. 작은아버지에게 들은 이야기이다. 그래서 열심히 외웠다. 그런데 어머니는 경을 읽는 과정에 나오는 구절임에도 그것이 여러 번 반복되자 외워버린 것이다. 28수 암송은 부정을 풀기 위한 주문으로 보인다. 동서남북 사방을 관장하는 사신四神을 불러 부정을 해소하고 액운을 막도록 하는 것이다. 경쟁이 또는 경객經客이 암송하는 경은 《옥추보경》《천지팔양경》《천수경》《신장경》《성조경》 등으로 도교와 불교식의 경이었고 특히 도교적 색채가 강했다.

전통적으로 경을 읽는 사람은 시각 장애인이었던 듯싶다. 그러나 사대부 집안 출신으로 한학을 많이 배운 사람들도 경을 읽었다. 재앙을 물리치고 복을 바라는 일은 누구나 똑같다. 그래서 사대부들도 그런 책을 구해 읽었고 자신을 위해 큰 소리로 경을 읽기도 했을 것이다. 특히 경은 일부를 제외하면 모두 도교 또는 불교의 경전으로 위장했기 때문에 그런 책을 읽는다고 해서 사대부의 체면이 깎이는 것도 아니었다. 경을 알게 된 사대부들은 가까운 사람들을 위해 경을 읽는 일부터 시작했을 터다. 점차 소문이 퍼졌을 것이며 돈의 유혹을 이기지 못해 그 길을 걸었을 것이다. 큰외숙모의 친정 오빠 또한 그런 사람이었던 듯하다. 그러나 어머니의 고향에서 경을 읽기 위해서는 경을 외는 일만으로는 부족했다. 경객은 한지를 접은 후 가위로 오려내어 음각의 문양을 만들었다. 어머니는 그 문양이 다양하고 멋있었다고 말한다. 문양을 만든 후에는 방의 윗목에 높고 길게 줄을 매고 그 줄 가득 문양을 걸어 방바닥에 닿도록 늘어뜨렸다. 그리고 그를 마주 보며 경을 읽었다. 경 읽기가 끝나면 문양을 내려 불태웠다. 이런 작업을 시각 장애인은 하기 어려웠을 것이다. 따라서 이는 어머니의 고향에 특화된 형태의 경 읽기였을 것으로 추측된다.

그들은 또 신이 내린 사람들이 아니었다. 그러나 신이 내린 사람들, 즉 무당들도 경을 읽었다. 경객들의 경 읽기가 비교적 경건한 행사였다면 무당의 앉은굿은 신비스러운 면이 많았다. 나도 어려서 앉은굿을 구경한 적이 있다. 무당이 양푼과 북을 치며 경을 외우자 신장대가 막 흔들리고 위로 튀어 올랐다. 신장대는 직경이 7~8센티미터, 높이가 50센티미터쯤 되는 나무였는데 위에 흰 종이로 술을 달았다. 동네에서 가장 힘이 세다고 소문난 조 서방이 두 손으로 신장대를 잡고 그것이 흔들리거나 튀어 오르지 않도록 안간힘을 썼지만 끝내 성공하지 못했다.

🌸 황해도에서는 경을 읽지 않았다. 대신 대택굿을 했다. 철무리굿이라고도 했다. 가을에 상곡식이 나오면 그것으로 떡을 만들어놓고 굿을 했다. 3년에 한 번은 으레 해야 하는 것으로 알고 있었다. 대택굿은 큰 무당이 장구

잡이, 꽹과리잡이 등 두세 사람을 데리고 와서 사흘 동안 했다. 굿을 하는 소리가 멀리까지 퍼지기 때문에 동네 사람들은 소리를 듣고 금시 몰려들었다. 장단이 흥겨워 춤사위가 절로 나기 때문에 여인들은 팔과 엉덩이를 흔들며 모여들었다. 굿판에서 무당은 소리를 하며 춤을 추었다. 종종 무당은 그 집의 시어머니나 며느리를 끌어내 장단에 맞추어 춤을 추게 해서 더 큰 볼거리를 만들곤 했다. 나는 대택굿 소리가 들리면 일을 할 수 없었다. 보배 아주머니도 마찬가지였다. 우리는 굿판으로 끌려갔고 거기서 소리와 가락을 익혔다.

먹을 것은 풍성했다. 모내기 철이 되면 조기와 꽃게가 넘쳐흘렀다. 주산지인 연평도가 코앞에 있었기 때문이다. 조기와 꽃게를 가득 실은 배들이 언덕 너머에 있는 봉평으로 북을 치며 들어왔고 사람들은 북소리가 나면 벼나 쌀을 지고 그곳으로 갔다. 쌀 한 말이면 조기 10여 뭇을 살 수 있었다. 모를 심는 날 점심으로 일꾼 한 사람마다 조기와 꽃게를 한 마리씩 나누어주어 먹게 했다. 남은 조기는 소금에 절였다가 햇빛에 말린 후 큰 독에 왕겨와 함께 층층으로 쌓았다. 그리고 나서 여름철이 되면 꺼내어 날로 찢어 먹었다. 간기가 없어 맛이 좋았다.

생선 광주리를 인 아낙네, 생선을 지게에 진 남자가 새벽이면 동네를 돌았다. 가족이 먹을 생선은 그들에게서 샀다. 꽃게, 조기, 갈치, 전어, 메캐 등을 사서 쪄 반찬으로 했다. 여름철이면 동네 여인들과 함께 바다에 가서 조개를 잡았다. 동고뱅이, 참조개, 대합, 바지락, 맛 등이 널려 있었다. 민물인 어사천에도 물고기가 많았다. 나루질을 하는 이상렬은 그물을 쳐 고기를 잡았는데 잡힌 고기가 많으면 지게에 지고 동네를 돌며 나눠주었다. 커다란 잉어와 붕어였다. 비가 오면 개울을 따라 큰 잉어들이 올라왔다. 사람들은 통발을 만들어 빗물과 강물이 만나는 곳을 통발로 콕콕 찍었다. 그러면 통발 속에 잉어가 한두 마리씩 들어 있었다.

작은아버지는 한마디로 '어렴시수가 풍족한 고장'이라고 평했다. 어렴시수는 물고기漁, 소금鹽, 땔나무柴, 물水로 생활필수품을 총칭해서 하는 말이다.

❀ 새해가 왔다. 농사철이 시작되기 전에 당진에 살던 친척들이 이사를 왔다. 그들은 남편의 사촌인 '의종' 아주버님의 가족으로, 아주버님에게는 무려 여섯 명의 아들이 있었다. 아주버님은 남편의 고향에서 10리쯤 떨어진 대호지만 바닷가 부근에서 살았다. 농토가 별로 없는 땅에 많은 사람이 사는 충청도와 달리 연백평야에는 사람이 귀해서 일만 하면 사시사철 먹을 것은 걱정하지 않아도 된다는 시아버지의 말을 듣고 아주버님은 황해도 이사를 결심하고 실행에 옮겼다. 시아버지의 도움으로 도착하기 전에

집과 농토를 마련했다. 아주버님의 집은 우리 집에서 북쪽으로 300미터쯤 떨어진 순명촌에 있었다. 역시 들판 가운데였다. 얼마 떨어지지 않은 곳이지만 그곳은 내성면에 속했다.

피를 나눈 가까운 친척이 함께 살게 되어 우리 가족은 외로움도 가시고 든든했을 것이다. 실제로 우리 가족은 6·25 전쟁을 겪을 때 종숙으로부터 많은 도움을 받았다.

🌼 시집온 지 3년이 지난 어느 날 둘째 큰아버지가 찾아왔다. 섣달이었다. 살을 에는 바람이 거세게 부는 추운 날이었다. 친딸도 아니지만 어떻게 사는지 보고 싶어 추운 겨울에 먼 길을 온 것이다. 그러나 나는 숨고 싶었다. 한 남자의 아내가 되었다는 것도 부끄러웠고, 물동이를 이면 물동이가 지붕에 닿는 초라한 집에 사는 것도 부끄러웠다. 머뭇거리는 나에게 시어머니가 눈짓을 했다. 방으로 들어가 인사를 하라는 것이다. 인사하러 방으로 들어갔다. 절을 하고 한쪽에 앉으니 눈물이 나오기 시작했다. 가슴이 메어 아무 말도 할 수 없었다. 잠시 울다가 그냥 방을 나와버렸다. 방 안 소리에 귀를 기울이고 있던 시어머니가 울며 나오는 내 어깨를 잡았다.

"너 왜 그렇게 우니? 시집살이가 심해서 그렇게 우니? 다시 들어가서 얘기 좀 해라!"

시집살이의 한으로 우는 것은 아니었다. 시어머니는 시집살이를 시키지 않았다. 항상 내 편이었으며 친구였다. 시어머니의 말에 따라 마음을 추스르고 다시 방으로 들어섰다. 그러나 그 앞에 앉으니 다시 눈물이 흐르기 시작했다. 둘째 큰아버지만 방에 있었다면 무릎에 엎드려 실컷 울고 싶었다. 그러나 함께 있는 시아버지가 어려워 마냥 울고 있을 수도 없었다. 그래서 잠시 잉잉 울다가 도로 나왔다.

아무 말도 못 하고 계속 눈물을 흘리는 어머니의 모습에 둘째 큰외할아버지는 어머니의 설움을 추측했으리라 짐작된다. 가슴이 찢기듯 아팠을 것이다. 그러나 물을 수도 달랠 수도 없었다. 그저 의연한 모습으로 지켜보아야만 했다. 둘째 큰외할아버지도 감정을 추스르기가 매우 힘들었을 것이다.

🌸 둘째 큰아버지는 하룻밤을 자고 떠났다. 나는 큰아버지가 떠날 때에도 배웅하지 못했다. 말 한마디 못 하고 작별해야 하는 것까지 서러워 슬픔은 더욱 커졌다. 한동안 방 안에서 울었다.

둘째 큰외할아버지의 방문은 나에게 수수께끼와 같았다. 어머니는 둘째 큰외할아버지 집에서 자랐지만 큰외할아버지의 정이나 사랑을 느끼지 못했다. 그렇다고 두 사람 사이가 나쁜

것도 아니었다. 그저 중립적인 상태였다. 그런데 왜 찾아온 것일까? 그곳에서는 딱 하룻밤만 묵고 갔지만 사실 3박 4일의 여행이었다. 당시의 교통편과 큰외할아버지의 살림을 생각했을 때 크게 마음을 먹지 않으면 하기 어려운 여행이었다. 나는 곰곰이 생각했다. 그리고 세 가지 가능성을 찾아냈다.

첫째는 함께 사는 어머니, 즉 용갈미 할머니로 인한 것이다. 정을 듬뿍 주며 키운 손녀를 어린 나이에 시집보내고 나서 용갈미 할머니는 손녀가 어떻게 지내는지 늘 궁금했으리라. 가끔 나의 할아버지에게서 손녀에 대한 소식을 들었을 것이다. 할아버지의 고향은 옆 동네였고 또 그곳에는 할아버지의 친족이 살고 있었기 때문에 할아버지는 1, 2년에 한 번씩은 고향에 들러 인사를 나누고 조상 산소에 성묘도 했다. 그리고 그때마다 사돈댁에 들러 어머니 소식을 전했을 것이다. 그러나 용갈미 할머니로서는 사돈에게서 듣는 한두 마디 소식만으로는 성이 차지 않았을 터다. 가서 두 눈으로 보고 싶었지만 여든이 얼마 남지 않은 나이로 그 힘든 여행은 무리였고, 모양도 좋지 않았다. 그래서 아들에게 "한번 가서 보고 와라"는 말을 했던지, 아니면 눈치를 주었을 것이다.

두 번째는 관례에 따른 것이다. 친정이 잘살아야 시집가도 잘산다는 말이 있듯이 친정아버지가 가끔 사돈댁에 들러 존재감을 보여주는 일은 오래전부터 내려온 풍습이었다. 할머니의 친정에서도 몇 년에 한 번씩은 황해도를 찾아왔다. 할머니의 아버지는 일찍이 세상을 떠났기 때문에 둘째 오빠인 학순 할아버지가 이 일을 맡았다. 할아버지와는 처남, 매부지간이었기 때문에 더 편한 사이였다고 볼 수 있다. 학순 할아버지의 방문은 할아버지가 세상을 떠난 후에도 이어졌다. 할머니의 경우처럼 어머니의 친정에서도 누군가 황해도를 방문하는 게 관례였다. 비록 어머니에게 친아버지는 없지만 그래도 뼈대 있는 권씨 집안의 딸인데 그냥 방치할 수는 없다고 집안 어른들은 생각했을 터다. 그래서 누군가 사돈댁에 가는 예를 갖추기로 하고 적임자로 둘째 큰외할아버지를 뽑았을 수도 있다. 둘째 큰외할아버지와 나의 할아버지는 연배가 비슷했고 옆 동네에 살았기 때문에 어려서부터 서로 아는 사이일 수도 있었다. 그렇다면 정말 친정을 대표할 만한 사람이 아닐 수 없다.

세 번째는 둘째 큰외할아버지가 어머니를 보고 싶어 여행을 떠난 것이다. 그 시대의 아버지는 자식에 대한 사랑을 행동이나 말로 표현하지 못했다. 그래서 자식이 '아버지가 나를 사랑하고 있다'라는 생각을 하기란 거의 불가능했다. 따라서 어머니는 모르고 있었지만 사실은 둘째 큰외할아버지가 어머니를 딸처럼 사랑했을 수도 있었다. 이 세 번째 가정은 전혀 맞지 않을 성싶었다. 그러나 나의 착각이었다.

🌼 둘째 큰아버지가 다녀간 직후 태몽을 꾸었다. 붕어 한 마리가 논에서 놀고 있었다. 잡고 싶은 욕심에 막대기

를 들어 붕어를 때렸다. 네 번을 때리니 붕어가 죽었다. 그때 잠에서 깼다. 그 꿈은 흔히 꾸는 꿈과는 달랐고 쉽게 잊히지 않았다. 며칠 후 남편에게 꿈 이야기를 했더니 남편도 자신이 꾼 꿈 이야기를 했다. 남편은 꿈속에서 큰 별을 받아 안았다고 했다. 그래서 모두 태몽을 꾼 사실을 알았다. 남편의 태몽이 참 좋았지만 나는 부끄럽기 한이 없었다. 할 수만 있다면 아이를 잉태한 사실을 세상 모든 사람에게 숨기고 싶었다.

배가 불러오고 애를 낳을 날이 다가오자 시어머니는 배내옷과 포대기를 만들었다. 보들보들한 흰색 융을 구해 가위로 자르고 바느질해 예쁜 옷을 만들었다. 흰색 천을 사다 솜을 넣어 깔고 덮을 포대기도 만들었다. 소청을 사다 기저귀도 만들었다.

가을이 되었다. 바심을 하는 날이었다. 서른 명의 일꾼들이 동이 틀 때 오기 때문에 그들이 먹을 아침을 준비하기 위해서 시어머니, 동네 아낙 한 명과 함께 등잔불을 켜놓고 일하고 있었다. 쌀 두 말을 씻어 솥에 넣고 불을 때었다. 밥이 끓고 뜸이 들기 시작할 무렵 배가 살살 아파왔다. 순간 '아이를 낳는 것인가?' 하는 생각이 들었다. 그렇다면 큰일이었다. 일꾼들이 아침을 먹도록 상을 차리고 반찬도 준비해야 했기 때문이었다. 배는 점점 아파왔다. 견딜 수가 없었다. 윗방에 가보니 누군가 누워 있었다. 건넌방 문을 열어보았다. 다행히 아무도 없었다. 방으로 들어가 누워 두 손으로 배를 그러쥐었다. 얼마 후 시어머니가 문을 열고 들여다보았다. 시어머니에게 알리지 않았지만 바쁠 때 며느리가 갑자기 사라지니 어떤 예감이 들었던 모양이다. 방 안을 들여다보고 출산을 직감한 시어머니는 시아버지에게 달려갔다.

"며느리가 지금 애 낳으려고 해요. 일을 할 수 없는데 어떻게 해요?"

"음…… 일꾼들 오는데 돌려보낼 수도 없고……. 바심은 그대로 합시다. 우선 며느리한테 가요."

진통은 그리 길지 않았다. 시어머니가 아이를 받았다. 딸이었다. 눈이 동그란 예쁜 애기였다. 시아버지는 국화가 필 때 낳은 예쁜 아이라고 이름을 국화라고 지었다. 국화를 낳은 후 사흘을 자리에 누워 있었다. 사흘이 지난 뒤 피 묻은 옷을 들고 개울로 나가 빨래를 했다. 그러고는 다시 일상으로 돌아갔다.

애를 돌보는 일은 시어머니의 몫이었다. 내가 애와 함께하는 시간은 젖을 먹일 때, 그리고 밤에 옆에 두고 잠잘 때뿐이었다. 나는 그 당시 잠귀가 어두웠다. 그래서 애가 밤에 깨어 옹알거리거나 부스럭거리면 잠귀가 밝은 남편이 먼저 깨어 기저귀를 살펴보았다. 그러고는 나를 깨워 "젖을 주라"거나 "똥 쌌으니 똥을 치우라"고 말하곤 했다.

첫 딸을 낳은 다음 해, 즉 1941년은 어머니의 인생에 많은 변화가 일어난 해였다. 첫 번째 변화는 아버지와의 갈등이 깊어진 일이다.

🦋 그해 가을 시아버지가 세상을 떠났다. 불과 쉰하나였다. 추석을 며칠 앞두고 시아버지는 "배가 아프다"고 말했다. 시아버지나 시어머니는 으레 살다 겪는 배앓이로 여기고 조심하며 며칠 지내다 보면 나으리라 생각했다. 그러나 배는 점점 아파오고 설사가 심해졌다. 그때서야 시어머니는 한약을 지어와 달여 먹였지만 효험이 없었다. 급기야 시아버지는 자리에 누워 일어나지 못하게 되었다. 그 후 한 열흘 혈변을 보다가 숨을 거뒀다. 이질이었다. 시아버지 장례를 치르면서 참 많이 울었다. 시아버지의 며느리 사랑을 피부로 느끼며 살았기 때문이었다.

시아버지가 세상을 떠난 후 남편의 방종이 시작되었다. 평소에도 일하기를 싫어하고 친구들과 어울려 놀기를 좋아하던 남편은 점점 농사일과 담을 쌓기 시작했다. 술을 마시는 일이 잦아졌고 그러다 보니 밤늦게 들어오는 경우가 다반사였다. 면사무소가 있는 충암에는 작부를 둔 술집이 서너 개 있었는데 남편은 그곳에서 술을 마시며 시간을 보내는 것이 분명했다. 돈이 없었기 때문에 남편은 볏돈을 얻어 술을 마셨다. 볏돈이란 가을에 벼를 주기로 약조하고 미리 선금으로 받는 돈을 말한다. 몇 달 후면 돈을 받게 되지만 무려 2할의 선이자를 떼었다.

　사람들과 어울리던 남편은 면 서기의 신임을 받았는지 동네 구장이 되었다. 이 일은 남편에게 날개를 달아준 격이 되었다. 남편이 집에 붙어 있는 시간은 더욱 줄었다. 작은 검은색 가방을 옆구리에 끼고 동네를 돌며 동네 사람들을 만나거나 충암에 가서 이장, 구장들과 어울렸다. 결국 내가 점차 농사일에 관여하게 되었다. 10대 중반인 도련님이 일을 도왔지만 생소한 농사일이 짜증스러웠고 특히 술집 작부와 시시닥거리고 있을 남편을 생각하면 분하고 원통했다. 남편이 집에 돌아오면 나는 남편과 눈도 마주치지 않았다. 남편도 살살 눈치를 보며 나를 피했다. 부부간에 신경전이 일어났지만 개입할 사람이 없었다. 시어머니는 부부간의 갈등을 지켜볼 뿐 아들을 야단치지도, 훈계하지도 않았다. 내가 시어머니 앞에서 남편을 험담하면 시어머니의 얼굴은 굳어졌다. 그러고는 아무런 말도 하지 않고 입을 꾹 다물었다. 시어머니의 그런 모습을 볼 때면 그릇된 행실의 아들을 싸고도는 시어머니까지 미웠다.

　1941년의 또 다른 변화는 어머니가 일꾼으로 변한 것이다. 아버지의 방종도 그러한 변신을 촉진했지만 결정적인 이유는 사회의 변화였다. 당시는 전시 동원 체제였다. 1937년 중일 전쟁을 일으킨 일본은 1940년에는 독일, 이탈리아와 동맹을 맺고 제2차 세계대전을 일으켰다. 이에 따라 조선은 전쟁에 필요한 물자를 공급하는 기지가 되어야 했다. 그러한 역할을 잘 수행하도록 조선 총독부는 1938년 국가총동원법을 만들어 국민 정신 총동원 운동을 전개했다. 또 1940년에는 이를 국민 총력 운동으로 개편해 전시 동원 체제를 더욱 강화했다. 농촌에는 식량 증산을 위한 계획이 수립되었으며 마을마다 생산량 목표가 할당되었다. 이를 관리하기 쉽도록 이里가 큰 곳은 이를 몇 개의 구區로 쪼개고 구장을 임명했다. 이 과정에서 아버지가 구장이 된 것이다. 그러나 통제를 강화하는 것만으로는 생산을 늘릴 수 없었다.

당시 농촌에는 일손 부족이라는 구조적인 문제가 있었다. 농촌 인구는 매년 줄어들었다. 농토를 잃고 도시 빈민가나 화전민촌으로 이주하는 사람도 많았고, 공업화에 따라 공장과 광산으로 일자리를 찾아가는 사람도 많았다. 그리고 일제의 압박을 피해, 또는 생계 대책으로 조선을 떠나 간도, 만주, 연해주 등지로 이주하는 사람 역시 많았다. 황해도는 특히 개간과 간척으로 농지가 크게 늘어나 농사지을 사람이 많이 필요했고 광산과 공장도 많아 더욱 일손이 부족했다.

1941년 1월 조선 총독부는 농촌의 인력 부족 문제에 대응해서 '농촌노동력강화요강'이라는 정책을 만들었다. 여기에는 부인 노동의 조직화, 학생 생도 동원이 포함되어 있었다. 부녀자들과 학생들을 일터로 끌어내는 것이었다. 젖먹이가 있는 여자도 일을 할 수 있도록 농촌에 탁아소가 설치되었다. 또 치마저고리를 입고 일하는 것이 불편하기 때문에 일본에서 몸뻬를 들여와 일할 때 입도록 했다. 경성에서는 몸뻬를 입지 않으면 전차나 버스도 탈 수 없게 만들었다. 이러한 사회적 변화에 따라 황해도 들판의 풍경이 바뀌기 시작했다.

🌸 나도 다른 여자들과 함께 모내기에 나섰다. 면 서기가 종종 들판에 나와 부녀자들이 일하는지 확인했다. 여자들은 품삯을 받지 않았다. 모두 품앗이였다. 그래서 우리 논에 모를 심는 것으로 내 일이 끝나지 않았다. 들판이 워낙 넓었기 때문에 보름이 지나서야 모내기가 끝이 났다. 모내기가 끝날 무렵 나는 모심기 선수가 되어 있었다.

겨울이 되면서 의화 작은아가씨를 출가시키기 위한 준비를 시작했다. 서방님이 될 사람은 1킬로미터쯤 떨어진 신흥촌에 사는 '이재도'라는 사람이었다. 그는 전라도에서 이주한 사람이었는데 그의 작은아버지와 시아버지가 매우 가까운 사이였다. 그의 작은아버지는 의화 작은아가씨를 조카며느리로 삼고 싶다고 시아버지에게 종종 말했고 시아버지도 그렇게 하자고 약조했다. 시아버지는 가을 추수 후 혼례를 치를 생각이었으나 그 전에 세상을 떠나고 말았다. 시아버지의 유언에 따라 이듬해 봄 혼례를 치르기로 했다.

이불을 만들려면 먼저 목화를 구해야 했다. 남편이 후

군에 가서 목화를 사 왔다. 시어머니와 동네 할머니 한 분이 씨아를 돌려 씨를 발라내고 활로 솜을 탔다. 그런데 사고가 일어났다. 그날은 동짓날이었다. 동지 팥죽을 쑤려고 부엌에 들어갔으나 성냥이 보이지 않았다. 어쩔 수 없이 방으로 들어가 등잔불에 종이를 대고 불을 붙였다. 불이 붙은 종이를 들고 나가다 그만 종이를 떨어뜨렸는데 그 종이가 날아가 하필이면 방 안에 쌓여 있는 솜 위에 떨어졌다. 시어머니와 한 동네 할머니가 활로 하루 종일 탄 것이었다. 솜에 불이 붙어 활활 타오르기 시작했다. 불이 천장에 붙으면 집을 모두 태울 판이었다. 나는 당황해 어쩔 줄을 몰랐다. 이때 남편이 나타났다. 남편은 "괜찮아, 놀라지 마!" 하면서 이불로 불을 덮었다. 불은 바로 꺼졌다. 새파랗게 질린 내게 남편은 "됐어, 걱정하지 마"라고 연신 말했다. 나중에 들어보니 불을 낸 사람을 절대로 야단치면 안 된다고 했다. 정신 이상이 된다는 것이다. 그래서 조금도 야단을 맞지 않았다. 시어머니도 "네가 불은 잘 내지만 집을 태울 사람은 아닌 것 같다"고 위로해주었다. 몇 년 전에도 불을 낼 뻔했던 기억을 떠올리며 하는 말이었다. 그때 나는 건넌방에 군불을 때고 있었다. 잠시 자리를 비웠다가 돌아오니 불이 아궁이 뒤에 있는 짚 울타리에 옮겨붙고 있었다. 짚단을 빼서 불을 끄며 소리를 질렀다. 그 소리에 방에 있던 시어머니와 도련님이 달려와 겨우 불을 껐다. 조금만 늦었어도 불이 처마에 붙어 집을 태웠을 것이다.

    의화 작은아가씨는 출가한 후 한동안 신흥촌에 살며 농사를 지었다. 그러다 연안으로 이주했다. 당시는 젊은 남자들을 마구 징용 보낼 때였다. 연안에는 조선 총독부가 직영하는 큰 염전이 있었는데 국영 기업에서 일하는 사람들은 징용을 가지 않는다는 말을 듣고 서방님은 그곳으로 가서 염부로 일했다. 그러나 서방님도 징용을 피하지 못했다. 연안으로 이사를 가면서 작은아가씨는 겨울이 되면 아이를 업고 친정에 왔다. 그러다가 음력 2월이 되면 연안으로 돌아갔다.

    염전은 늦가을부터 이른 봄까지는 소금을 만들지 않는다. 그러니 염전에서 일하는 사람은 그때가 제일 어려울 수밖에 없다. 고모는 입을 하나 줄이기 위해 친정에 왔으리라. 특히 고모부가 징용을 간 후는 더욱 어려워졌을 것이다. 고모는 시어머니와 시동생과 함께 살았다. 남편이 징용을 간 후는 시동생이 염전에서 버는 돈이 그 집의 유일한 수입이었다.

    해방이 되고 고모부는 징용에서 돌아왔다. 그러나 상황은 오히려 악화되었다. 고모부가 원자탄에 피폭되어 병자로 돌아왔기 때문이다. 고모부는 시름시름 두 해를 앓다가 세상을 떠났다. 과부가 되었을 때 의화 고모의 나이는 겨우 스물넷이었다. 큰아이는 죽었고 해방 후에 가진 둘째 아이는 아직 돌도 되지 않은 때였다.

❋ 의화 작은아가씨가 출가한 그해 여름 뜻밖에도 아주버님이 찾아왔다. 아주버님은 큰아가씨가 집을 나갔는데 '혹시 친정에 머무르고 있지 않을까?' 하는 생각이 들어 처갓집에 찾아왔다고 말했다. 당시 큰아가씨는 인천 미야마치宮町에서 식모살이를 하고 있었는데 아주버님은 그 사실을 모르고 있었다. 친정에는 편지를 보내 식모살이한다고 알렸건만 남편에게는 그 사실을 알리지 않은 것이다. 그래서 남편도 큰아가씨의 주소를 모르는 체했다. 아주버님은 그냥 머물렀다. 농사일을 돕지도 않고 그저 빈둥거리기만 했다. 밥을 참 많이 먹었다. 큰 밥그릇에 밥을 수북하게 퍼주었지만 순식간에 먹어치우곤 했다. 이듬해 봄에 큰아가씨가 왔다가 아주버님이 집에 있는 모습을 보고 기겁을 했다. 그러나 소란은 없었다. 남편의 주선으로 큰아가씨 부부는 가까운 금산촌에 살 집을 구했고 소작 농지도 마련했다.

여기서 큰고모 이야기를 해야 할 것 같다. 큰고모부는 본래 마애불상으로 유명한 서산 보현사지에 살았다. 사람들은 그곳을 강댕이라고 불렀는데, 강댕이는 오지 중의 오지였다. 지금도 높다란 고풍저수지를 넘어 터널을 지나야 도달하는 첩첩산중 마을이다. 농토는 손바닥만 한 텃밭이 전부였다. 그래서 큰고모부의 수입원은 산이었다. 강댕이는 가야산 줄기에 있어 산이 크고 나무가 많았다. 큰고모부는 산에서 나무를 해다 장에 팔거나, 싸리를 베어다 삶은 후 껍질을 벗겨 광주리를 만들어서 장에 팔았다. 팔아봐야 몇 푼 안 되는 돈이지만 그래도 입에 풀칠은 할 수 있었다. 그러나 눈이 많이 와서 산에 갈 수 없으면 그것마저 불가능했다. 그때는 마냥 굶고 있을 수밖에 없었다. 옆집에 가서 양식을 꿀 수도 없었다. 마을 사람들 모두가 같은 상황이었기 때문이다. 왜 할아버지가 그런 오지의 가난한 사람에게 큰딸을 시집보냈는지 궁금해서 아버지에게 물었더니 "없는 집이니 없는 집에 시집보냈지"라고 대답했다.

큰고모는 겨울을 몇 번 지낸 후 몰래 집을 나왔다. 슬하에 자식이 없어 그런 행동이 가능했다. 큰고모가 남편에게 소식을 알리지 않은 이유는 큰고모부가 식모살이하고 있는 집으로 찾아올 것을 우려했기 때문이었다. 또 큰고모는 한글을 알았지만 큰고모부는 글을 알지 못했다. 큰고모는 식모살이가 끝난 뒤에 큰고모부가 무서워서 강댕이로 돌아가지 않았을 것이다. 큰고모부는 6척 장신이었다. 그러나 큰고모는 5척도 되지 않았다. 덩치 큰 남편이 화를 내면 얼마나 무서웠을까? 남편이 무서워 친정으로 왔다가 남편을 보았을 때 큰고모가 얼마나 기겁을 했을지 가히 상상할 수 없다.

🌸 큰아가씨 부부가 금산촌에 정착한 1943년 이른 봄에 나는 기다리던 아들, 바로 광하를 낳았다. 광하 역시 시어머니에게 맡기고 일에 매달렸다. 간척지의 경지 정리는 계

속되었고 경지가 정리된 새로운 땅이 배정될 때 우리도 농지를 늘렸다. 농지는 늘어났으나 의화 작은아가씨의 출가로 일손은 하나 줄었다. 동네에서 일할 사람을 구하는 일도 쉽지 않았다. 전쟁이 길어지면서 젊은 사람들이 공출로, 보국대로 끌려갔다. 광산, 탄광, 공장에 가는 사람들도 많았다. 과거에는 모심기 철이 되면 재령, 봉산 지방에 사는 사람들이 삼삼오오 몰려와 품을 팔았다. 그러나 전쟁이 길어지면서 이들도 발길을 끊었다. 그들은 광산에서 일한다고 했다. 재령군 하성면에 있는 장수산은 산이 모두 쇳덩이고 거기서 캐낸 광석을 해주 아래쪽에 있는 용당포 제철소에 가져가 쇠를 뽑아낸다고 했다. 농사지을 사람이 부족하니 모내기 철이 되면 우리나 동네 사람들 모두 일손을 구하느라 고생을 많이 했다. 급기야 지역의 국민학교, 중학교 학생들이 모내기 철에 들판으로 동원되었다. 그러나 학생들은 경험과 성의가 부족해서 반드시 뒷정리를 해야 했고 그게 큰일이었다.

모를 심어야 할 적기는 불과 20일 남짓하다. 이 시기를 놓치면 소출이 준다. 추수하는 일도 많은 일손이 필요했지만 그 일은 여유가 있었다. 논에 따라 추수 시기도 달랐고 추수를 며칠 늦춘다고 해서 문제가 되지 않았다. 열 명이 심은 것 혼자 거둬들인다는 말도 있다. 그런데 그 모내기를 할 인력이 부족했던 것이다. 당시 연해 농장의 인력 부족 실태를 조사한 보고서를 보면 상황이 얼마나 심각했는지를 잘 알 수 있다. 1943년에는 일신국민학교 학생 250명이 20일 동안 하루도 빠짐없이 모내기에 동원되었다. 품삯도 하늘 높은 줄 모르고 올랐다. 1941년 1월 10전이던 남자 하루 품삯이 1943년에는 2월 50전으로 올랐다. 그 품삯으로는 가을에 수확을 해도 남는 게 없었다. 농사를 적게 짓는 사람은 품앗이로 해결했지만 크게 짓는 사람은 품앗이로는 어림도 없었다. 사람을 사지 않으면 모를 다 심을 수가 없었다. 그래서 그들은 모내기의 시기를 늦추고 품삯이 떨어지기를 기다렸다. 끝내 모를 심지 못하는 경우도 있었다.

모내기의 시기를 놓치지 않기 위해서는 적은 일꾼으로 더 많은 모내기를 할 수 있어야 했다. 전통적인 모내기 방법은 논의 양쪽으로 논둑을 따라 길게 모내기 줄을 띄운 다음 그에 직각으로 가로줄을 띄워놓고 가로줄에 표시된 위치에 모를 심는 것이다. 보통 한 사람이 2~3미터 폭을 맡았다. 사람들이 허리를 구부리고 표시에 맞춰 모를 심은 후 허리를 펴면 논둑 양쪽에서 못줄을 잡고 있던 두 사람이 "어이" 하고 소리치며 가로 못줄을 다음 위치로 옮겼다. 그러면 사람들은 다시 허리를 구부리고 모를 심었다. 이 모심기 방법은 모를 잘 심지 못하는 사람에 의해 속도가 결정된다. 그가 심기를 끝내야 못줄이 넘어가기 때문이다. 동작이 빠른 사람들은 허리를 펴고 쉬면서 느린 사람이 자기 몫을 다하고 줄이 넘어갈 때까지 마냥 기다렸다. 그런데 연백평야에서 개발된 새로운 모심기 방법을 쓰면 누구든 쉴 틈이 없었다. 서로 경쟁이 붙어 심는 속도도 한결 빨라졌다. 경지 정리가 잘되어 있기 때문에 가능한 방법이었다.

❀ 모를 심을 논에는 미리 열네 포기 간격으로 길게 못줄을 매어두었다. 그리고 못줄로 분할된 구간마다 두 사람이 들어가 모를 심게 했다. 모를 심는 사람에게는 모를 심는 일곱 개의 위치가 표기된 긴 막대를 주었다. 이 방법은 가로 못줄이 넘어가기를 기다릴 필요가 없다. 막대를 놓고 모를 심은 후 한 발 물러서 또 다음 위치에 막대를 놓고 모를 심으면 된다. 따라서 기량이 그대로 드러날 수밖에 없었다. 일꾼들끼리 서로 경쟁하도록 상도 내걸었다. 신발, 광목과 같은 배급표가 상품이었다. 당시에는 그런 물건들이 대단히 귀했다. 고무신을 구하지 못해 많은 사람이 다시 짚신을 신었다. 심지어는 새색시가 고무신이 아닌 짚신을 신고 시집가는 경우도 있었다. 그러니 상품으로 걸린 배급표가 얼마나 대단한 상이었겠는가.

두 사람이 한 구간을 맡았기에 1등을 하려면 짝을 잘 만나야 했다. 그래서 모를 잘 심는 사람은 인기가 대단했지만 그 사람 역시 자기처럼 잘 심는 사람을 짝으로 두고자 했다. 나는 보통 보배 아주머니와 한 팀이 되었다. 우리 두 사람의 실력은 막상막하였다. 새로운 모내기에서 사람들은 '죽어라' 모를 심었다. 서로 앞장을 서려고 했다. 이는 상품이 걸려 있지 않을 때도 그랬다. 뒤처지면 힘이 두 배로 들기 때문이었다. 먼저 나가는 사람들은 자신의 구간에 미리 던져져 있는 모가 부족하면 옆 구간에서 가져왔고 남으면 옆 구간으로 던졌다. 모춤을 잡아 맨 매듭이 풀려 있으면 옆 구간에 있는 모춤과 바꾸었다. 그러니 뒤처져 모를 심는 사람들은 먼저 간 사람들이 저질러놓은 것까지 해결하며 모를 심어야 했다. "설상가상"이란 말은 이때 적합한 말이었다.

어머니는 이런 환경 속에서 단련되었다. 나중에 어머니를 위시한 지역 부녀자들은 자신들의 모심는 솜씨가 얼마나 대단한가를 확인할 수 있었다. 해방 후 모내기 철이 되면 전라도, 충청도에서 사람들이 품을 팔러 왔다. 여행이 자유로웠고 황해도에서 모내기를 끝내면 그들의 고향에서 모를 심을 때였기에 여가를 잘 활용할 수 있었다. 그들은 젊은 남자들이었다. 그러나 그들의 모심는 속도는 황해도 여인네들을 따를 수 없었다. 그들이 사는 지역에서는 여전히 전통적인 방식으로 모를 심었고 그들은 거기에 적응되어 있었다. 황해도 여인들은 그들을 놀려주었다. 사이사이에 그들을 집어넣고 애를 먹게 했다.

❀ 그해 여름 국화가 죽었다. 뛰어다니며 놀던 아이가 어느 날 갑자기 아프다고 칭얼대기 시작했다. 기침을 많이 하고 열이 높았다. 들판 건너 면사무소가 있는 충암에

는 의원이 있었지만 누구도 거기에 아이를 데려가자는 말을 하지 못했다. 시어머니는 아이의 옷을 벗기고 물을 적신 수건으로 온몸을 식혔다. 그러나 아이는 모두의 기원과는 달리 며칠 만에 세상을 떠났다. 마을 사람 두 명이 옆구리에 시신을 끼고 가 산 어딘가에 흔적도 나지 않게 묻었다. 시아버지의 경우처럼 그때만 해도 병이 들면 낫든 죽든 그것은 그 사람에게 달려 있었다. 그래서 크다 죽는 아이들이 많았고 우리는 그것을 숙명처럼 받아들였다. 어른들도 쉰이 넘도록 사는 경우가 많지 않았다. 그래서 쉰하나에 세상을 떠난 시아버지도 살 만큼 산 경우에 해당되었다.

첫딸이 죽었을 때 얼마나 상심했었는지 어머니에게 물었다. 어머니는 별로 울지 않았다고 대답했다. 막내딸이 젊어 죽었을 때 엄청나게 상심했던 모습을 기억하는 나로서는 뜻밖이었다. 왜 그랬는지를 집요하게 물었다. 어머니는 "어른들이 계신데 젊은 것이 눈물을 질질 짜고 다니면 쓰간?"이라고 대답했다. 어머니는 그럴 수도 있는 분이다. 그러나 그 대답은 어쩐지 시원하지 않았다.

❀ 국화가 죽은 후 큰 비가 왔다. 며칠을 쉬지 않고 내린 비로 강물이 불어나더니 들판에 물이 차기 시작했다. 물굽이 아래에 살고 있던 우리는 황급하게 꽃밭花田으로

대피했다. 이틀 후 물이 빠져 집에 와보니 엉망이었다. 흙이 무너지고 기둥이 드러난 집은 금방이라도 무너질 것 같았다. 부엌이나 방에는 진흙이 잔뜩 쌓여 있었고 부뚜막은 무너져 있었다. 떠내려가고 남은 것을 씻고 빨았다.

그전에도 몇 번 홍수를 겪었다. 아래에 큰 방조제가 있었지만 홍수를 막지는 못했다. 바다가 만조가 되면 위에서 내려오는 물은 바다로 빠지지 못하고 들판으로 흘러들었다. 특히 구암호에서 내려오는 화양천에는 비가 오면 큰물이 흘렀고 그 물이 방조제에 막혀 어사천으로 역류하면서 홍수가 나곤 했다. 홍수가 나면 우리는 지대가 높은 꽃밭으로 대피했다. 떠나기 전 그릇들에 물을 채워 바닥에 가라앉혔고 옷가지나 이불은 모두 시렁 위에 올려놓았다. 물은 대개 당일이나 다음 날이면 모두 빠졌다. 농사에도 타격이 없었다. 방까지 물이 들어온 적도 없었다. 이처럼 홍수는 삶의 일부였고 우리는 홍수에 익숙해 있었다. 그러나 그해의 홍수는 많은 피해를 주었고 모두가 이사의 필요를 절감했다.

2년 후 우리 가족은 새로 집을 지었다. 하류로 수백 미터 내려간 곳이었지만 지대가 높아 그 후는 홍수가 나도 대피할 필요가 없었다.

❋ 1944년이 되었다. 설을 쇤 후 처음으로 친정 나들이를

했다. 시집온 지 8년 만이었다. 남편이 광하를 업었다. 추운 겨울이었기 때문에 옷을 잔뜩 입힌 후 포대기로 잘 싸 업었다. 나는 아이 옷과 기저귀가 든 가방을 들고 남편의 뒤를 따랐다.

아이를 업은 아버지를 상상할 수 없다. 내가 아는 아버지는 등에 무엇을 지거나 업는 사람이 아니었고, 손에 어떤 보따리를 드는 사람도 아니었다. 맨손이나 가방을 드는 것이 전부였다. 그런 아버지가 아이를 업고 포대기를 둘렀다니……. 믿기지 않았다.

"네 아버지가 애들을 얼마나 예뻐했는지 몰라서 하는 소리다. 애들을 참 귀여워했다. 네가 예전에 학비 달라고 하도 졸라 대서 몇 대 때린 적이 있었는데 그때 딱 한 번 자식한테 손을 댔다며 두고두고 후회하더라."

그때까지 어머니는 애를 둘이나 키웠지만 한 번도 업어본 적이 없었다. 애는 할머니 소관이었다. 할머니가 동행하지 않을 때 누가 애를 업는가 하는 일이 문제가 될 수도 있었다. 그러나 갈등은 없었다. 아버지가 선뜻 광하 형을 업었기 때문이다. 두루마기를 멋지게 차려 입은 스물여섯 살의 젊은 남자가 왜 선선히 아이를 업었을까? 아버지가 아이를 업는 것이 풍습이었을까? 어머니에게 짐을 지우는 것이 싫었을까? 아니면 등에 업고 싶을 만큼 자식을 사랑한 것일까?

🌸 우리는 인천에 와서 하루를 묵고 아침에 배를 탔다. 명천에서 배를 내려 우산 큰집으로 갔다. 용갈미 할머니는 큰집에 살고 있었다. 할머니는 내 손을 잡으며 반가워했다. 서로 눈시울을 붉혔다. 둘째 아들과 함께 살던 할머니는 몇 년 전에 큰집으로 거처를 옮겼다고 했다. 큰며느리가 "집안 어른은 큰아들이 부양해야 한다"며 모셔 왔다는 것이다. 늘그막에 큰어른으로 대접을 받는 모습이 흐뭇했다. 둘째 큰아버지가 명중을 데리고 큰집으로 왔다. 열일곱 살의 명중은 이제 어른이 되어 있었다. 둘째 큰아버지는 명중의 혼담이 오가고 있어 곧 장가갈 것이라고 말했다.

우산에서 하루를 묵은 후 남편이 "홍성 장모님을 보러 가자"고 말했다. 나는 그냥 고개를 끄덕였다. 열두 살 때 용갈미 할머니와 그곳에 갔다가 도망치듯 돌아오지 않았던가? 그때도 정이 없었는데 그 사이 정이 생겼을 리 만무했다. 굳이 그곳에 가야 할 이유가 없었다. 그러나 남편이 "제가 사위입니다" 하고 장모에게 인사하고 싶다는데 말릴 수는 없었다.

어머니의 집은 사람들로 바글바글했다. 어머니가 낳은 아들딸들과 큰마누라가 낳은 아들딸들이 함께 뒤섞여 살았다. 술상이 준비되고 남편과 나는 어머니와 마주 앉았다. 어머니는 나보다 세 살 아래인 배다른 남동생을 술자리에 불렀다. 그는 아직 장가를 들지 않았고 소년티가 났지만 그런대로 남편의 대화 상대가 되었다.

이때 어머니가 외할머니와 무슨 이야기를 나누었는지 어머니는 기억하지 못한다. 따라서 기억에 남을 만한 특별한 일은 없었음에 틀림없다. 정을 느끼지 못하는 딸과 어머니 간에 인사치레의 대화만이 오갔던 것 같다.

🌿 다시 우산으로 돌아와 하룻밤을 잔 후 귀로에 올랐다. 명천에서 인천으로 가는 배 안에서 광하의 홍역이 시작되었다. 추운 겨울에 돌아다니다가 따뜻한 선실에 들어와서였을까? 얼굴부터 열꽃이 피어오르더니 온몸에 빨간 꽃이 만개했다. 여행 중에 아이의 홍역이 시작되어 참 난감했다. 홍역을 앓을 때는 찬바람을 쐬면 안 된다. 그때부터 남편은 광하의 얼굴, 손, 발이 드러나지 않도록 포대기로 꽁꽁 싸서 안고 다녀야 했다. 다행히 집에 도착하고 며칠 지나자 광하의 홍역은 순조롭게 끝이 났다.

해가 지날수록 살림은 점점 어려워졌다. 공출 때문이었다. 소출의 60퍼센트를 소작료로 내고 남은 것에서 다시 공출을 해야 했다. 쌀은 우리의 전부였다. 쌀을 먹고살았고 쌀을 팔아 옷 등 생필품을 샀다. 그런데 할당된 양을 공출하고 나면 먹을 쌀도 부족했다. 그래서 정해진 양 모두를 공출하는 사람들은 거의 없었다.

면 서기들이 집을 뒤졌고 벼나 쌀이 발견되면 가져갔다. 사람들은 벼를 숨겼다. 퇴비 더미 속에 숨기기도 하고, 마당을 파고 숨기기도 했다. 심지어는 가마니에 넣어 강물에 담가두는 사람도 있었다. 다행히 구장을 하는 남편 덕에 우리 집은 그렇게까지 할 필요는 없었다. 그러나 공출로 먹을 쌀이 부족했다. 우리는 밭에 감자를 많이 심어 감자 반, 쌀 반으로 밥을 지었다. 물려도 억지로 먹어야 했다.

공출은 쌀에 그치지 않았다. 가마니와 새끼줄도 내놓으라고 했다. 가마니를 치는 일은 언제부터인가 내 몫이었다. 다른 집은 대개 두 사람이 함께 치는 손 가마니틀을 갖고 있었지만 우리 집에는 한 사람이 손과 발을 이용해서 치는 가마니틀이 있어서 혼자서도 가마니를 칠 수 있었다. 가마니를 짜려면 새끼줄과 짚이 있어야 한다. 자연 상태의 짚은 거칠기 때문에 그대로는 가마니를 짤 수 없다. 나무 메텡이로 짚의 아랫부분을 내리쳐 부드럽게 만들어야 한다. 이 일은 남편이 맡았다. 내가 가마니틀을 이용해서 가마니를 짜면 새끼줄로 꿰매 가마니를 완성하는 일도 남편이 맡았다. 이처럼 분업을 했기 때문에 남편이 일을 하지 않으면 가마니를 만들 수 없었다. 시아버지가 세상을 떠난 후 남편은 가마니 만드는 일을 등한히 했다. 그러나 나는 남편이 해오던 일을 하지 않았다. 가마니를 짜지 않고 남편이 그 일을 할 때까지 기다렸다. 보다 못한 시어머니가 새끼줄을 꼬기 시작했다. 거든다고 나서기는 했지만 시어머니는 엉터리였다. 밤새 꼬아도 세 발이 되지 않았다. 앞으로 나가지 못하고 계속 그 자리에서 비벼대기만 했다. 1만 평 가까운 농사를 지으려면 100장 이상의 가마니가 필요했다. 거기에 공출하는 가마니가 70~80장이었기에 가을걷이가 끝난 후부터 이른 봄까지 부지런히 가마니를 쳐야만 했다. 그러나 남편이 열심히 하지 않았기 때문에 언제나 가마니가 부족했다. 크게 벼통가리를 만들어 그 안에 벼를 넣어야 했다.

전쟁 말기에는 놋쇠도 공출 대상이 되었다. 놋쇠로 된 물건은 무엇이든 내놓으라고 했다. 우리 집에는 놋쇠로 만든 밥그릇, 국그릇, 커다란 양푼 그리고 수저가 있었다. 수저만 빼고 모두 공출했다. 수저마저 뺏기지 않을까 걱정했지만 집을 뒤지지는 않았다.

생활에 필요한 물자도 귀해졌다. 우선 빨랫비누를 구할 수 없었다. 짚을 때어 밥을 하고 난방을 했기 때문에 그 재로 잿물을 만들었다. 시루 바닥에 짚을 잘 깔고 그 위에 재를 가득 채웠다. 거기다 뜨거운 물을 부으면 시루 바닥으로 빨간 물이 흘러나왔다. 미끈미끈한 물이었다. 그 물에 빨래를 담갔다가 빨았다.

광목이 귀해서 옷이 못 입을 지경이 되어도 계속 꿰매 입을 수밖에 없었다. 옷은 점점 누더기가 되어갔다. 고무신이 없어 짚신을 구해 신다 보니 버선이 쉽게 구멍 났다. 구멍 날 때마다 기웠더니 나중에는 본래의 천이 없어졌다. 이렇게 짚신에 겨우 구멍만 막은 버선을 신고 춥고 눈 쌓인 겨울을 보냈다. 도련님은 그런 차림을 하고도 개울에 가서 얼음을 지치며 놀았다.

태평양 전쟁을 일으킨 일본이 패배하고 전장에서 후퇴할 때였다. 그들은 이미 전쟁의 패배를 짐작했겠지만 그래도 필사의 항전을 하기 위해 이 땅을 철저히 수탈했다. 쌀은 군량미로, 놋쇠는 총탄으로 바뀌어 전장으로 운반되었다. 모든 자원은 군수품 생산에 투입되었고 그 결과 민중의 삶은 상당 부분 근대 이전의 삶으로 돌아갈 수밖에 없었다. 그러나 어머니에게는 일제에 대한 분노가 없었다. 어머니의 관심은 집 울타리 밖을 넘어가지 않았다.

❀ 1945년이 왔다. 2월에 새집으로 이사했다. 집은 여섯 칸 크기였다. 전에 살던 집보다 한 칸 더 넓었지만 방은 두 개로 하나가 줄어들었다. 대문을 열고 들어가면 헛청이 있고 헛청 너머 왼편이 부엌, 부엌 오른편이 안방이었다. 헛청의 오른쪽에도 방이 하나 있었다. 먼저 살던 집은 상업하던 집이어서 방이 많았으나 곡식을 보관할 공간이 없었다. 그래서 농사를 짓는 사람에게는 불편했다. 그 때문에 새로 집을 지으며 곡식을 보관하고 겨울에 가마니를 짤 수 있는 헛청을 크게 만든 것이다.

새집은 내 마음에 쏙 들었다. 물가가 멀어져서 물을 길어오는 것이 일이 되었지만 2년 전에 큰 홍수를 겪은 후라서 물가에서 멀어진 것이 오히려 위안이 되었다. 지붕도 높직해서 물동이가 지붕에 걸릴 일도 없었다.

5월에 남편에게 징용 통보가 왔다. 징용지는 나가사키현長崎縣이었다. 이미 많은 수의 남자가 징용으로 마을을 떠난 후였다. 남아 있는 젊은 남자들은 징용이 면제된 사람들이었다. 이장, 구장은 물론 반장만 해도 징용을 면제받았다. 그래서 사람들은 반장 자리를 두고 서로 싸우기까지 했다. 그런데 징용 갈 사람이 부족해지니 마을 일을 하는 사람까지 징용 대상이 된 것이다.

그때 나는 걱정을 많이 했다. 마음이 안 맞고 술집 여자들과 놀아나는 남편이 밉기도 했지만 남편은 역시 남편이었다. 징용을 가면 전쟁 통에 살아서 돌아올지도 알 수 없었다. 남편 없이는 농사지을 자신도 없었다. 처음으로 남편이 소중하게 느껴졌다.

징용의 날이 밝았다. 그러나 그날 남편은 소집에 응하지 않았다. 그 후 면 노무계에서 일하는 다케야마武山라는 조선인이 남편을 잡으러 몇 번 집으로 찾아왔지만 집에 없는 사람을 잡아갈 수는 없었다. 그는 나에게 화풀이를 했다. 막말을 했고 협박하기도 했다.

작은아버지에 따르면 아버지에게 징용 영장이 나올 때까지 징용을 가지 않은 남자는 권력 있는 사람들뿐이었다고 한다. 그러니 얼마나 많은 남자가 징용을 간 것인가? 그 당시 징용된 남자를 조선 내에 42만 명, 일본, 사할린, 남양 군도에 150만

명으로 추정하지만 이는 어디까지나 추정일 뿐 정확한 사실은 알 수 없다. 내가 생각하기로는 이보다 훨씬 많을 듯하다.

일본의 조선인 동원은 1939년부터 시작되었다. 조선 총독부는 일본의 광산, 탄광, 토목 공사, 건축 공사장에 일할 노무자 8만 5,000명을 일본 본토로 동원하기 위해 '노무동원실시계획강령'이란 것을 수립했다. 그리고 총독부의 허가를 받은 민간 업자가 노무자를 모집해서 송출하도록 했다. 그러나 1940년 총독부는 직접 모집 및 공출에 나섰다. 행정 단위로 공출할 노무자를 할당해 관공서가 공출에 앞장서도록 했다. 이렇게 공출된 사람들은 일정 금액의 급여를 받았다. 하지만 미군과의 태평양 전쟁에서 연이어 패배하면서 일본은 다급해졌다. 1944년 2월 '국민징용령'을 공포하고 이전의 유급 징용을 폐지하면서 징용은 무급이 되었다. 무급 봉사에는 명분이 있어야 한다. 총독부는 징용을 '황국 신민의 의무'라고 선전했다.

조선의 젊은 남자를 군인으로 만드는 지원병 제도도 있었지만 황해도에서 지원병은 흔치 않았던 듯하다. 지원병이 고향을 떠날 때는 면에 사는 사람들을 소집해서 성대한 환송식을 열었는데 몇 번 열리지 않았다고 한다. 징용 대상이 되지 않는 남자들은 '보국대' 활동을 했다. 만 열여섯 살의 작은아버지도 보국대로 끌려가 토성-사리원 간 철도 복선 공사장에서 한 달 동안 노역을 해야 했다.

❀ 8월에 해방이 되었다. 라디오도 신문도 없는 곳이었지만 사람들은 해방 소식을 서로 전했다. 마을 사람들은 소를 잡아 잔치를 벌였다. 잔치를 하는 자리에서 처음으로 태극기를 보았다. 여기저기 태극기를 걸었는데 모서리의 4궤는 가지각색이었지만 가운데의 청홍 태극은 모두 똑같았다.

해방으로 사람을 꽁꽁 동여매며 통제하던 통치는 끝이 났다. 공출도 없었다. 징용도, 부역도, 보국대도 없었다. 여행을 하기 위해 면에 가서 여행 허가증을 받을 필요도 없었다. 사람들은 모처럼 찾아온 자유를 즐거워했다. 그러나 나의 일상은 해방 전이나 후나 별 차이가 없었다.

해방이 되고 얼마 지나자 초라한 행색의 일본인들이 삼삼오오 마을을 지나갔다. 일본으로 가기 위해 남쪽으로 내려가는 사람들이었다. 큰길을 피해 내려가고 있다고 했다. 북쪽을 점령한 로스케는 젊은 일본 남자를 보면 일을 시키려고 끌고 갔고 여자를 보면 욕보였다고 했다. 보따리를 뒤지고 몸을 수색해서 귀중품이 나오면 모두 압수했다고도 했다. 그래서 일본인들은 그들의 눈에 띄지 않도록 큰길을 따라 걷지 못하고 마을 길이나 산길을 통해 남쪽으로 내려간다는 것이다. 우리 동네는 해주에서 개성을 잇는 도로에서 꽤 벗어나 있었다. 개성으로 가려면 남쪽으로 내려온 만큼 다시 북쪽으로 올라가야 했다. 그들은 그렇게 큰길을 피하고 있었다. 사람들은 남쪽으로 가는 그들을 동정했다. 그들의 모습은 '패전국이 되면 백성들이 비참해진다'는 사실을 그대로 보여주었다. 그들을 불쌍하게 여겼기에 그들을 못살게 구는 행동을 하는 경우는 없었다.

내성면에서 살고 있었던 당시 열세 살의 육촌 형은 나루를 건너는 아이의 보따리를 뺏어 강물에 던진 적이 있다고 말했다. 그러나 어머니나 작은아버지는 그런 행동을 한 적도, 본 적도 없다고 말했다. 나는 이 사실을 전해 들으며 커다란 민족적 자부심을 느꼈다. 일본인들이 우리에게 행한 모든 만행을 우리 민족은 조용히 용서해주고 있었다. 쫓겨 가는 그들에게 연민의 정을 느끼고 있었다. 어느 민족이 이러한 연민을 보일 수 있을까? 증언을 들으며 관동 대학살을 생각했다. 그때 일본인들은 아무 이유 없이 조선인을 학살했다. 그러나 우리는 일본인에게 보복해야 할 수많은 이유가 있었음에도 그들이 조용히 이 땅을 떠나도록 허용했다. 오히려 연민을 품고 그들의 탈출을 도와주었다.

✼ 어느 날 땅거미가 질 무렵 한 일본인 가족이 우리 집을 기웃거렸다. 나는 일본 말을 몰랐다. 아침저녁 인사말이나 아는 정도였다. 그러나 그들과는 대화가 필요하지 않았다. 밤에 머물 곳을 찾는 것이 분명했다. 그들을 맞아들였다. 마당에 메방석을 깔아주고 홑이불을 주어 밤을

보내도록 했다. 밥을 지어 저녁을 차려 대접했다. 아침에 나가보니 그들은 떠나고 없었다. 그런데 그들이 떠난 자리를 보고 경악을 금치 못했다. 마당 여기저기에 똥을 눈 것이다. 가까운 곳에 변소가 있었음에도 그런 짓을 했다. 나는 이를 갈며 똥을 치웠다.

"배은망덕한 왜놈들. 이놈들, 내가 다시는 재워주나 봐라."

며칠 후 그들이 왜 그런 행동을 했는지 알게 되었다. 황해도의 북쪽은 들판이 적다. 게다가 쌀도 귀할 때였다. 자신이 먹을 음식도 부족한 판에 왜놈들 먹일 음식이 있을 리 없다. 그래서 그들은 며칠을 굶으며 남쪽으로 내려왔고 혹시나 주린 배를 채울까 싶어 들판 쪽으로 난 길을 택했다. 그렇게 며칠을 굶다 포식을 하니 탈이 나지 않을 수 없었다. 그래서 그들을 재워주고 밥을 해준 집 중에는 그들이 남긴 잔재를 청소해야 하는 경우가 많았다. 그 이야기를 들으니 다시 동정심이 일었다. 그 후에도 몇 번 더 재워주고 밥을 지어주었다. 일본인들의 행렬은 한동안 계속되었다. 마지막으로 마을을 지나간 사람들은 아마 만주에 살았던 사람들이었을 것이다.

우리 집에서 10리 위로 38선이 그어졌다. 북쪽에는 소련군이, 남쪽에는 미군이 들어왔다. 38선을 지나려면 두 나라 군인들의 검문을 받아야 했다. 그러나 통행은 가능했다. 남편은 해방되던 해 가을에 연안에 있는 염전에서 소금을 사 우마차에 싣고 38선 이북 지역인 해주로 갔다. 소금을 다 팔고 내려오다가 그만 38선에서 소련군에게 잡혀버리고 말았다. 해주로 끌려간 남편은 경비가 허술한 틈을 타 탈출했다. 그러고는 한 민가에 들어가 숨겨달라고 부탁했다. 다행히 그 집은 천주교를 믿는 집이었고 남편을 밤새 숨겨주었다. 다음 날 남편은 큰길을 버리고 샛길을 걸어 집으로 돌아왔다. 이렇게 초기에는 38선을 오가며 장사하는 일도 가능했다. 그러나 조선인들로 구성된 보안대가 소련군과 함께 경비를 서면서 38선을 통과하기가 까다로워졌고 그 후 단속이 점점 강화되었다. 그래도 6·25 전쟁이 일어나고 휴전선이 만들어지기 전까지는 사람들의 통행이 가능했다. 관혼상제는 가장 적절한 통행 사유였다. "큰집에서 제사 지내고 집에 가는 길입니다" 하면 밤에도 지날 수 있었다. 쌀이 귀한 산악지대에 사는 사람들은 38선을 넘어 청단장에 와서 쌀을 사갔다.

해방 후 남북은 모두 동일한 화폐를 썼다. 그래서 남북 간의 상거래에 아무 문제가 없었다. 그러나 북한은 1947년 12월부터 북한 지역에서는 북조선중앙은행에서 발행한 새로운 화폐를 쓰도록 조치했다. 이때부터 북한 사람들은 돈 대신 물물 교환으로 쌀을 구해야 했다. 연백평야의 사람들은 이후 많은 금가락지를 수집했다.

해방되자 이 지역 최대의 관심사는 일본 회사와 일본인 지주가 소유했던 토지의 소유권이 되었다. 동양척식과 선만개척의 두 회사가 바다를 매립해서 얻은 토지만 해도 1,800정보에 달했다. 이제 일본인들이 모두 물러갔으니 주인이 없었다. 우리 가족을 포함한 소작인들은 모두 큰 꿈을 가졌다. 그러나 미군정의 행보는 소작인들의 기대와 달랐다. 미군정은 1945년 9월, 38선 이남에서 일본 회사와 일본인이 보유했던 모든 재산을 동결시키고 이전을 금지한다는 법령을 발표하고 12월에는 그 재산을 미군정이 접수한다고 발표했다. 이때까지 일본인들이 보유한 토지는 적산 토지敵産土地라고 불렸으나 이후에는 귀속 재산歸屬財産이라는 이름으로 불렸다. 이듬해 2월 미군정은 신한공사라는 회사를 설립하고 이 회사에서 귀속 토지를 관리하도록 했다. 신한공사는 보유 토지에 대한 소작 계약을 체결하고 소작료를 징수했다. 따라서 연백 지역 소작인들은 일본인 회사가 아닌 미군정을 대신한 회사와 계약을 맺고 소작하게 되었다. 달라진 점이 있다면 소작료가 소출의 1/3로 줄어든 점이었다. 이때 북한의 토지 개혁이 발표되었고 남한 사회에 큰 충격을 주었다. 3월에 발표된 북한의 토지 개혁은 모든 토지를 몰수해 평등하게 분배하는 것이었다. 토지 주인들은 아무런 보상을 받지 못했다. 새롭게 토지의 사용권을 얻은 사람들도 아무런 부담이 없었다. 이를 간단하게 '무상 몰수 무상 분배'라고 했다.

❧ 북쪽의 토지 개혁 소식은 내가 사는 동네에도 회오리바람을 일으켰다. 이곳의 조선인 지주들은 대부분 38선 이북인 해주에 살았다. 38선이 만들어지자 불안해하던 그들은 북쪽의 토지 개혁을 보고 남쪽에 있는 자신의 토지도 돈 한 푼 받지 못하고 빼앗길 수 있다는 사실을 깨달았다. 그래서 그들은 헐값을 받고서라도 땅을 팔고자 했다. 우리에게 소작을 주었던 김옥선도 그중의 하나였다. 그녀는 우리 집에 마름을 보내서 우리가 소작하고 있는 땅을 사도록 요구했다. 만일 살 의사가 없다면 다른 사람에게 팔겠다고 했다. 하루하루 땅값이 떨어지고 있었기 때문에 사실 땅을 싸게 살 수 있는 좋은 기회였지만 북쪽의 토지 개혁 소식을 들은 소작인들 역시 쉽게 움직이지 않았다. 우리 집은 결국 김옥선의 토지를 구입했다. 경작하고 있는 땅을 빼앗기기 싫어서였다. 이때 의종 아주버님은 공격적으로 토지 구입에 나섰다. 소를 팔고, 가진 돈을 모두 털고, 빚을 얻어 수천 평의 땅을 샀다. 그러나 절대 다수는 관망했다.

북한의 토지 개혁은 미군정을 움직였다. 남로당을 위시한 남한 내의 좌파들은 북한 방식의 토지 개혁이 필요하다고 농민들을 선동했다. 해방 당시 전국 농지의 63퍼센트가 소작 농지였다. 그래서 농민 대부분은 북한식의 토지 개혁에 매혹될 수밖에 없었다. 그러나 자본주의 원리를 숭상하는 미군정 입장에서 토지의 무상 몰수 무상 분배는 받아들일 수 없었다. 민심이 악화되기 전에 어떤 조치가 필요했다. 미군정은 입법 의원들과 협의해 농지 개혁에 관한 법률을 제정하고자 했으나 입법 의원들은 공론을 거듭했고 결론을 내리지 못했다. 결국 미군정은 국가적 합의를 포기하고 1948년 3월 귀속 농지의 불하에 관한 군정법령을 발표했다. 내용은 농가당 2정보 이하의 농지를 분배하되 현재의 소작인에게 우선권을 준다는 것이었다. 토지 대금은 평년작의 300퍼센트를 매년 20퍼센트씩 15년에 걸쳐 현물로 납부하도록 했다. 이 법령에 따라 전국의 귀속 농지가 빠르게 소작인들에게 이전되었다. 8월 말까지 귀속 농지의 85.9퍼센트를 불하했다고 한다.

> 우리 집도 소작을 하고 있던 7,200평의 땅 중 6,000평을 불하받았다. 2정보의 한도에 묶여 1,200평은 불하받지 못했다.

우리 집은 8,600평의 땅을 소유하게 되었다. 축구장 네 개 정도의 넓이로 이 정도의 땅을 보유한 가구가 그리 많지 않았을 것이다. 해방이 되면서 우리 집의 경제는 한결 좋아졌다. 소작료가 절반 정도로 줄어들었고 공출도 사라졌다. 1948년 이후는 토지를 불하받았고 소출의 20퍼센트만 납부하면 되었다. 그러나 어머니는 좋아진 경제를 느끼지 못했다.

❦ 돈은 남편이 관리했다. 남편은 돈이 필요할 때마다 벼와 쌀을 팔았다. 때로는 달구지에 벼를 싣고 나가 팔기도 했다. 나는 돈이 필요할 때마다 남편에게 조금씩 타서 썼다. 내가 돈을 쓸 때는 집을 찾아오는 광주리장수나 방물장수에게 뭔가를 살 때뿐이었다. 광주리장수에게서는 생선이나 건어물을 샀고 방물장수에게서는 성냥, 비누, 칼, 가위, 빗 등을 샀다. 화장품 한번 산 적이 없었다. 가까운 청단장에도 간 적이 없다. 이것은 시어머니도 마찬가지였다. 시장을 보는 것은 시아버지나 남편의 일이었다.

가정의 경제 활동에 대한 어머니의 이야기는 혼란을 준다. 조선 시대나 일제 강점기를 배경으로 하는 TV 드라마나 영화를 보면 남자보다 여자들이 장터에 더 많이 보인다. 그러나 우리 집에서는 남자들이 장에 갔다. 심지어는 어린 작은아버지도 아버지의 심부름으로 무엇을 팔거나 사기 위해 여러 번 시장에 갔다. 그러나 할머니나 어머니는 장터에 한 번도 가지 않았다. 그래서 치마저고리를 만들기 위해 옷감을 사는 일도 남자들의 몫이었다. 왜 그랬을까? 바로 사대부의 문화 때문이다. '여자는 대문 밖을 나가서는 안 된다'는 전통을 따른 것이다. 당시 충청도의 장터 분위기는 그 전통에 부합했다. 그러나 작은아버지의 증언에 따르면 황해도의 장터에는 아낙네들이 많았다. 그를 흉보는 사람들은 그런 분위기를 '아낙장'이라고 폄하했다. 어머니의 이웃 여인들 중에도 장에 가는 사람들이 꽤 있었을 터다. 그러나 그것은 남의 일이었다.

🌸 점차 나도 해방의 기쁨을 맛보았다. 공출이 없어져 일이 줄었다. 얼마 지나자 물자도 흔해졌다. 짚신은 사라졌고 잿물을 만들어 빨래할 필요도 없었다. 나 역시 해방이 기뻤지만 해방되어 정말 신이 난 사람은 남편이었다. 남편은 정치 운동에 참여하기 시작했다. 이때 남편은 오광수를 만났다. 오광수는 경성제대를 졸업한 사람이었다. 평양 사람인 그는 해방이 되어 소련군이 평양에 들어올 때 그곳에 있었다. 소련군은 공산주의에 반대하는 사상을 가진 그를 체포했다. 그는 심한 고문을 받았다. 특히 전기 고문을 많이 받았다. 얼마나 심한 고문에 시달렸는지 그대로 두면 죽을 것처럼 보이자 소련군은 그를 병원에 입원시켰다. 그런데 병원의 한 인사가 그를 알아보았다. 소련군에게는 그가 죽었다고 전하고 살아 있는 그를 관 속에 넣었다. 그러고는 상여를 만들어 남쪽으로 보냈다. 그렇게 38선에 도착한 그는 한밤중에 송악산을 넘어 개성으로 탈출했다. 그가 탈출한 후 그의 처와 부모도 북한을 탈출했고 무슨 연고가 있었는지 봉래촌에 정착했다. 그래서 오광수는 서울과 연백을 오가며 살았고 이때 청년 운동을

하던 남편을 만나 친분을 갖게 되었다.

오광수의 도움으로 아버지와 작은아버지는 김구 선생과 관계를 맺게 되었다. 오광수는 1945년 11월에 김구 선생이 환국한 후 선생 주변에 머물렀고 선생에게서 상당한 신임을 얻었던 것으로 보인다. 1947년 2월에 김구 선생이 국가 건설을 위한 인재 양성을 목적으로 용산에 건국실천원양성소를 설립했을 때 나의 작은아버지는 오광수의 천거로 2기로 입소해 교육을 받았다. 김구 선생이 양성소의 소장을 맡았고 엄항섭이 부소장을 맡았는데 주 강사가 초대 교육부장관을 지낸 안호상이었다. 신익희, 조소앙 등 쟁쟁한 인물들이 특강을 했다고 한다. 아마 아버지도 그런 곳에 가서 인맥을 맺고 싶었으리라. 그러나 아버지에게는 불리한 조건이 있었다. 바로 교육이었다. 아버지는 공식적인 교육을 받지 못했다. 강습소에 일주일 다니며 한글을 익힌 것이 전부였다. 한글과 흔히 쓰는 한자는 읽고 쓸 수 있었지만 내놓을 만한 필체가 되지 못했다. 그래서 아버지는 중앙에 진출하고 싶은 당신의 욕구를 억누르고 대신 작은아버지에게 그런 기회를 주었으리라. 앞에서 말한 것처럼 작은아버지도 학교 교육을 받지 못했다. 할아버지에게 《천자문》과 《동몽선습》을 배우고 서당에서 2년 동안 한학을 배웠으며, 그 후는 법교리의 강습소에서 2년 동안 한글, 수학, 일본어를 배운 것이 전부였다. 그러나 똑똑하고 손에서 책을 놓지 않아 박식했기 때문에 어디서나 인텔리로 대접받았다. 건국실천원양성소를 졸업한 후 작은아버지는 단국대에서 수학하며 김구 선생의 주위에 머물렀다. 아마 김구 선생이 국가수반이 되었다면 작은아버지도 크든 작든 국가 운영에 참여했을 것이다.

아버지도 오광수의 소개로 1947년 말에 김구 선생을 만났고 선생이 친필로 휘호한 《백범일지》를 받았다. 그러나 아버지는 김구 선생과 관련한 어떤 단체 활동도 할 수 없었다. 김구 선생이 자신과 관련한 전국적인 조직을 만들지 않았기 때문이다. 1947년 9월 서울에서 대동청년단이 결성되고 전국적 네트워크가 구축될 때 아버지는 일신면 지단支團의 선전부장직을 맡았다. 이 단체는 광복군 총사령관을 역임한 지청천 장군의 주도로 많은 우익 단체들이 합쳐 만든 것이다. 따라서 아버지는 대동청년단에 통합된 어떤 단체에 소속되었을 수도 있으나 확인할 수는 없다.

대동청년단은 1948년 12월, 다섯 개 우익 단체와 함께 대한청년단으로 통합되었고 아버지는 통합된 대한청년단 일신면 지단의 부단장을 맡았다. 청년 단체의 통합을 주도한 사람은 이승만 대통령이었다. 그는 대한청년단의 총재가 되었고 그의 심복인 신성모가 단장이 되었다. 대통령이 청년 단체의 통합을 주도하고 통합된 단체의 총재가 됨으로써 대한청년단은 대단한 위상을 갖게 되었고 6·25 전쟁을 전후해서 대한민국 사회에, 그리고 우리 가족의 삶에 큰 영향을 끼치게 된다.

🌸 남편이 농사일에서 거의 손을 뗐지만 이제 스물이 다 되어가는 도련님이 있어 농사를 짓는 데 큰 도움이 되었다. 그러나 도련님 역시 남편처럼 농사꾼 기질은 없었다. 그저 선비였다. 그래서 논에 들어가 직접 일을 하기보다는 일꾼들의 일을 지원하고 감독하는 일을 맡았다. 실상 그것은 내가 하기 어려운 일이었다. 그러나 남편은 도련님까지 정치 활동에 끌어들였다. 도련님은 건국실천원 양성소에 입학한다며 서울로 갔고 그곳에서 한참을 머물렀다.

마을 일 하랴, 정치 운동 하랴 남편은 날마다 충암에서 살았다. 이때 남편과 정분을 맺은 한 여인이 있었다. 충암에서 개장국을 파는 과부였다. 슬하에 아들 하나를 두고 있었다. 그 과부는 나는 물론 남편보다도 나이가 많았다. 남편은 그 과부에게 푹 빠졌다. 밤을 지내고 새벽에 돌아오는 경우도 종종 있었다. 온 동네가 남편의 외도를 알고 있었고 사람들은 그를 재미있어 했다. 나루질하는 홍승관이 남편의 밤길을 밝히기 위해 길에 초롱불까지 걸어놓았다며 웃는 사람도 있었다. 그런 말을 들을 때마다 참 당혹스러웠다. 나는 남편을 증오했다. 그러나 참았다.

밤에는 대문을 잠그기 때문에 남편은 새벽에 대문을 두드렸다. 때로는 내가 나가 대문을 열어주었다. 그러고는 조용히 방으로 들어갔다. 남편은 차마 내가 있는 방으로 들어오지 못했다. 시어머니의 방으로 들어가 새벽잠을 잤다. 옆집에 사는 이성렬이 아침에 남편을 찾았다. 남편이 기척을 내자 그가 물었다.

"언제 들어왔나?"

"어젯밤에."

그 과부는 우리 가족의 일원이 되고 싶었던 듯하다. 도련님이 결혼할 때는 쌀 다섯 말로 떡을 만들어 이고 왔다. 내가 집에 있다가 떡 보따리를 받았다.

"뭘 이고 왔어요?"

"예, 떡을 좀 했어요."

나이는 꽤 위였지만 그녀는 내게 매우 공손했다. 도련님 결혼식 날 가족사진을 찍을 때는 맨 앞에서 몸을 흔들며 자신도 끼고 싶어 하는 몸짓을 했다. 김장을 할 때가 오자 그녀는 새우젓을 독에 넣어 이고 왔다. 이때도 내가 받아 내렸다.

남편의 발길이 뜸하면 그녀는 금산촌의 큰아가씨에게 찾아갔다고 한다. 큰아가씨는 그녀에게 야단을 쳤다.

"꽃으로 말하면 봉오리도 아직 맺지 못한 마누라가 있는 사람인데 이 무슨 짓이야?"

그러나 넉살 좋게 나오는 그녀에게 큰아가씨도 끝내 두

손을 들었을 것이다.

　남편과 그 과부와의 관계는 과부의 시아주버니들이 개입하면서 끝이 났다. 소문을 들은 그들이 몽둥이를 들고 집에 와 남편을 기다렸다. 다행히 남편이 그때 그곳을 찾지 않아 망신당하는 일을 면하기는 했지만 소식을 들은 남편은 더 이상 그 집을 찾지 못했다.

　시앗을 보면 길가의 돌부처도 돌아앉는다는 말처럼 어머니는 아버지의 외도로 마음고생을 많이 했다. 어머니는 그때 소리 없는 총으로 아버지를 쏴 죽이고 싶은 심정이었다고 회고했다. 남편의 외도를 그저 지켜만 보는 것이 억울하고 분해서 친정으로 돌아갈 생각을 하기도 했다. 할머니에게 "어머님은 그 여자 불러다 함께 사세요. 저는 광돈이 데리고 친정으로 가겠어요"라고 말하기도 했다. 아들의 외도를 알면서도 훈계하지 않는, 며느리가 면전에서 아들을 욕하면 그게 못마땅해 얼굴이 굳어지고 말문이 닫히는 시어머니에 대한 항거의 표시기도 했다.

　✿ 이 시기에 광순, 광돈이 태어났다. 광돈이 태어난 1949년에는 도련님도 결혼식을 올렸다. 추수가 끝난 늦가을이었다. 도련님의 나이 스물둘, 색시는 열여덟이었다. 색시는 자미나루에 살 때 바로 개울 건너 살았던 문삼순이라는 처녀였다. 결혼을 했지만 분가를 하지 않고 함께 살았다.

작은어머니의 친정 역시 이주민이었다. 그들은 할아버지보다 1년 늦게 전라도에서 이주했다. 어머니가 시집왔을 때 작은어머니는 다섯 살로 아버지, 어머니, 오빠 그리고 남동생과 함께 살았다. 우리 집에서 몇 걸음 떨어지지 않은 집이었지만 어머니와는 나이 차가 많아 같이 어울릴 기회는 없었다. 그러나 작은아버지와 작은어머니는 서로 연모하는 마음을 가지고 있었음이 틀림없다. 의종 당숙이 중매를 했는데 두 사람 모두 군말 없이 받아들였기 때문이다. 나는 작은아버지에게 결혼 전에 둘이서 시간을 보낸 적은 없었는지를 물었다. 작은아버지는 그런 적 없다고 딱 잘라 말했다. 그러나 작은아버지가 겨울 농한기에 야학을 열었을 때 작은어머니가 학생 가운데 한 명이었다고 말했다. 그 결혼사진은 지금도 남아 있다. 황해도에서 찍은 사진 중 유일하게 월남한 사진이다. 6·25 전쟁 피란통에서도 어머니는 옷 속에 이 사진을 품어 왔다. 이 사진에는 그해 봄에 태어난 광돈 형이 할머니 품에서 인절미를 먹고 있는 모습도 담겨 있다.

> 1950년 봄, 신혼인 서방님은 군사 교육을 받는다며 온양으로 떠났다. 한 달간의 교육을 받고 돌아오더니 청년방위대 소대장이 되었다.

청년방위대는 무엇인가? 1948년 8월 15일에 남한에 단독

정부가 수립된 후 국군이 창설되었고 국방경비대는 국군으로 편입되었다. 그러나 그해 10월 '여수 순천 1019 사건'이 일어나면서 군에 좌익이 많이 침투했다는 사실을 알게 된 정치권은 크게 동요한다. 대응 조치로 정치권은 '국가보안법'을 제정해서 이를 근거로 군에 침투한 좌익을 검거하거나 숙정했다. 또 좌익에 적대적인 사람들, 즉 우익의 청년 단체 회원들을 중심으로 호국군을 편성해서 유사한 사건이 일어나면 그들을 반란 진압에 투입하고자 했다. 이렇게 해서 1948년 12월에 여섯 개 우익 청년 단체를 통합한 대한청년단이 탄생했다.

1949년 8월에 징병제를 골자로 하는 병역법이 공포되었다. 이 법에는 "청년에 대하여 병역 편입될 때까지 대통령이 정하는 바에 따라 군사 훈련을 실시한다"는 조항이 있었는데 이에 근거해 '청년방위대'의 창설이 추진되었고 1950년 3월에 청년방위대 편성이 완료되었다. 시도마다 사단급의 단團을 두었고 군에는 지대支隊, 면에는 편대編隊 그리고 그 하위에 구대區隊, 소대小隊를 두었다. 그런데 재미있는 사실은 청년방위대가 대한청년단 단원으로 구성되었다는 것이다. 아버지가 대한청년단 일신면 지단의 부단장이었기 때문에 아버지는 다시 작은아버지에게 새로운 기회를 줄 수 있었다. 온양에 설치한 육군예비사관학교에서 한 달간의 교육을 받고 예비역 소위로 임관한 작은아버지는 개성에 본부를 둔 제4단 소속으로 일신면 편대에 근무하며 면에 거주하는 청년들에게 군사 훈련을 시키는 임무를 부여받았다. 그러나 그 임무는 한 번도 수행되지 못했다. 6·25 전쟁이 일어났기 때문이다.

우리가 어사천 제방 아래로 피했을 때 몇 대의 쌕쌕이 비행기가 나타났다. 비행기들은 우리 집 주변을 빙빙 돌았다. 그러다 기관총을 퍼부었다.

인민 공화국
탈출

🌸 어느 날 짐을 이고 진 사람들이 내성면 방면에서 내려왔다. 피란민들이었다. 그들은 난리가 났다는 소식을 전하며 인민군들에게 죽임을 당하기 전에 빨리 피란 가라고 권했다. 우리도 살려면 피란을 가야 했다. 남편은 이승만 대통령이 조직한 우익 단체인 대한청년단의 지단 부단장이었고 서방님은 청년방위대 소대장이었으니 두 사람 모두 인민군에게 용납될 수 없는 존재였다. 남편과 서방님은 혼비백산했다. 간단히 이불만 등에 지고 가족 모두가 집을 나섰고 다른 피란민들과 함께 서쪽으로 향했다.

인민군을 피해서 남쪽으로 탈출하려면 용매도로 가야 했다. 용매도로 가려면 구릉지대의 신작로를 이용해서 청룡으로 간 다음 거기서 들판으로 들어가는 것이 지름길이었다. 그러나 우리는 신작로를 이용할 수 없었다. 그 도로로 언제 인민군이 들이닥칠지 알 수 없었기 때문이었다. 신작로 대신 우리는 사람들과 함께 어사천 둑길을 따라 거래포 쪽으로 내려갔다. 거래포를 지나 방조제 제방을 타고 들판을 돌아 용매도로 갈 계획이었다. 거래포는 제방을 따라 30리를 내려간 곳에 있었다. 먼 길은 아니었지만 짐을 이고 진 데다 아녀자가 있었기 때문에 걷는 속도는 매우 느렸다. 군데군데 어사천으로 들어오는 지류를 만났고 이때는 건널 만한 곳을 찾아 상류로 꽤 올라가야만 했다. 개울을 건널 때마다 남편과 서방님이 짐을 내려놓고 애들을 건네주었고 동서와 내 손을 잡아주었다. 해가 긴 여름이었지만 그렇게 가다 보니 거래포에 도착하기도 전에 날이 저물었다. 얼마쯤 떨어진 곳에 팔리양수장 건물이 보였다. 우리 가족도 피란민들 틈에 끼어 양수장 처마 아래에서 밤을 보낼 준비를 했다. 음식을 싸오지 못했기 때문에 저녁은 굶을 수밖에 없었다. 여름이라서 춥지는 않았지만 모기들이 달려들어서 이불로 몸을 감쌌다.

　남편과 서방님은 밤늦도록 다른 사람들과 대책을 논의했다. 결론은 이렇게 많은 사람이 함께 다녀서는 인민군 눈에 띄기 십상이라는 것, 또 아녀자의 동행으로 걸음이 너무 느려 위험하다는 것이었다. 그래서 남자들은 아녀자들을 귀가시키기로 결정했다. 날이 밝는 대로 돌려보내고 남자들은 바다 건너 용매도로 피신하기로 했다.

　동이 트자 나는 시어머니, 동서와 함께 애들을 데리고 돌아섰다. 귀가하는 아녀자들이 많아 분위기는 어수선했다. 헤어지는 것이 두려워 훌쩍거리는 여자들도 있었다.

무섭기는 나도 마찬가지였다. 그러나 방법이 없었다. 남자들은 이미 용매도 쪽으로 가고 있었다. 우리는 어제 걸었던 들판 길을 버리고 마을을 통해 가기로 했다. 집에 도착할 무렵 청룡면 쪽에서 콩 볶듯이 요란한 총소리가 났다. 가슴이 철렁했다. 시어머니, 동서와 눈이 마주쳤다. 모두 우리 식구에게 겨눈 총이 아니기를 바랐다.

    나는 소식이 오기를 기다렸다. 그러나 아무 소식도 없었다. 사람도 나타나지 않았다. 뜬눈으로 밤을 새우고 금산촌 큰아가씨 집으로 갔다. 혹시 소식을 아나 했지만 큰아가씨도 아는 게 없었다. 다음 날 동틀 무렵에 서방님이 나타났다. 우리가 들었던 총소리는 남편 일행을 상대로 쏜 총소리가 아니었다. 당시 청룡국민학교 교정에는 38선에서 후퇴한 국군이 그늘 아래에서 쉬고 있었는데 인민군들이 국군을 기습하며 쏜 총소리였다.

총소리가 날 때 아버지와 작은아버지는 가족과 헤어져 일단의 피란민들과 함께 용매도 방향으로 가고 있었다. 그때 청룡면 쪽에서 총소리가 났고 그 소리에 사람들은 혼비백산해서 무작정 몸을 숨길 만한 곳으로 뛰었다. 그 와중에 작은아버지는 아버지와 헤어졌다. 작은아버지는 한 민가에 뛰어들었는데 그 집 주인이 골방에 숨겨주고 밥을 주며 지내게 했다. 주인은 인민군 동태를 탐문하고 사태가 진정되자 작은아버지에게 "이제는 가도 될 것 같다"고 말했다. 그때서야 작은아버지는 그 집을 나와 집으로 돌아왔다.

🌿 서방님의 말에 나는 적이 안심했다. 서방님은 "형님도 어디 잘 숨어계실 테니 걱정하지 말라"고 위로했다. 그러나 그 후에도 남편의 소식은 없었다. 죽었다는 소식도, 잡혔다는 소식도 없었기 때문에 우리는 남편이 용매도를 거쳐 피란했으려니 생각했다.

실제로 아버지는 용매도를 거쳐 인천으로 피난하는 데 성공했다. 그러나 인천도 빨간 세상이었다. 아는 사람에게 신세를 지며 숨어 지낼 수밖에 없었다. 어느 날 아버지는 신당동에 있는 오광수의 집을 방문했는데 뜻밖에도 오광수는 피란을 가지 못하고 숨어 지내고 있었다. 두 사람은 '멸공결사대'라는 비밀 결사 조직을 만들고 본거지를 최성집(작은아버지와 동명이인이다)이라는 사람의 집에 두었다. 결사대의 사업은 서울을 탈출하지 못한 군 장교와 경찰을 보호하는 것이었다.

🌿 며칠 후 서방님에게 누군가 찾아왔다. 그는 면사무소에서 일하던 김세원이라는 사람이었다. 인민 공화국 사람들이 내려와 면사무소를 인민위원회로 바꾸었지만 그는 여전히 일하고 있었다. 그는 인민 공화국 사람이 되어 있었다. 그는 서방님을 설득했다.
"인민군이 남쪽 땅을 모두 점령하는 것은 시간문제야.

숨어 기다려도 소용이 없어. 너도 무사하려면 지금이라도 나와서 인민 공화국에 협조해!"

서방님은 그의 충고를 받아들였다. 인민위원회에서는 일신면에 민주청년동맹, 여성동맹과 같은 조직을 만들고 있었다. 서방님은 민주청년동맹에 가입했다. 그리고 몇 차례 모임에 참석했다.

어느 날 서방님은 국민학교로 훈련을 받으러 간다며 아침에 집을 나섰다. 그러나 해가 져도 돌아오지 않았다. 누군가 집에 와서 서방님이 잡혀갔다는 소식을 전해주었다. 나와 동서는 '올 것이 왔구나' 생각하며 서방님이 무사하기를 빌었다. 얼마 후 놀랍게도 서방님이 대문을 열고 들어왔다. 서방님은 "도망쳐 나온 길이라 어디 가서 숨어야 한다"고 말했다. 서방님은 저녁도 먹지 않고 바로 내성면에 있는 의종 아주버님의 집으로 달려갔다. 일신면 분주소에서 내성면으로는 잡으러 오지 않으리라 생각한 것이다. 아주버님은 퇴비 더미 아래에 굴을 파고 서방님을 숨겼다.

작은아버지에게 무슨 일이 일어났던 것일까? 단원들은 예고된 대로 훈련을 받는 줄 알고 학교로 갔다. 단원들이 모두 모이자 누군가 교실 문을 잠갔다. 그러고는 한 사람씩 옆의 교실로 데려갔다. 곧 작은아버지의 차례가 되었다. 옆 교실로 들어서자 그곳에는 사복을 입은 북조선 사람이 한 명 앉아 있었다. 그는 미소를 띠며 한껏 부드러운 태도로 작은아버지에게 의용군 지원을 권했다. 분위기 탓이었을까, 아니면 민주청년동맹 활동에 대한 자신감 때문이었을까? 작은아버지는 그에게 항의했다.

"일을 하려면 양심적으로 해야지. 훈련한다고 불러놓고 이게 뭡니까?"

그는 흥분하지 않았다.

"동무는 이승만 통치하에서 교육을 잘못 받았군요. 정신 수양을 해야겠습니다."

그는 인민군 병사를 불렀다. 인민군 병사는 작은아버지를 분주소로 데려가 유치장에 가두게 했다. 분주소는 지금의 파출소와 같은 곳이다. 군에는 내무서가 있었고 면에는 분주소가 있었다.

해가 지고 밤이 되었지만 밥을 주지 않았다. 안인화란 이름의 지역 유지가 분주소에 왔다가 우연히 이를 보고 분주소장에게 부탁했다.

"집에 가서 밥이나 먹고 오도록 잠깐 풀어주게."

소장이 그의 말에 항거하지 못하고 삼촌을 풀어주었다. 안인화는 집에 다녀오라고 자전거까지 하나 구해주었다.

❀ 7월, 8월이 가고 9월이 왔다. 그러나 남편의 소식은 없었다. 우리는 걱정하기도 하고 또 서로 위로하기도 하

면서 세월을 보냈다.

　어느 날 해가 진 후 뜻밖에 남편이 자전거를 타고 나타났다. 자전거 뒷자리에는 병색이 완연한 오광수가 앉아 있었다. 두 달 넘게 소식이 없다가 갑자기 돌아온 남편을 보고 나는 의아했다. 여전히 인민군들이 활보하고 있는 때에 왜 돌아왔는지 알 수 없었다. 특히 오광수와 동행한 것이 무서웠다. 그는 남편보다도 한결 위험한 인물이었다. 그러나 한가하게 지난 일을 이야기 할 계제는 아니었다. 남편은 서울에서 지내는 게 위험해서 자전거를 타고 돌아왔으며 빨리 동네 사람들 모르게 어딘가 숨어야 한다고 말했다. 나는 서둘러 저녁을 지었다. 저녁을 먹고 남편과 오광수는 서방님이 몸을 피하고 있는 의종 아주버님의 집으로 향했다. 거기서 수복이 될 때까지 지냈다.

　아버지의 결사대가 탄로 나 인민군들이 본거지를 급습했다. 아버지나 오광수나 돌아다니며 활동할 수 있는 형편이 아니었기 때문에 두 사람은 한 여인을 연락원으로 두었다. 그런데 그 여인이 배신을 했다. 인민군이 들이닥쳤을 때 마침 두 사람은 점심을 먹으러 나갔기에 다행히 체포를 면했다. 그러나 집주인은 체포되었다. 결코 무사하지 못했을 것이다.

　거취가 알려진 이상 서울은 위험했다. 숨어 지낼 만한 곳이 없었다. 두 사람은 배포 있게 길을 나섰다. 자전거를 타고 황해도의 집으로 가기로 한 것이다. 아버지는 뒤에 오광수를 태우고 페달을 밟았다. 인민군과 군수 물자를 실은 트럭이 연이어 내려오는 길 한쪽에서 아버지는 자전거를 타고 달렸다. 간혹 검문을 받았다. 아버지는 "폐병에 걸린 동생이 이제 죽게 되어 집으로 데려간다"고 둘러대었다. 고문의 후유증, 피란살이의 고생으로 오광수의 행색은 마치 죽어가는 사람 같았다. 인민군들은 의심하지 않고 통과시켜주었다. 그렇게 서울에서 개성을 지나 200리 길을 자전거로 온 것이다. 그 무모함과 배짱이 놀랍다. 어머니는 종종 아버지를 겁 많은 사람이라고 평했다. 인민군들로 가득 찬 200리 길을, 그들에게 신분이 들통 나면 바로 죽을 상황에서 달려왔음을 아는 어머니가 왜 그렇게 말하는지 나는 이해하지 못한다.

오광수는 일제 소형 라디오를 갖고 있었다. 세 사람은 전지를 아끼기 위해 뉴스만 들었다. 일본 방송은 인천 상륙, 서울 수복 등의 소식을 전했다. 종숙의 안내로 밤에만 밖으로 나와 바람을 쐬던 세 사람은 10월이 되자 더 이상 굴에 들어가지 않았다. 수복이 된 것이다.

어머니는 3개월여의 인민 공화국 치하에서 별 고통을 겪지 않았다. 오직 심리적인 고통만을 겪었다. 이는 내가 충청도에서 자라며 들었던 인민 공화국 시대의 이야기나 전라도에서 인민 공화국 시대를 겪은 사람들이 책에 쓴 이야기와는 큰 차이가 있었다. 어머니의 고향에서는 인민군이 들어오자 자발적으로 인민군에 협조하는 사람들이 나타났다. 이들이 반동분자를 색출하고 검거하며 처형하는 일을 주도했다. 그래서 숨을 수도 없었다. 어머니의 친척도 앞장을 섰다.

어머니의 큰아버지에게는 아들이 둘 있었는데 당시 큰아들은 서른넷, 둘째 아들은 스물둘이었다. 어느 날 빨간 띠를 두른 친척이 큰아버지를 찾아와 "할아버지네는 부자로 무사하기 어렵다. 이제부터라도 인민군에게 협조해라. 그리고 둘째를 의용군으로 보내라. 그러면 용서받을 수도 있다"라고 말했다. 스물세 살의 아내와 두 살 난 아들이 있던 둘째 아들은 의용군에 자원했고 다시는 돌아오지 못했다.

사람들은 매일 저녁 한곳에 모여 교육을 받았고 노래를 불렀다. 농민동맹에서는 들판에 나와 벼 이삭의 낱알 수를 세고, 콩깍지에 들어 있는 콩알 수를 세었다.

그런데 어머니는 그런 일을 겪지 않았다. 붉은 완장을 차고 돌아다니는 사람도 없었다. 교육을 받으러 나간 적도 없었다. 어머니의 기억이 의심스러웠지만 여러 사람이 입을 모아 어머니의 말을 뒷받침했다. 이는 다양한 이유가 있었을 것이다. 황해도의 작은 반도까지 선무 공작을 집중할 여력이 없었을 수 있고, 남로당 조직 구축을 호남, 충청에 집중했기 때문일 수도 있다. 그러나 가장 중요한 것은 이 지역에 사는 사람들이 공산당을 혐오한 점에 있을 것이다. 이 지역은 38선 바로 이남으로 사람들은 북한에 대한 많은 정보를 갖고 있었다. 그 정보들은 하나의 명제로 귀결되었다. 바로 "공산당은 사람도 아니다. 그 사람들하고는 함께 살 수 없다"는 것이었다. 그래서 소작농이 잔뜩 있는 연백 지역이었지만 공산당은 파고들지 못했다. 사람들은 인민 공화국에 대한 환상을 갖지 않았고, 속을 사람들도 아니었다. 이는 자미나루에서 노를 젓던 사람이나 염전에서 품팔이를 하던 사람, 즉 명백한 프롤레타리아까지 월남한 사실을 보면 알 수 있다. 설사 선무 공작을 하려고 해도 동조자가 없는 상황에서는 대단히 어려웠을 터다. 어쨌든 이런 분위기로 인해 아버지와 작은아버지 그리고 오광수가 살아남을 수 있었다고 생각한다.

    ✽ 수복이 된 후에는 서방님이 바빠졌다. 매일 아침을 먹으면 집을 나서 저녁때가 되어야 돌아왔다. 방위군 소대장 일을 한다고 했다. 방위군을 불러 모아 훈련을 시키기도 하고 인민군들이 버리고 간 물자와 시설을 지키는 일을 한다고 했다. 어디서 구했는지 인민군이 쓰던 따발총을 어깨에 메고 다녔다.
    논의 벼가 누렇게 익기 시작했다. 사람들은 이른 벼부터 수확에 나섰다. 수확이 모두 끝났을 무렵 중공군이 참전했으며 국군과 유엔군이 밀리고 있다는 소식이 들렸다. 사람들은 당황했다. 다시 인민 공화국 치하가 되기 전에 피란을 가야만 했다. 사람들은 땅을 파고 벼를 숨겼다. 남편은 서방님 그리고 당질과 함께 마당을 네모지게 한 길쯤 팠다. 구덩이 속에 열댓 가마의 벼를 쏟았다. 그러고는 그 위에 가마니와 흙을 덮었다. 다시 그 위에 메방석을 깔아 다른 사람들이 땅속에 벼가 있음을 눈치채지 못하게 했다. 헛청에도 큰 독을 두 개 묻고 가득하니 벼를 부어놓았다.

불안 속에서 하루하루를 보내고 있을 때 내성면 쪽에서 피란민들이 나타났다. 그들은 인민군이 해주까지 들어왔다고 했다. 우리 가족은 다시 피란 준비를 했다. 남편은 광하를 금산촌 큰아가씨에게 보내 같이 떠나자는 전갈을 보냈다. 재촉하는 남편의 소리를 들으며 장롱에서 얼마 안 되는 돈을 꺼내 주머니에 넣었다. 애들이 입을 여분의 옷을 보따리에 싼 후 방을 나왔다. 남편은 이불 두 채를 등에 지고 있었다. 12월 추위가 한창일 때였다. 우리 식구, 서방님과 동서, 큰아가씨 부부까지 함께 길을 나섰다. 다른 피란민들과 함께 두 시간쯤 걸으니 용매도가 건너 보이는 곳에 이르렀다. 일행은 제방 위에 앉아 지는 해를 바라보며 물이 빠지기를 기다렸다. 밤이 되고 길이 거의 열리자 사람들이 바다로 들어섰다. 우리 가족도 일어나 함께 바다를 건넜다.

달에 비친 용매도는 양쪽에 산봉우리가 있고 봉우리 사이에 밭이 있었는데 밭이 꽤 넓었다. 민가도 제법 많아 보였다. 남편은 작은 언덕을 넘어 섬의 남쪽으로 일행을 안내했다. 남쪽으로는 작은 항구가 보였고 개펄 위에 배가 몇 척 쓰러져 있었다. 그 앞쪽 언덕 기슭에 집이 몇 채 있었다. 남편은 그 집 가운데 하나로 일행을 데려갔다. 이성근의 처남이 사는 집이었다. 이성근은 우리 집 인근에 살았는데 용매도에 사는 그의 처남이 종종 우리 마을에 와서 쌀을 사곤 했다. 용매도는 물이 귀해서 쌀농사를 짓지 않았기 때문이다. 우리 가족과 인사를 나눈 집주인은 우리 일행에게 작은 방을 하나 내주었다. 우리 일행만 해도 열 명이었고 방은 비좁았지만 얼굴도 모르는 피란민들이 두세 명씩 방 안으로 파고들었다. 추운 겨울이었기에 노숙할 수는 없었다. 방은 콩나물 시루였다. 누울 자리가 없었기 때문에 모두 앉아서 졸았다. 그러나 아침이 되어 보니 모두 다리를 뻗고 자고 있었다. 호기심에 몇 명인가 헤아려보았는데 무려 열여덟 명이었다.

아침에 남편이 말했다.

"당신은 어머니 모시고 애들과 함께 도로 집으로 가. 타고 나갈 배가 없어. 빨갱이도 여자나 애들은 해치지 않는다고 하니 돌아가도 괜찮을 거야."

항구에 있는 몇 척의 배는 대부분 근방에서 물고기를 잡고 해 지기 전에 돌아오는 작은 배였다. 돛대도 없었다. 인천 등지로 항해하려면 그래도 웬만큼 큰 중선은 되어야 했다. 용매도에는 중선이 두 척밖에 없었다. 다행히 그중 하나를 이성근의 처남이 갖고 있었다. 남편은 다음 날 덕적도로 향하는 그 배에 서방님, 서방님의 큰처남, 이상렬과 함께 타기로 했다. 이는 특별한 배려였다. 이미 그 배는 예약으로 만원이었다. 배가 없어 발을 동동 구르는 사람이 많았다. 그 배를 못 타면 언제 다음 배를 탈 수 있을지도 알 수 없었다.

나는 남편의 말에 당황했다. 다시 인민 공화국 치하에서 살 생각을 하니 덜컥 겁부터 났다. 부부가 헤어지는 것도 걱정거리였다. 예전에 남편의 소식을 몰라 애태우며 걱정하던 기억이 떠올랐다. '이렇게 헤어지면 끝내 헤어지고 마는 것이 아닐까? 다시는 못 보는 것이 아닐까?' 그러나 사정을 알면서 같이 가야 한다고 말할 수는 없었다. 생활력이 없는 시어머니와 어린 세 자식을 봐서도 남편의 뜻을 받아들이는 것이 옳았다.

물이 빠지는 모습을 지켜보다 자리에서 일어났다. 집을 나설 때 주머니에 넣은 돈을 모두 꺼내었다. 1만 원이 조금 더 되는 돈이었다. 모두 남편 주머니에 찔러 넣었다.

"몸 조심하세요……. 우리 걱정은 하지 마세요."

남편은 돈의 일부만 가져가고 나머지를 다시 내밀었다.

"당신도 돈이 있어야지!"

"모두 가져가세요. 이제는 먹고 자는 게 모두 돈이잖아요."

나는 손사래를 치고 발을 떼었다.

"나도 할 일이 없으니 바래다주지!"

남편은 시어머니 등에 업혀 있는 광돈을 받아 업고 앞장을 섰다. "인민군에게 밉게 보일 것이 없으니 돌아가겠다"는 아주버님을 포함해서 모두가 다시 바다로 향했다. 바다의 길은 장터와 같았다. 피란 가려고 바다를 건너오는 사람과 배가 없다고 다시 돌아가는 사람으로 바다는 붐볐다. 모두가 착잡한 심정이었기 때문에 우리는 말 없이 바다를 건넜다. 남편은 바다 한가운데를 좀 더 지나서 멈추었다. 그러고는 서방님을 돌아보며 말했다.

"우리는 이제 그만 가지."

바다 한복판에서 다시 작별 인사를 나누었다.

우리는 해 질 무렵 집에 도착했다. 동서는 친정에 가 있겠다고 짐을 꾸려 떠났다. 겨울은 평온했다. 인민군이 왔다는 소식은 없었다. 쌀은 얼마든지 있었기 때문에 먹고 사는 일은 걱정이 없었다. 빨리 난리가 끝나고 피란 갔던 남편과 서방님이 돌아오기를 기다렸다.

정월이 지나자 인민군 부대가 청단에 들어왔다는 소문이 들려왔다. 덜컥 무섬증이 일었다. 그저 소문이길 바랐건만 점차 인민군이 마을에 나타나기 시작했다. 그들은 낮보다는 밤에 활동을 많이 했다. 낮에는 비행기 공격을 받을 수 있기 때문이었다. 인민군이 어린 소년들을 의용군으로 데려간다는 소문이 돌았다. 나는 큰아들 광하가 걱정되었다. 나이는 불과 아홉 살이지만 키가 커서 인민군의 눈에 뜨일 수도 있었다. 나는 광하를 큰아가씨 댁에 보내기로 했다. 금산촌에 사는 큰아가씨는 여맹위원장으로 인민군의 신임을 받고 있어 광하를 지켜줄 만했다.

이제 나의 큰고모의 됨됨이에 대해 이야기할 때가 되었다. 내가 큰고모와의 추억을 갖게 된 것은 중학교 3학년 때 서산에 가 고모에게서 짜장면을 얻어먹은 일로 시작된다. 그것이 내가 난생처음 맛본 짜장면이었기 때문에 지금까지 기억하고 있다. 당시 고모는 서산 장터에서 사과를 팔았다. 난전이었다. 얼마 후에는 함석으로 지붕을 얹은 간이 건물이 들어서고 그 앞에 텐트를 드리워 햇빛을 막았지만 당시는 그냥 노천에서 과일을 조금 늘어놓고 팔았다. 그러나 그것만으로는 먹고살기 어려워 큰고모부가 품을 팔아 생계를 유지하고 있었다. 아쉽게도 큰고모 부부에게는 자식이 없었다. 그래서 큰고모는 조카들을 자식처럼 예뻐했다.

고모는 입이 참 걸었다. 욕을 입에 달고 살았다. 제일 잘 쓰는 욕이 "씨부랄 놈"이었다. 고모 주변에 있는 사람 가운데 그 욕을 안 들은 사람은 아버지, 광하 형, 나 이렇게 세 사람에 불과할 것이다. 속이 조금이라도 틀리면 누구에게나 그 욕을 했다.

고모부가 세상을 떠난 후 한때 작은아버지가 고모의 과일 가게 일을 도왔다. 작은아버지는 인텔리로 인정받았기 때문에 친구 중에는 내로라하는 인물들이 많았다. 하루는 과일 가게로 서산 유지인 이명진이라는 사람이 찾아왔다. 두 사람은 한쪽에서 장기를 두기 시작했다. 바쁠 때 장기를 두고 있는 게 못마땅했던 큰고모는 한창 두고 있는 장기판을 뒤집어엎었다.

"야이, 씨부랄 놈아, 바쁠 때 웬 장기야!"

같이 장기를 두던 이가 머쓱해서 줄행랑을 쳤다. 그가 떠나자 작은아버지가 큰고모에게 부탁했다.

"제 나이도 이제 예순이에요, 누님! 사람들 앞에서 부끄럽지 않게 좀 해주세요."

큰고모는 눈을 부라렸다.

"이런 씨부랄 놈 좀 보게! 네가 100살을 처먹어도 내 동생이야. 이 씨부랄 놈아."

이러니 남자들도 큰고모에게 꼼짝을 못했다. 그러나 사람들은 큰고모 주변을 떠나지 않았다. 큰고모의 말은 직설적이고 욕이 난무했지만 악의가 없었기 때문이다. 씨부랄 놈이라고 욕하고 나선 썩은 사과 하나와 과도를 주며 "이거나 처먹어, 이놈아!"라고 소리쳤다. 그러면 씨부랄 놈은 씩 웃으며 사과를 깎아 먹었다.

큰고모는 종종 진열된 과일을 하나씩 살펴보고 상한 과일을 골라냈다. 그리고 그것을 방문한 사람에게 먹으라고 주었다. 우리 집에 올 때도 반 정도 찬 박스를 들고 왔다. 이렇게 품질 관리를 하고 있으니 이론적으로 큰고모가 진열하고 파는 과일에는 썩은 과일이 하나도 없었다. 그렇지만 사람들은 과일을 살 때 습관적으로 하나씩 들어 살펴보고 싱싱하고 먹음직스러운지, 흠집은 없는지를 확인한다. 그러면 그때 대뜸 큰고모의 욕설이 날아든다.

"야, 이 씨부랄 년아! 그렇게 골라대면 장사하는 사람은 어떻게 먹고사냐? 네년한테 안 팔아. 가!"

그래서 큰고모 가게에 오는 사람은 과일을 고르지 않았다. 그냥 집어 봉지에 넣었다.

나는 언젠가 큰고모가 남자들에게 걸쭉한 농담을 하는 것을 들은 적도 있다.

"아이고, 남자들이 오줌 누는 것 보면 더러워."

"왜, 여자는 오줌 안 누나?"

"야 이놈아, 여자는 잡아 빼지는 않잖아."

사람들은 큰고모를 좋아했다. 특히 시장 여인들이 좋아했다. 큰고모에게 욕을 먹고 쩔쩔매는 남자들을 보면서 그들은 스트레스를 풀었다.

이런 큰고모가 인민 공화국 치하에서 여맹위원장을 했다. 큰고모는 공산주의 사상을 가진 사람도 아니었고 인민 공화국을 인정하기로 한 사람도 아니었다. 그러나 주변 사람들이 큰고모를 여맹위원장으로 추천했고 큰고모는 마지못해 그를 받아들였다. 만일 큰고모가 반동분자들의 누이였다는 사실을 알았다면 큰고모 역시 반동분자가 되어 인민군의 감시를 받았을 것이다. 큰고모는 자신의 배경을 숨기고 위장된 여맹위원장 역할을 수행해 인민군의 신임을 얻었다. 어머니는 큰고모의 그 거짓된 역할이 우리 가족이 살아남는 데 큰 도움이 되었다고 종종 말했다. 큰고모는 "동생의 가족을 살려야 한다"고 말하며 가끔 찾아와 도움을 주었고 인민군이 나온다는 정보를 입수해서 가족이 미리 대피할 수 있도록 했다.

🌸 광하를 큰아가씨 집에 보내고 며칠이 지났을 때였다. 방아질을 하고 있는데 인민군 한 명이 총을 들고 집으로 들어왔다. 빨간 완장을 찬 남자, 그리고 그 뒤로 또 한 명의 남자가 이어 들어왔다. 모두 처음 보는 얼굴이었다. 빨간 완장을 찬 사람은 소문으로만 들었던 인민반장으로 옆 동네 사람이었다. 우리 동네에는 남자들이 모두 피란을 가 인민반장을 맡을 만한 남자가 없었다. 인민군은 내 앞에 서더니 가방에서 종이를 한 장 꺼내 읽었다.

"최의세는 대한청년단 일신면 지단 부단장으로…… 최성집은 청년방위군 소대장으로……"

남편과 서방님의 죄상이었다. 종이를 다 읽은 인민군은 내 가슴에 총구를 대고 말했다.

"알 만한 여성이니 바른대로 대! 이거 몰라? 부단장 최의세, 소대장 최성집, 어디 있어?"

새파랗게 질려 말이 나오지 않았다. 건너편 방문 앞에서 광돈을 업고 있는 시어머니도 바들바들 떨고 있었다. 나는 겨우 입을 열어 대답했다. 모기만 한 목소리였다.

"몰라요, 어디 있는지……."
"거짓말 하지 말고! 바로 대!"
"정말이에요. 예전에 집을 나갔어요."

인민군과 인민반장은 집을 뒤지기 시작했다. 방으로 들

어가 장롱을 열어보고 발을 굴러 혹시 굴을 파지 않았는지 확인했다. 집을 샅샅이 뒤진 그들은 다시 안방으로 들어갔다. 그러고는 벽에 걸린 괘종시계와 장롱 속에 있던 담요, 그리고 쓸 만한 옷가지를 들고 나왔다. 그 안에는 구멍을 기운 양말도 들어 있었다. 또 그들은 장독대와 부엌을 뒤져 고추장 단지, 고춧가루 단지를 찾아내 들고 나왔다. 인민반장이 그것들을 모두 지게에 실었다. 인민군이 한마디 했다.

"반동분자 집이니 압수한다."

그때 비행기 소리가 들렸다. 하늘을 보니 커다란 정찰기였다. 언제나 그 큰 비행기가 먼저 나타나고 그 후에 여러 대의 쌕쌕이 비행기가 나타나 총을 쏘고 폭탄을 떨어뜨리곤 했다. 놀랍게도 인민군은 추녀 밑에서 마당으로 내려섰다. 자신을 의도적으로 드러내는 행위였다. 그는 비행기를 손으로 가리키며 "아, 이승만 처갓집에서 또 나왔구먼!" 하고 소리쳤다. 그는 몸을 흔들어서 비행기가 자신을 잘 보도록 유도했다. 비행기가 사라지자마자 그들은 도망쳤다. 인민반장을 따라온 남자가 지게를 지고 따라갔다. 시어머니와 나도 시어머니의 치마꼬리를 붙잡고 이 광경을 모두 지켜본 광순과 죽으라고 뛰었다. 우리가 어사천 제방 아래로 피했을 때 몇 대의 쌕쌕이 비행기가 나타났다. 비행기들은 우리 집 주변을 빙빙 돌았다. 그러다 기관총을 퍼부었다. 새우젓 독같이 생긴 폭탄도 한 개 떨어뜨렸다. 그러나 이상하게도 총알이나 폭탄은 우리 집에 떨어지지 않았다. 모두 의종 아주버님의 집에 떨어졌다. 그 집에 놀러 온 손님 한 명과 돼지 한 마리가 죽었다. 돼지는 옆구리에 기관총을 맞아 창자가 많이 흘러나왔음에도 꿀꿀거리며 한참을 돌아다니다가 쓰러져 죽었다. 다행히 폭탄이 집 뒤편에 떨어져 집은 부서지거나 불타지 않았다. 그러나 여기저기 총알 자국이 생겼다. 우리 집 주변에는 탄피가 즐비했다.

폭격이 끝난 후에도 마음이 진정되지 않았다. 계속 불안했다. 인민군이 다시 나타날 것 같았다. 그래서 시어머니에게 얘기했다.

"무서워요. 우리 의종 아주버님 집으로 가요."

겁이 많은 시어머니도 동의했다. 우리는 아주버님의 집으로 갔다. 자초지종을 들은 아주버님은 말했다.

"잘 왔어요. 여기는 면이 다르니 제부 일행이 누군지 아는 사람이 없어요. 그러니 안심해도 돼요. 머지않아 평화가 올 겁니다. 그때까지 여기서 사세요."

종숙의 집에서는 서른 살의 장남과 열네 살의 막내만 남고 중간의 네 형제가 모두 피란했다. 의용군으로 끌려갈 수 있기 때문이다. 종숙은 곧 인민 공화국 치하에서 벗어날 것으로 믿었다. 한밤중에 중부 전선에서 번쩍이는 빛을 보며, 또 포성을 들으며 종숙은 어머니에게 "밀고 올라오고 있어요. 조금만 더 기다리면 돼요"라고 말하곤 했다. 종숙의 아들 중에서 피란을 갔던 다섯째 아들은 인천, 충청도를 떠돌다 빈곤을 이길 수 없어 용매도를 거쳐 다시 집으로 돌아왔다. 아들로부터 피란살이의 어려움을 들은 종숙은 가지고 있던 돈과 마흔두 개의 금반지를 가지고 용매도를 거쳐 충청도로 갔다. 거기에서 둘째 아들을 만나 그것을 전해주고 다시 연백의 집으로 돌아왔다. 그렇게 종숙은 수복을 믿었다. 그래서 결국 종숙과 두 아들은 탈출 시기를 놓쳤고 이산가족이 되었다.

🌸 몇 명이 피란을 갔기 때문에 방에 여유가 있었다. 우리는 큰방을 따로 쓰며 지냈다. 그런데 문제가 있었다. 그 집에는 빈대가 많았다. 빈대들은 낮에 나무 기둥 속에 숨어 있다가 밤에 등잔불만 끄면 기둥에서 나와 사람에게 달려들었다. 자다가 불을 켜보면 발등, 종아리 등 여기저기에 납작한 빈대가 잔뜩 달라붙어 있곤 했다. 아주버님은 "방의 가장자리를 따라 재를 뿌리면 빈대가 재를 넘어오지 못한다"며 비법을 가르쳐주었는데 별 효과가 없었다. 그렇다고 불을 켜고 잘 수도 없었다. 등유를 살 돈도 없었고 돈이 있어도 등유를 살 수 없었기 때문에 등잔불은 꼭 필요한 경우가 아니면 켜지 않았다. 등유가 떨어진 후에는 들기름을 썼다. 아주버님의 집에서는 들깨 농사를 크게 지었다. 그래서 들기름은 많았다. 등유가 떨어지자 곧 성냥도 떨어졌다. 성냥은 여맹위원장을 하는 큰아가씨

가 구해주었다.

인민군이 돌아다닌다는 말을 들으면 방공호로 대피했다. 차갑고 습기 많은 방공호에 할 일 없이 앉아 있는 것은 고역이었으나 밤에 빈대와 싸우는 것이 더 힘들었다. 하지만 빈대에도 점점 적응되어갔다.

농사철이 왔다. 그러나 누구도 농사지을 생각을 하지 않았다. 많은 사람이 집을 떠났기 때문에 농사를 지을 일손이 부족했다. 들판에서 일하다가 비행기를 만나면 폭격을 맞을 수도 있었다. 그리고 농사를 지어봐야 인민군이 모두 가져갈 것이 뻔했다. 인민군들은 벼를 쌓아둔 집이 있다는 소문을 들으면 그 집을 찾아가서 군량미에 협조해달라고 말하며 거의 모두를 가져갔다. 따라서 농사를 지어봐야 헛일이라는 것을 누구도 부정하지 않았다.

나는 가끔 집에 들러 집을 돌아보고 방아를 찧곤 했다. 그런데 여름 장마가 한창일 때 문제가 생겼다. 마당을 파고 묻은 벼가 습기에 그만 싹을 틔운 것이다. 멍석 위로 파란 싹이 올라오고 있었다. 그대로 두었다간 큰일이 날 성싶었다. 장맛비가 잠깐 멈추었을 때 집안사람들을 불러 일을 시작했다. 땅을 파보니 물이 고여 있었다. 다행히 위쪽의 벼만 싹을 틔었을 뿐 아래쪽의 벼는 괜찮았다. 벼를 말리기 위해 모두 꺼내어놓았을 때 인민군 한 명이 나타났다. 사람들은 크게 놀랐다. 이미 인민군과 조우한 경험이 있는 나는 무작정 집 안으로 도망쳤다. 그때 여맹위원장인 큰아가씨가 나섰다.

"동무, 어서 오시오!"

"무슨 일입니까?"

"군량미 보내려고 일하는 중입니다."

"아, 고맙습니다."

인민군은 사라졌다.

  어머니는 큰고모와 그 인민군이 서로 안면이 있는 사이인지는 알지 못한다. 지역 여맹위원장의 말이었기 때문에 인민군이 의심하지 않고 그 자리를 떠났다고 보는 것이 가장 그럴듯하다. 설사 큰고모가 여맹위원장임을 알아보지 못했다고 해도 큰고모의 자세가 매우 당당했기 때문에 의심하지 않았을 수도 있다. 어쨌든 큰고모의 기지가 아니었으면 아마 큰일이 벌어졌을 것이고 큰고모도 위험에 처했을 것이다.

  🌸 군량미 보내려 일한다고 둘러대었기 때문에 군량미를 보내지 않을 수 없었다. 한 이틀 햇볕에 말린 후 도정 작업을 시작했다. 벼를 맷돌에 타면 절반 정도는 껍질이 벗겨진다. 이를 치로 까불은 다음 방아에 넣고 찧는다. 이를 꺼내 다시 치로 까불고 방아에 넣어 찧으면 도정 작업이 완료된다. 나 혼자 해서는 여러 날이 걸리기 때문에 큰아가씨는 동네 노인 몇 명을 불러 함께 일하도록 했다. 여러 사람이 매달려 일한 결과 하루 만에 두세 말쯤 되는 쌀

이 준비되었다. 큰아가씨는 예닐곱 되씩 자루에 넣은 후 노인들에게 쌀을 충암에 져다 주도록 부탁했다.

얼마 후 큰아가씨 집에 머무르고 있던 광하가 의종 아주버님의 집으로 왔다. 그리고 "고모님이 할머니 모셔 오래요"라고 하면서 시어머니를 데리고 갔다. 다음 날 아주버님이 내게 말했다. "어젯밤 금산촌 고모네 식구가 시어머니, 광하와 함께 용매도로 갔어요. 젖먹이가 있는 제부까지 데리고 갈 수 없어 알리지 못하고 그냥 간다고 하대요. 그래도 걱정하지 말아요. 곧 평화가 와요."

날벼락이었다.

'우리를 버리고 자기들끼리만 가다니! 어떻게 자기들만 도망갈 수가 있어?'

분했다. 괘씸했다. 원망은 남편에게로 이어졌다.

'그래, 마누라는 새로 얻으면 되지만 오매는 새로 얻을 수 없지! 마누라 잘 얻는 사람 뭐가 걱정이야?'

남편 소식은 그동안 몇 차례 내 귀에 들어왔다. 난리 통에 할 일이 없는 남편은 인천과 용매도를 오가며 지낸다고 했다. 지역 동향과 가족 소식을 탐문하려고 용매도에 오는 것이다. 이런 소식은 용매도에 머무는 무장대들이 밤에 동네에 들어와 전해주었다. 동네 사람들은 무장대와 가까웠고 그들의 동향을 소상히 알고 있었다. 나는 남편이 시어머니와 광하의 탈출에 개입했으리라 추측했다. 그동안 큰아가씨가 동생의 가족을 살린다고 도와준 일을 생각하면 나를 사지에 남겨놓은 것은 큰아가씨의 뜻이 아니고 남편의 뜻일 수 있다고 생각했다.

큰고모가 군량미 사건이 일어난 직후 월남한 것을 보면 큰고모는 그 사건 때문에 불안했던 듯싶다. 인민군이 큰고모가 생왕리의 반동분자 집에 있게 된 경위에 대해 관심을 가질 수도 있었다. 또 군량미를 지원했다는 사실이 화제가 되면 동네 사람 중 누군가 인민군에 고모의 신분을 알릴 가능성도 충분히 있었다.

🌸 여섯 살 먹은 딸, 세 살 먹은 아들과 함께 버려졌지만 절망하지 않았다. 나는 마음속으로 다짐했다.

'내가 애들 데리고 나갈 거야!'

쌀이 필요한 것은 인민군이나 무장대나 똑같았다. "무장대에게 쌀 한 가마를 주면 사람 하나 내보내준다"고 의종 아주버님은 말하곤 했다. 우리에게 벼는 많았다. 문제는 돈이었다. 애들을 데리고 탈출한다 해도 돈이 한 푼도 없다면 살 수가 없다. 지난겨울 용매도에서 남편과 작별하며 가진 돈을 모두 남편에게 넘겼기 때문에 내 수중에는 돈이 한 푼도 없었다. 혼인할 때 금가락지 하나 받지 않았기 때문에 금붙이도 없었다. 얼마간이라도 돈을 구해야 했다. 다행히 난리 통에서도 청단에는 장이 선다고 했다. 특히 쌀이 귀해서 멀리서 금가락지와 같은 금붙이를 들고 청단장에 와서 쌀로 바꾸어 간다고 했다.

나는 애들을 데리고 집으로 돌아와 하루 종일 방아를 찧었다. 두 말의 쌀이 만들어졌을 때 쌀을 이고 청단으로 향했다. 어사천에 이르러보니 나루에는 나룻배만 있을 뿐 사공이 없었다. 사람이 붐비던 나루였지만 난리로 오가는 사람이 없으니 사공도 배를 지키지 않고 있었다. 근처의 오 씨네로 가서 건네달라고 부탁해 강을 건넜다. 당시에는 오광수의 부친이 나루질을 하고 있었다. 강을 건너자 인적이 뜸한 길이 이어졌지만 치안 상태는 좋았기 때문에 걱정할 필요가 없었다. 길에서 인민군을 만난다고 해도 걱정할 것이 없었다. 이마에 반동분자 가족이라고 써 있지는 않기 때문이다.

장터에는 미전米廛이 열려 있었다. 미전 한쪽에 자리를 잡았다. 그때 커다란 비행기가 나타났다. 비행기를 보고 인민군들이 이리저리 뛰었다. 나도 다른 사람들과 함께 뛰었다. 그 비행기가 인민군들을 보았으니 곧 쌕쌕이 비행기가 나타나 총을 쏘고 폭탄을 떨어뜨릴 것이다. 살려면 그곳을 벗어나야만 했다. 시장 주변에는 철조망이 쳐 있었지만 어렵지 않게 넘어섰다. 어떻게 철조망을 넘을 수 있었는지 지금 생각해도 신기하다. 철조망을 뛰어넘은 후 들판을 내달렸다. 쌕쌕이 비행기들이 와서 시장을 맴돌았다. 나는 여전히 뒤도 돌아보지 않고 계속 달렸다. 총소리, 폭탄이 터지는 소리가 귓속을 왕왕 울렸다. 폭격이 끝나고 비행기 소리가 멀어질 때 헐떡이며 땅에 주저앉았다.

내가 살아 있다는 사실이 믿기지 않았다. 살을 세게 꼬집어 내가 살아 있음을 확인했다. 벌겋게 부어오르는 살갗을 멍하니 바라보다가 망연자실해져서 그 자리에 한참을 앉아 있었다. 억지로 일어나 집으로 향했다. 시장에 두고 온 쌀자루를 찾아야 한다는 생각은 들지 않았다. 몸에 힘이 쏙 빠졌다. 겨우겨우 걸어 나루턱에 도착했다. 사공 오 씨가 반색하며 나를 반겼다.

"여기서도 청단장 위로 까마귀 떼처럼 나는 비행기가 보였어. 기관총 소리, 쿵쿵 폭탄 터지는 소리가 여기까지 울렸어. 나는 구장 댁이 죽었을 거로 생각했지. 그런데 이렇게 살아왔구먼."

오 씨는 배를 저으며 큰소리로 "구장 댁 살아왔다!"라고 소리쳤다. 그 말에 오 씨의 작은마누라가 집 밖으로 나왔다. 나루로 달려와 배에서 내리는 내 손을 잡았다. 나도 울었고 그녀도 울었다.

나는 한동안 충격에서 벗어나지 못했다. 아무런 생각도 할 수 없었다. 다시 쌀을 만들어 시장에 팔러 가는 것은 상상도 할 수 없는 일이었다.

시간은 그냥 흘러갔다. 추석이 왔다. 농사를 짓지 못한 들판은 텅 비어 있었다.

'시어머니와 큰아들이 있었으면 그래도 송편은 만들어 먹을 텐데…….'

시어머니와 큰아들이 떠난 것이 음력 6월 그믐이었으니 헤어진 지도 한 달 반이 넘었다. 추석날 모두 어디서 어떻게 지내고 있을지 궁금했다.

음력 8월이 끝나가던 어느 날, 잠을 자다가 갑작스러운 기척에 놀라 깨어났다. 누군가 창문을 두드리고 있었다. 무서웠다. 직감적으로 '인민군이 잡아가려고 왔나 보다. 이제는 죽는구나'라는 생각이 들었다. 얼마 전 인민군들이 청단의 면사무소 근방에 있는 메주골이란 아주 후미진 곳으로 반동분자들을 모아놓고 몰살시켰다는 소문이 돌아 더욱 가슴을 조이며 지내고 있을 때였다. 나는 죽은 듯 조용히 있었다. 그때 나지막한 음성이 들렸다.

"놀라지 마, 나여! 광돈 오매, 나여!"

뜻밖에도 남편이었다. 나는 놀라 대꾸했다.

"아이고, 여긴 어쩐 일이에요? 여긴 왜 왔어요?"

"남쪽으로 데려가려고 왔어."

"문 열고 들어오지, 왜 거기서 얘기해요?"

"여기서 얘기하고 바로 의종 형님 집으로 갈 거야."

어머니는 이 일화 역시 '아버지가 겁이 많은 사람임을 보여주는 예'라고 한다. 잠시 집에 들어와 앉았다 갈 수도 있었을 텐데 겁이 많아 집에 들어오지도 못하고 창문을 사이에 두고 몇 마디 말을 나눈 후 바로 숨으러 갔다는 것이다. 가족을 구하러 적지에 잠입했지만 어머니 눈에는 여전히 아버지가 겁쟁이로 보였다.

❀ 남편은 이어 말했다.
"내일 아침 일찌감치 애들 데리고 의종 형님네로 올라와!"
"예, 알았어요."
날이 밝기를 기다려 나는 두 애와 함께 아주버님의 집으로 갔다. 남편은 "밤 12시에 여기를 떠나기로 했어. 그렇게 알고 준비해"라고 말했다. 그러나 준비할 것이 무엇이 있겠는가? 아주버님의 집에서 점심, 저녁을 먹으며 밤이 오기를 기다렸다. 날이 저물자 집으로 가 이불과 애들 옷가지를 챙겼다. 그리고 다시 아주버님의 집으로 올라왔다.
"우리를 안내할 무장대와는 봉래촌에서 만나기로 했어. 함께 가면 위험하니 내가 먼저 그쪽으로 가 있을게. 좀 있다가 애들 데리고 그리로 와."
웬 겁이 그리 많은지 못마땅했다. 깜깜한 그믐날 밤에 무엇이 무서워 그러는지.
남편이 출발하고 조금 뒤 나는 광돈을 등에 업고 광순의 손을 잡고서 봉래촌으로 향했다. 봉래촌 입구에 다다르자 남편이 모습을 드러냈다. 남편은 우리를 어느 빈집으로 데리고 갔다.
"여기에 있어. 떠날 때가 되면 다시 올게."
나는 두 애와 함께 깜깜한 빈집 마루에 앉아 하릴없이

남편을 기다렸다. 그때 인민군 한 명이 불쑥 집 안으로 들어오더니 우리에게 총을 겨누며 "누구야?" 하고 소리쳤다. 간담이 떨어지는 줄 알았다. 어찌나 놀랐는지 말도 나오지 않았다. 다시 한 번 인민군이 소리쳤다.

"누구야?"

"여기 살아요."

모깃소리만 했지만 군인에게 들렸는지 그는 말없이 돌아섰다. 그가 나가고 좀 있다가 나는 두 애와 함께 줄행랑을 쳤다. 의종 아주버님의 집에 도착해서 정신을 차리고 광순을 보니 윗옷이 어디 가고 없었다. 그렇게 정신없이 달렸다. 돌아온 나를 보고 아주버님은 한탄했다.

"종수씨, 어떻게 하려고 돌아왔어요? 큰일 났네. 찾느라 얼마나 애쓸까?"

아주버님은 무장대도 인민군 복장을 하고 다닌다고 말했다. 나는 그것을 몰랐다. 복장만 보고 그를 인민군으로 생각했고 남편은 이미 인민군에 붙들려 갔을 것으로 여겼다. 나를 놀라게 하고 아무 말 없이 돌아선 그 무장대원이 원망스러웠다. 아주버님은 막내딸이 입던 옷을 하나 가져다 광순에게 입혔다.

얼마 후 남편이 아주버님의 집에 나타났다.

"왜 그렇게 갔어? 사람 애 다 태우네."

우리는 다시 봉래촌으로 갔다. 이번에는 만나기로 한 장소가 있다면서 바로 그곳으로 데려갔다. 도착해보니 무장대 두 명과 7~8명의 피란민이 우리를 기다리고 있었다. 피란민은 모두 어른이었고 남자였다. 칠흑 같은 밤이어서 얼굴을 분간할 수는 없었다. 한 무장대원이 당초 12시에 출발해야 했는데 우리로 인해 지연되었다며 서둘러야 한다고 말했다.

　무장대 두 명이 앞장을 섰다. 피란민들은 말없이 무장대의 뒤를 따랐다. 나는 광돈을 업었다. 광순은 남편이 짊어진 이불 위에 앉아 남편 목을 꼭 붙들고 있었다.

무장대가 밤에 나타난다는 사실을 아는 인민군은 그때만 해도 무장대와 조우하는 것을 원하지 않았다. 만일 군데군데 매복해서 무장대를 기다렸다면 무장대의 활동이나 민간인의 탈출은 매우 어려웠을 것이다. 그러나 그들은 매복하지 않았다. 등성이 몇 군데에 초소를 지어놓고 그곳을 지켰다. 겁을 주려고 했는지, 아니면 자신의 위치를 드러내서 그쪽으로 무장대가 오지 않도록 경고하려고 했는지 가끔 총소리를 내었다. 인민군은 무장대의 출몰을 막기 위해 요로에 지뢰를 매설해놓았지만 무장대는 지뢰 지대의 위치를 알고 있었다.

　✿ 우리는 숲을 헤치기도 했고 들판을 가로지르기도 했으며 논둑을 걷기도 했다. 또 가슴까지 차는 내를 건너기도 했다. 그런 내를 건널 때는 무장대원이나 피란민 중 젊은 사람들이 나와 애들을 업고 건네주었다. 동이 트기 직

전에 일행은 바다로 들어섰다. 용매도에 도착했을 때는 해가 떠 있었다.

섬에 도착하니 한숨이 절로 나왔다. '송충이같이 징그럽고, 사자같이 무서운 인민군을 이제는 보지 않게 되었다'는 생각에 "허허" 하고 웃음이 절로 나왔다. 섬의 풍경은 예전과는 많이 달라져 있었다. 인민군 복장이나 민간인 복장을 하고 어깨에 총을 맨 무장대원들이 많이 눈에 뜨였다. 그들은 대부분 나보다 나이가 많아 보였다. 나는 그 사람들이 무척 반가웠다. 마치 오빠처럼 친근했다. 피란민들은 예전에 비해서 한결 적었지만 그래도 꽤 있었다. 그들을 인천으로 실어 나르는 배가 며칠 만에 한 번씩 입항하기 때문에 그들은 배를 기다리는 중이었다.

우리 가족을 용매도로 안내한 무장대는 누구일까? 국군과 유엔군이 38선 이북 지역을 수복하자 김일성 정권에 불만을 갖고 있던 청년들은 자율적으로 치안대를 조직해 지역의 치안을 유지하고 패잔병을 체포했다. 이들은 인민군의 무기로 무장을 하고 있었다. 중공군의 참전으로 국군과 유엔군이 후퇴할 때 이들 중 미처 피란을 가지 못한 사람이 많았다. 후퇴 속도가 너무 빨랐고 또 간선 도로에서 떨어진 지역에서는 후퇴 정보에 어두웠기 때문이었다. 이들은 배를 타고 남쪽으로 가고자 서해안으로 나가서는 일단 가까운 섬으로 대피했다. 용매도처럼 걸어 건널 수 있는 섬은 걸어서 들어갔고 걸어갈 수 없으면 작은 배를 타고 건너갔다. 이렇게 해서 1951년 1월에는 압록강 하구에서 한강 하구에 이르기까지 서해의 모든 섬에 피란민들이 모여 있었다. 무장을 하고 있던 청년들은 섬에서 결사대, 치안대 등의 조직을 만들고 독자적으로 게릴라 작전을 전개했다.

이 소식은 미8군에 전해졌다. 미군은 이들이 대단한 잠재력을 가지고 있음을 간파했다. 미군은 이들을 훈련시키고, 무기와 장비를 제공해 무장시켰으며, 식량을 공급하기로 결정하고 G3에 그 활동을 총괄하도록 했다. G3는 이 일을 태스크포스 윌리엄 에이블Task Force William Able이라는 코드명으로 불렀고 여섯 명의 장교에게 이 임무를 맡겼다. 리더는 윌리엄 버크William Burke 소령이었다. 이들은 1951년 2월 15일 가장 크고 피란민도 가장 많은 섬인 백령도에 기지를 만들었다. 처음에는 이 기지를 윌리엄 에이블 기지라고 불렀는데 한 달 후에 레오파드Leopard 기지로 이름을 바꾸었다. 무장대들은 이 기지를 간단히 '표豹 기지'라고 불렀다. 레오파드 기지에서 미군들은 서해안의 각 섬에 위치한 무장대를 부대로 편성했다. 이로써 3월까지 동키Donkey 부대가 탄생했다.

해주만 입구에는 형제섬이라고 불리는 두 개의 섬이 있다. 큰 섬을 대수압도, 작은 섬을 소수압도라고 부른다. 두 섬 모두 배를 타야 갈 수 있다. 이 중 소수압도가 해주에 가까워 해주를 탈출한 청년들은 이 섬에 모여 있었다. 소수압도에서 용매도는 동남쪽으로 14킬로미터 떨어진 곳에 있다. 소수압도의 서남쪽에도 무도, 속도 등 여러 개의 섬이 있는데 이 섬들에는 주로 가까운 옹진반도에서 피란한 사람들이 모여 있었다. 미8군에서 백령도에 기지를 만들 때 소수압도에는 이미 '해주지구 결사대'가 조직되어 있었는데 이들도 자연스레 동키 부대의 일원이 되었다. 이들은 동키 8연대로 명명되었으며 산하에 3대 대대를 두었다. 소수압도에 주둔하는 본부 직할 대대, 용매도에 주둔하는 용매 대대, 무도에 주둔하는 무도 대대가 바로 그것이다. 연대로 명명했으나 규모는 대대에도 미치지 못했다. 구전된 것에 의하면 약 450명이 있었다고 한다. 따라서 어머니 탈출 당시 용매도에는 100명 정도의 동키 부대원이 있었을 것으로 추정된다.

이들 동키 부대의 임무는 무엇이었을까? 미군이 중시한 것은 후방 교란이었다. 이들은 후방인 평안도, 황해도 지역에서 군 초소, 군부대, 분주소, 내무서, 방송국 등을 공격하기도 했고 철도 교량, 터널을 폭파하기도 했다. 이들은 구월산 등 멸악산맥에 근거를 두고 게릴라 활동을 하는 구월산 유격대와 합동으로 작전을 수행했다. 이러한 후방 교란으로 중공군과 인민군은 전선의 병력을 후방으로 돌릴 수밖에 없었다. 미군 기록에 의하면 황해도에만 7만 5,000명의 병력을 투입했다고 한다. 동키 부대의 주 임무는 후방 교란이었지만 그것이 전부는 아니었다. 해군 방첩대와 함께 첩보 활동도 수행했다. 또 피란민 구출, 보호, 수송도 주요한 임무 중 하나였다.

전쟁 중 동키 부대원은 계속 증가했다. 미군 기록에는 1951년 6월에 8,000명을 넘어섰다고 적혀 있다. 미군은 그 많은 대원을 한 기지에서 관할하는 것이 비효율적이라고 판단하고 1952년 1월 1일 기지를 하나 더 만들었다. 바로 울팩Wolfpack 기지다. 이때 동키 부대는 둘로 나뉘어 울팩에서 관할하는 부대는 울팩 부대명을 받았다. 동키 부대와 울팩 부대의 경계는 옹진반도의 서쪽에 있는 선위도였다. 그 동쪽(남쪽)은 울팩 부대가, 서쪽(북쪽)은 동키 부대가 맡았다. 따라서 우리 가족을 안내한 동키 8연대는 울팩 부대로 재편되었다.

두 부대의 활동은 휴전 회담에서 다섯 개 도서를 제외한 모든 도서를 북한에 넘긴다고 합의하며 사실상 중단되었다. 합의에 따라 1953년 6월 8일 두 부대는 그때까지 점령하고 있던 섬을 떠났다. 미군 기록에는 1954년 2월 21일 마지막 작전을 수행한 것으로 되어 있다.

나는 이들 부대원에게 경의를 표한다. 우리 가족은 이들 대원에게서 큰 도움을 받았다. 이들의 도움이 없었다면 우리 가족 역시 이산가족이 되었을 것이고 나는 세상에 발을 딛지 못했을 것이다. 내가 경의를 표하는 이유가 단지 그 때문만은 아니다. 가장 추앙받아야 할 애국자는 자발성에 근거해 행동한 사람이다. 아무런 보상도 없는 일을, 또 그 일을 하다가 죽거나 죽을 수도 있다는 사실을 알면서도 그게 옳은 길이기 때문에 자발적으로 참여한 사람이야말로 진정한 의인義人이다. 순국선열 중에서도 독립 유공자를 으뜸으로 치는 것이 바로 그 이유다. 이는 징집되어 산화한 사람들을 낮추고자 하는 이야기가 아니다. 그 분들에게도 경의를 표한다.

무장대원은 모두 지원자였다. 그들도 나의 작은아버지나 육촌 형제들처럼 인천으로 피란할 수 있었다. 그러나 그들은 피란하지 않았다. 목숨을 걸고 적지에 침투해 전투를 벌였다. 어머니는 많은 무장대원이 목숨을 잃었다고 나에게 말했다. 구전된 기록도 그러한 사실을 보여준다. 그들은 군번도 계급도 없었다. 그저 게릴라였다. 게릴라의 운명은 적지에서 죽고, 죽으면 무덤도 없이 묻히는 것이다. 그러나 그들이 잊혀서는 안 된다. 후손들은 그들을 기리고 다시 후손들에게 그들의 이야기를 전해야 한다.

🌿 용매도에서 한동안 머물며 인천으로 나가는 배를 기다렸다. 8월 그믐에 용매도에 와서 9월 초에 떠났으니 그리 오래 머문 것은 아니었다.

용매도를 떠나 인천으로 가는 날은 바람이 대단히 세게 불었다. 바다 한가운데서 바람에 나무 돛대가 부러졌다. 배를 바로 잡기 위해 선원들이 이리 뛰고 저리 뛰자 남편도 거든다고 나섰다. 이때 신발이 벗겨져 바람에 날아갔다. 나는 선실에서 애들을 안고 배가 무사하게 인천에 도착하기를 빌 뿐이었다.

용매도에서 인천으로 가는 바닷길은 한강, 임진강, 예성강 물이 모두 합류해서 바다로 들어오는 반면 불음도, 주문도 등의 섬들이 남북으로 길게 늘어서 물의 흐름을 방해하고 있기 때문에 예전부터 배들이 많이 난파되던 곳이었다. 그런데 그날은 풍랑까지 대단했던 것 같다. 그날 인천에서 충청도 명천으로 가던 배는 풍랑에 전복되었다. 이 사건으로 어머니의 당숙 두 사람을 포함해서 많은 사람이 죽었다. 우리 가족이 탄 배는 그 배에 비하면 한결 작았고 쇠가 아닌 나무로 만든 배였다. 게다가 엔진도 없는 돛단배였다. 그런 배가 풍랑에 돛대까지 부러지고도 무사히 인천항에 들어왔으니 천우신조가 아닐 수 없다.

🍀 인천에 도착한 후 남편은 우리를 숭의동에 있는 어느 빈집으로 데려갔다. 집에는 곡식은 없었지만 된장, 간장이 남아 있었다. 살림할 수 있는 그릇들도 있었다. 방 하나를 청소하고 가져온 이불을 한쪽에 놓았다. 얼마 후 남편이 시어머니와 큰아들을 데려왔다. 시어머니에게는 야속한 마음이 들었지만 다시 만나니 반가웠다. 시어머니가 잘못한 것이 무어겠는가? 시어머니와 나는 반가움에 손을 잡고 울었다.

이렇게 해서 가족 모두가 다시 모였다. 그러나 암담했다. 어떻게 살아갈 것인가? 시누는 만석동에서 술장사를 하고 있었다. 작부도 두 명이나 두고 있었다. 그동안 남편을 포함한 세 사람이 그곳에서 함께 지냈다고 했다. 남편은 1년 가까이 피란 생활을 했지만 아무런 대책이 없었다. 사실 대책이 있을 수 없었다. 남편은 하룻밤을 지낸 후 시누의 장사를 도와주어야 한다며 술집으로 갔다. 그 후 몇 번 얼굴을 보이더니 다시는 나타나지 않았다. 시누 집에서 가져온 몇 되의 곡식은 아끼고 또 아껴 먹었지만 곧 바닥이 났다.

다행히 피란을 온 직후부터 배급을 받을 수 있었다. 안남미와 보리쌀을 몇 되씩 받았다. 기름이 좔좔 흐르고 끈기 있는 황해도 쌀을 먹다가 훌훌 날아가는 안남미와 보리밥을 먹자니 밥이 제대로 넘어가지 않았다. 특히 보리쌀은 먹기가 참 고약했다. 겨우 껍질만 벗긴 시퍼런 청보리라 꽁지까지 쭉쭉 뻗쳐 있었다. 거칠었고 씹기도 어려웠다. 그러나 그런 보리쌀이나마 아껴 먹어야 했다. 아무리 아껴 먹어도 곧 바닥나기 때문이었다.

나는 송도 앞바다로 나갔다. 개펄에서 맛을 잡았다. 황해도 개펄에는 맛이 많았다. 바쁜 농사일에도 틈이 나면 동네 아낙들과 함께 개펄에 들어가 맛을 잡았기 때문에 나는 맛을 잡는 기술이 있었다. 송도 개펄에는 황해도 개펄만큼 맛이 많지는 않았지만 꽤 있었다. 낮에는 맛을 잡고 밤에는 조갯살을 발라 새벽에 배다리시장에 나가 팔았다. 판 돈으로 곡식을 샀다. 그래도 언제나 먹을 것이 부족했다. 집 주변의 밭에는 똥을 주고 키웠는지 똥과 누런 배추 시래기가 함께 널브러져 있었다. 그 배추 시래기를 주어와 깨끗이 닦은 후 된장을 풀어 찌개를 끓였다. 참 맛있었다. 꿀처럼 달았다.

남편은 집에 오지 않았다. 술집 작부에게 빠진 것 같았다. 황해도에서도 그런 적이 있었기 때문에 나는 실의에 빠졌다. '오매와 큰아들 피란시키고 보니 먹여 살릴 방법이 없어 할 수 없이 마누라 데리고 나왔구나' 하는 생각까지 들었다. 무언가 근본적인 대책이 있어야 했다. 이 집도 그랬다. 이곳에서 연명한다 해도 남의 집이었다. 언제 피란 갔던 사람이 돌아와 "나가라" 할지 몰랐다. 그러나 무엇을 어찌 해야 할지 알 수 없었다. 하루하루 남편에 대한 분노는 커져만 갔다. 때로는 남편을 저주하기도 했다. '너 그러다 죽어서 죗값 받는다.' 더 이상 견딜 수 없었다. 인천을 뜨기로 작심하고 시어머니에게 뜻을 알렸다.

"이대로 살 수는 없어요. 돈도 없고, 먹을 것도 없고, 애비는 들어오지도 않고……. 저는 광돈이 데리고 친정으로 가겠어요. 어머님은 아들과 상의해보세요."

시어머니는 아들보다도 며느리인 나를 더 믿었다. 그런 시어머니를 배신하는 것 같아 죄스러운 마음이 들었다. 그러나 어쩔 수 없었다. 나는 '아베 잘못 키운 죄'이니 어쩔 수 없다고 자위했다. 아들의 행각을 바로잡을 수도, 나의 결심을 되돌릴 수도 없다는 것을 아는 시어머니는 아무 말도 못 했다. 나는 광돈을 업고 집을 나섰다. 그리고 명천으로 가는 똑딱선에 올랐다. 음력 섣달 스무날이었다.

산마루에 올라서서 회실 집을 내려다보았다. 커다란 조끼를 입고 뱅뱅 돌아다니는 명돈, 이제 막 걸음마를 하는 명순을 찾았다. 그러나 아이들은 보이지 않았다. 애들을 떼어놓고 돌아서려니 너무 가슴이 아파 자리에 앉아 울며 아이들을 기다렸다.

충청도에서의
피란 생활

🌸 명천에서 배를 내려 우산 큰집으로 갔다. 혹시나 했지만 용갈미 할머니는 없었다. 3년 전에 세상을 떠났다고 했다. 용갈미 할머니가 없는 지금, 큰집에서 나를 감싸주고 아껴줄 사람은 아무도 없었다. 시집가기 전에 큰집에 자주 가서 놀았고 그때 큰아버지, 큰어머니, 사촌 오빠와 지내기도 했지만 정을 나누며 살지는 못했다. 특히 큰어머니는 나를 달가워하지 않았다. 저녁 먹을 때가 되어도 저녁 한 번 먹인 적이 없었다.

나는 둘째 큰아버지 소식을 물었다. 들판 건너편의 작은 집으로 이사했다고 했다. 곰배팔 어머니는 3년 전에 죽었고 지금은 아들, 며느리, 두 손주와 함께 지낸다고 했다. 며느리가 씀씀이가 커서 살림이 어려워졌고 둘째 큰아버지와 며느리 사이에 갈등이 크다고 했다. 둘째 큰아버지가 며느리를 나무라거나 타이르면 며느리가 지지 않고 맞받아친다는 것이다.

며칠 후 나는 둘째 큰아버지 집을 찾았다. 둘째 큰아버지는 방 안에 혼자 우두커니 앉아 있었다. 망연자실한 표정이었다. 몇 마디 인사를 나누자 둘째 큰아버지는 다시 나에게서 눈을 돌렸다. 한눈에도 살림은 어려워 보였다. 부엌에 들어가 쌀독을 열어보니 보리쌀이 바닥에 깔려 있었다.

큰집에서 나를 환영하는 사람은 없었지만 그래도 큰집은 내가 머무를 만했다. 큰집은 부자였다. 논밭이 많았다. 그래도 밥은 온통 보리뿐이었다. 보리밥을 못 먹는다는 큰어머니만 흰 쌀밥을 먹었다. 며느리는 시어머니를 위해 뚝배기에 따로 밥을 하든가 아니면 두 번 끓여 밥을 했다. 두 번 끓여 밥을 하는 것은 먼저 보리쌀을 넣고 한 번 끓이고 불을 껐다가 솥 가운데에 쌀을 한 움큼 집어넣고 다시 불을 때 끓이는 것이다. 그렇게 하면 쌀과 보리쌀이 뒤섞이지 않았다. 난 큰집이 그 많은 쌀을 아껴서 무엇을 하는지 궁금했다. 비밀은 금세 풀렸다. 가끔 집으로 사람들이 쌀을 사러 왔고 올케는 그때마다 쌀을 팔았다. 팔 쌀을 만들기 위해서 올케는 밤에 종종 방아를 찧었다.

농사일이 없는 겨울이지만 올케는 쉴 틈 없이 일했다. 낮에는 밥하고, 빨래하고, 나무를 했다. 밤이면 시어머니와 함께 모시를 삼았다. 올케가 빤히 힘들게 일하고 있었지만 거들어주지 못했다. 나는 하루 종일 광돈을 업고 있어야 했다. 내려놓으면 온 방을 돌아다니며 방을 어지럽혔기 때문에 눈칫밥이라도 얻어먹으려면 업고 있을 수밖에 없었다. 애를 업고 빈둥거리는 것도 무안해서 아침밥을 먹으면 아는 사람 집을 찾아가 살아온 이야기를 나누며 시간을 보냈다. 밤에 광돈이 잠이 들면 그때야 내려놓았다. 밤에 올케가 방아 찧는 것을 도와달라고 해서 몇 번 도와주기도 했다. 큰어머니는 아침이면 손자를 업고 마실을 갔다. 그리고 저녁이 되서야 집에 돌아왔다. 아이에게 젖을 먹이지 못하는 올케의 젖은 오후가 되면 퉁퉁 불었다.

1952년 설이 다가왔다. 친정에서 눈치 보며 쇠는 설이 처량했다. 설인데도 떡국도 못 먹고 있을 아이들의 얼굴이 떠올랐다. 떡국은커녕 배라도 채우면 다행이지 싶었다. 불현듯 아이들이 보고 싶었다.

설을 쇠고 며칠이 지났을 때 광하와 광순을 데리고 시어머니가 나타났다. 남편은 보이지 않았다. 시어머니는 손주를 데리고 친정으로 가는 길이라고 했다. 남편에 대한 분노가 치밀어 올랐다.

'어떻게 사람이 그럴 수 있나? 자기는 남의 계집과 인천에 살고 어머니한테는 내 새끼 데리고 당신 친정으로 가라며 배에 태워 보내다니……'

나는 치를 떨었다.

시어머니는 하룻밤을 자고 두 손주와 함께 친정으로 향했다. 일행을 보내며 난 한없이 울었다. 손주를 데리고 친정에 간 시어머니가 겪을 설움, 또 그 속에서 자식들이 겪을 설움을 생각하니 눈물을 멈출 수 없었다. 나도 친정에서 눈칫밥을 먹으며 살고 있었지만 다행히 부잣집이라 미안함이 조금 덜했다. 그러나 시어머니의 친정은 사정이 어렵다고 했다. 먹을 것도 변변치 않은 집에 어찌 의탁할 것인지 절로 한탄이 나왔다. 또한 할머니 손을 잡고 떠나는 자식들이 한없이 불쌍했다. 나도 부모와 함께 살지 못했다. 동네 아이들이 "아버지" "어머니" 부르는 것을 볼 때마다 아버지, 어머니와 함께 살지 못하는 내 처지가 속상했다. 그런데 이제 자식들이 그런 처지가 된 것이다. 눈물이 멈추지 않았다.

사실 할머니의 신세는 어머니보다 나았다. 할머니기 손주 둘을 데리고 신시리 친정에 나타났을 때 그 모습을 본 나의 진외숙모는 이렇게 말했다.

"고모가 먼저 자초지종을 짧게 말했지. 그랬더니 시아버지가 불같이 역성을 내더구먼. '건달한테 시집가더니 자식도 건달로 키웠구먼. 오매와 처자를 데리고 함께 와서 살 방도를 찾아야지 제 놈은 인천에 남고 오매에게 자식을 딸려 외가로 보내?' 고모는 아무 말도 못 했어. 그냥 울기만 했지."

당시 작은아버지는 진외가에서 머지않은 곳에 살면서 호구지책을 찾고 있었다. 이런 작은아버지와 대비했을 때 아버지의 행동은 지탄받을 만했다. 그러면 작은아버지는 어떻게 살고 있었을까? 아버지와 용매도를 거쳐 인천으로 탈출한 작은아버지는 수원에서 아버지와 헤어져 고향인 충청도로 왔다.

충청도에 왔을 때는 마침 국민방위군이 조직되고 이들을 경상도 지역으로 이송하는 일이 추진되고 있었다. 중공군의 참전으로 서울이 재함락된 상황이었기 때문에 병력 자원을 미리 남쪽으로 대피시키는 것이었다. 국민방위군 조직 역시 청년방위대원들이 장악하고 있었기 때문에 작은아버지는 자연스럽게 고향에서 국민방위군 소대장으로 임명되었고 서산군 고북면 지역의 방위군을 대전으로 이송하는 책임을 맡았다. 전국적으로 수행된 이 국민방위군 이송 과정에서 수만 명의 방위군이 죽었다. 이송을 위해 할당된 예산을 국민방위군 간부들이 모두 횡령하는 바람에 방위군에게는 음식, 잠자리, 옷이 제공되지 않았다. 때는 한겨울이었다. 이로 인해 아사, 동사, 병사한 인원이 수만 명에 이르렀다. 많은 사람이 죽었기 때문에 파장이 대단했다. 방위군 사령관을 포함한 다섯 명이 처형되었다. 정치적 위기를 맞은 이승만 대통령은 결국 대한청년단을 해체했다.

작은아버지가 인솔하는 방위군이 대전에 도착했을 때 해산 명령이 떨어졌다. 서울이 다시 수복되고 전선이 안정되고 있었기 때문에 굳이 경상도로 대피할 이유가 없었다. 작은아버지는 고향으로 돌아와 영기 재종형의 집에 거처를 두고 이리저리 탐문하며 먹고살 방도를 찾았다. 이때 작은어머니가 재종형의 집에 나타났다. 작은어머니는 뒤늦게 작은오빠와 함께 연백을 탈출해서 인천에 도착했고 이때 다행히 아버지를 만나 작은아버지의 소식을 들었다. 두 사람은 진외가의 도움으로 진외가에서 머지않은 수당리의 빈집에 피란 살림을 차렸다. 할머니가 나타났을 때가 바로 이때였다.

진외조부는 할아버지를 '건달'이라고 표현했다. 그러나 할아버지는 흔히 말하는 건달은 아니었다. 주색을 좋아한 것은 틀림없었다. 그러나 도를 넘지는 않았다. 그래서 진외조부의 건달이란 표현은 '학문을 멀리하는 사람'을 의미한 것으로 이해한다. 학자의 집안에서 사위를 고를 때는 학문을 알고 즐기는 사람을 찾는다. 할아버지도 그런 사람으로 치부되었기 때문에 그 집안의 사위가 되었을 터다. 그러나 할아버지는 재산을 잃고 장사치가 되었다. 사농공상의 맨 밑바닥 삶을 살게 된 것이다. 재산을 잃었을 때 맹씨 집안은 할아버지를 동네로 불러와 인근에 살게 하면서 재기하도록 도움을 주었다. 그러나 할아버지는 결국 장사치의 길로 나아갔다. 분명 맹씨 집안의 실망이 대단했을 것이다.

당시 진외가는 여유 있게 살고 있었다. 서당을 하고 있어서 1년에 벼 스무 가마가 들어오던 때였다. 중농 이상이었다. 그래서 할머니 일행은 편하게 살 수 있었다. 어리고 서열도 낮았던 어머니와 달리 할머니는 당시 예순이었고 진외조부 다음가는 연장자였다. 나이 예순의 여동생이나 고모를 홀대하는 것은 학문에 맞지 않았다. 조카며느리는 할머니 일행을 위해 따로 상을 차렸다.

🌸 정월 대보름을 지내고 며칠 지났을 때 큰어머니가 나를 불렀다.

"한 치 건너 두 치란다. 내 딸도 못 먹이는데 너 오래 먹일 수 없다."

나가라는 것이다. 내 딸도 못 먹인다는 말은 무슨 말인가? 큰어머니는 아들 둘과 딸 하나를 두었다. 딸은 출가 후 딸 하나와 아들 하나를 낳았는데 남편이 죽어 그만 과부가 되고 말았다. 딸은 두 아이를 데리고 우산 친정으로 돌아왔다. 큰어머니는 딸이 친정에 와서 양식을 축내는 것이 아까웠다. 그래서였는지 큰어머니는 딸을 개가시키고 딸의 두 소생을 맡아 키우고 있었다.

사실 키웠다기보다는 종처럼 일을 시켰다. 외갓집에 갔을 때 두 사람은 외가 식구들과는 사뭇 달랐다. 옷은 남루했고 밥도 따로 먹었다. 국민학교에도 다니지 못했다. 나는 그들이 누구인지를 물었고 "고아"라는 대답을 들었다. '고아를 데려다 재워주고 먹여주니 그렇게 대접할 수도 있겠다'고 생각했다. 그러나 실은 딸의 자손이었고 동생의 자손이었다.

🌸 막막했다. 그러나 애원하지 않고 물러섰다. 큰어머니의 됨됨이를 알고 있었기 때문이다. 피는 물보다 진하다고 해서 피를 나눈 친정에 찾아왔지만 한 달도 되기 전에 쫓겨나게 생겼다. 어디로 가야 하는가? 미운 남편이지

만 남편의 핏줄을 찾아 의탁해야 했다. 그것이 유일한 희망이었다. 당시 인근에서 남편과 제일 가까운 핏줄은 당질인 영기로, 친정과 같은 동네에 살았다. 조카뻘이지만 큰시아버지의 후손이었기에 남편보다 열 살이 위였다. 다음으로 가까운 친척은 재준 및 재근 당숙이었다. 그들은 친정에서 5리쯤 떨어진 산성리에 살고 있었다. 이때 재근 당숙이 우리를 불렀다. 정확히 말하면 당숙모가 불렀다. 당숙모는 "모이 두고 산으로 가겠는가?" 하면서 함께 살자고 했다. 그 집은 정말 초가삼간 옴팡집이었다. 당숙모는 윗방을 정리한 다음 우리에게 그 방을 쓰게 했다. 부엌도 같이 써야 했다. 솥이 두 개 있었는데 당숙모는 나에게 큰 솥을 쓰게 했다. 겨울에는 물을 데워놓고 써야 하기 때문에 최소한 두 개의 솥이 있어야 한다. 보통 가마솥을 이 용도로 쓴다. 내게 큰 솥을 쓰게 했으니 당숙모는 물을 데워 쓸 수 없었다. 음식 준비, 설거지, 세수 모두 찬물로 해야만 했다. 그 고마움을 잊을 수가 없다.

    당숙의 집은 논 두 마지기에 손바닥만 한 밭농사를 짓고 있었다. 그러나 그것으로는 부부와 아들 둘, 딸 하나가 먹고살기 부족했다. 당숙은 병에 걸려 꼼짝 못했다. 하루 종일 방에서 연신 "아이구 배야, 아이구 배야" 하며 연명하고 있었다. 그래서 당숙모가 광주리장사를 했다. 비누 몇 장, 성냥 몇 통을 광주리에 담아 이고 인근의 동네를 돌며 팔았다.

우리와 가장 가까운 집안인 영기 재종형이 어머니를 초대하지 않았다고 해서 그를 욕할 수는 없다. 재종형의 집은 피란민 수용소 노릇을 했다. 나의 작은아버지도 한동안 그 집에 머물렀고 피란 온 의종 당숙의 자제들도 그랬다. 아쉬운 점은 어머니를 초대한 재종조모의 집은 어머니가 갈 수 있었을 세 집 중 가장 가난했다는 점이다.

❈ 친정을 떠나며 나는 이제부터 어떻게 먹고사나 걱정스러웠다. 친정을 떠날 때 올케는 보리쌀 몇 되가 든 자루 하나를 주었다. 그 보리쌀이 떨어지기 전에 방도를 찾아야 했다. 다행히도 친정 쪽의 친척이 도움을 주었다. 친척은 나를 이끌고 면사무소로 갔다. "굶어 죽게 된 피란민이 있으니 나라에서 살려야 한다"고 말하며 배급을 받을 수 있게 해주었다.

피란민이 배급을 받기 위해서는 먼저 기류계寄留屆라는 것을 작성해야만 했다. 기류계는 가족 사항을 기록한 것으로 임시호적에 해당한다. 피란 온 사람이 한국 사람임을 증명하는 문서다. 기류계를 제출한 후 사회계에 배급 신청서를 제출하면 배급을 받기 위한 행정 절차는 끝이 난다. 그리고 나서는 기다리기만 하면 된다. 배급은 부정기적이었다. 배급할 양곡이나 옷가지 등이 면에 도착하면 면에서는 신청자에게 배급을 받아가도록 통지했고 피란민들은 개별적으로 면사무소를 방문해서 배급을 받았다. 대리 수령은 허용되지 않았다.

🍀 얼마 후부터 배급이 나왔다. 인천에서 먹던 안남미와 청보리쌀이었다. 억세고 질긴 보리쌀을 씹으며 나는 피란 온 것을 종종 후회했다. 그 좋은 쌀 모두 버리고 나와 배곯아가며 고생하는 신세가 답답했다.

겨울바람은 칼로 살을 에는 듯 매서웠다. 땔나무가 귀했고 나무를 할 사람도 없었기 때문에 당숙모는 군불을 때지 못했다. 윗방은 불을 땠을 때나 겨우 냉기가 가시는 정도였다. 그 추운 방에서 나는 광돈이와 겨울의 마지막 날들을 보냈다.

산성리에 정착한 지 며칠이 지났을 때 친정 올케가 무언가를 이고 왔다. 내려놓고 보니 꼭지 달린 지서리에 무 잎사귀 절인 것이 국물째 담겨 있었다.

'부잣집이 참 인색하구나. 밑동이나 달린 것으로 주지.'

그 인색함에 기가 막힐 뿐 고맙다는 생각은 들지 않았다. 그러나 맛은 건건한 것이 보리밥에 반찬으로 먹기는 괜찮았다. 얼마 후 올케는 빈 항아리도 하나 보내주었다. 옹기장수가 큰집에 옹기를 늘어놓고 도부꾼으로 하여금 팔게 하고 있었는데 그것을 하나 사서 보낸 것이다. 그러나 쓸모가 없었다. 살림이 없는데 무슨 항아리가 필요하겠는가? 주는 것마다 미깔맞기만 했다.

다음 날 한 여인이 나를 찾아왔다.

"아주머니, 제가 우산 사는 당질붑니다. 진작 인사드리지 못해 미안해요."

바로 당질인 영기의 처였다.

"아주머니, 그냥 이렇게 살 순 없는데…… 어떻게 해요?"

"아무것도 할 게 없네요. 돈도 없고…… 아이도 있고……."

당질부는 주머니에서 돈을 꺼내 내밀었다.

"이것으로 광주리장사라도 해보세요. 무엇이든 하셔야지요."

1만 원이라는 큰돈이었다.

1만 원은 얼마만 한 가치가 있었을까? 해방될 때 쌀 한 가마의 값은 1,240원이었다. 그러니 이때의 가치로 따져보면 1만 원은 참으로 큰돈이었다. 그러나 해방 후 인플레이션이 일어나면서 6·25 전쟁이 발발하기 전인 1949년 말에는 쌀 한 가마가 1만 9,660원이 되었다. 6·25 전쟁이 일어난 뒤 쌀은 더욱 귀해졌다. 게다가 정부는 전쟁을 감당하기 위해 돈을 마구 찍어냈다. 그 결과 쌀값은 1년에 네 배씩 올라 1952년 말에는 쌀 한 가마가 100만 원을 넘었다. 화폐 개혁이 필요했다. 정부는 전쟁 중이었지만 1953년 2월 17일 100원을 1환으로 하는 화폐 개혁을 실시한다. 이런 사실에 비추어 볼 때 1952년 이른 봄의 1만 원은 쌀 서너 되 정도의 가치였을 것으로 추측한다. 지금이야 얼마 안 되는 돈이지만 당시에는 쌀값이 금값이었기 때문에 지금과 같은 가치로 생각할 수는 없다. 특히 무일푼이었던 어머니에게는 매우 소중한 돈이었고 실제 재기의 종잣돈이 되었다. 어머니는 영기 형수의 은혜에 대해서 종종 말했다. 먼 후일의 이야기지만 추가할 만한 흥미로운 일화가 있다. 아마 1973년의 일이었을 것이다.

그때 어머니는 장티푸스에 걸려 식음을 전폐하고 있었다. 할머니가 세상을 떠난 지 얼마 안 되었기 때문에 궤연을 설치하고 그 안에 할머니 위패를 안치한 다음 아침저녁으로 상식을 하고 있을 때였다. 자식들이 모두 서울에 나가 있어 집에는 어머니와 아버지 둘밖에 없었다. 어머니가 밥도 못 먹고 누워 있다는 소식을 듣고 큰외숙모가 음식을 차려 왔다. 마치 한약을 달이듯이 누룽지를 오래 끓인 것이었다. 어머니는 정성이 고마워 자리에서 일어나 한 숟갈을 떴다. 그러나 모두 토하고 말았다. 굶은 지 일주일 되던 날, 이번에는 영기 형수가 무엇인가를 들고 왔다. 형수는 궤연을 활짝 열고 들고 온 것을 위패 앞에 놓았다. 그러고는 그 앞에 무릎을 꿇고 앉아 울면서 큰 소리로 빌기 시작했다. "여기 당신 며느리가 다 죽어가고 있습니다. 낫게 해주세요. 빨리 낫게 해주세요." 한참을 빌더니 형수는 그릇을 내려 어머니의 머리맡에 내려놓았다. 어머니를 일으켜 앉히더니 숟가락으로 그릇 안에 담긴 음식을 입에 떠 넣어주었다. 입안에 달착지근한 맛이 감도는 게 놀랍게도 팥죽이었다. 어머니는 '내가 팥죽을 먹을 수 있을까?' 생각하며 음식을 삼켰다. 그런데 뜻밖에도 욕지기가 일지 않았다. 그렇게 팥죽을 먹고 어머니는 다시 살아났다.

🌿 당질부의 말대로 나는 광주리장사를 하기로 했다. 큰당숙모가 소식을 듣고 광주리를 하나 주었는데 밑이 거의 빠져 있었다. 당숙모가 가르쳐준 대로 빈 광주리를 이고 광돈을 업고 서산의 장터로 향했다. 당시는 그 지역이 모두 서산군이었다. 자유당 시절에 선거구를 고치며 당진군이 되었지만 그 후에도 사람들은 당진장보다는 서산장을 즐겨 다니며 빨랫비누, 세숫비누, 성냥, 양초 등을 샀다.

산성리에서 서산장은 30리 길이다. 아무리 빨리 걸어도 두 시간이 걸린다. 아이를 업고 광주리를 이고는 빨리 걸을 수 없다. 그러니 왕복에 여섯 시간은 족히 걸렸다. 광돈이는 만 세 살이 지나 있었다. 그런 커다란 아이를 업고 다니는 것은 나도 힘들었지만 광돈이도 힘들어했다. 광돈이는 등 뒤에서 종종 몸부림을 쳤다. 땅에 내려놓으면 신이 나 이리 뛰고 저리 뛰며 다시는 업히려 하지 않았.

광주리장사는 잘되지 않았다. 잘 팔리지도 않았고 팔아도 남는 게 별로 없었다. 쉽게 할 수 있는 것이 광주리장사여서 당시 광주리장사를 하는 사람이 꽤 많았다. 장사꾼이 많으니 장사가 안 되는 것은 당연했다. 당숙모처럼 부업으로 생각한다면 그럭저럭 만족할 수 있었을 것이다.

그러나 나는 그것으로 먹고살아야 했다. 광주리장사로는 먹고살 수 없음을 확신하고 얼마 후 장사를 그만두었다. 뒤에서 몸부림치던 광돈이의 고생도 끝이 났다.

따뜻한 봄날, 시어머니와 자식이 있는 신시리를 찾았다. 시어머니에게 말했다. "산성리로 가서 함께 살아요." 시어머니는 목이 메어 대답을 하지 못했다. 눈물을 흘리는 시어머니를 보며 나 역시 눈물을 참지 못했다. 광순이도 영문을 모른 채 따라 울었다. 졸지에 울음바다가 되었다. 울음을 그친 시어머니는 사람을 보내 광하를 데려오게 했다. 그때 광하는 수당리 서방님 집에서 지내고 있었다. 이렇게 해서 남편을 제외한 가족이 다시 모여 살게 되었다.

며칠 후 인천행 배에 올랐다. 중고 옷을 사러 가는 길이었다. 광주리장사로 이 마을 저 마을을 돌면서 많은 사람을 만났고 그들 대부분이 형편없는 옷을 입고 있음을 보았다. 전쟁 통에 물자가 귀하니 어쩔 수 없었다. 사람들이 입은 넝마 같은 옷을 보면서 나는 배다리시장의 넝마전을 떠올렸다. 넝마전은 시장 한쪽에 헌 옷을 파는 가게들이 모여 있는 곳이었다. 헌 옷이라 값은 헐값이었지만 옷은 깨끗했다. 그 옷을 사다가 촌에서 팔아보기로 했다.

배다리시장 넝마전에는 여전히 좋은 중고 옷들이 가득했다. 나는 모시옷을 찾았다. 이미 봄이 한창이어서 모시옷 입을 철이 다가오고 있었고 넝마전 역시 모시옷을 진

열해놓고 있었다. 풀을 먹여 다림질까지 해놓아 중고 옷이지만 번듯했다. 주머니를 털어서 옷을 샀다. 털어보아도 얼마 안 되는 돈이니 몇 벌 사지 못했다.

옷을 산 후 숭의동에 있는 김창기의 집을 찾았다. 그 집에서 잠을 잘 작정이었다. 김창기는 청단 부근에 살던 치과 기술자였다. 그의 부친과 시아버지가 가까웠고 그래서 그와 우리 식구도 가깝게 지냈다. 지난겨울 내가 피란 와 숭의동에서 지낼 때 그도 피란 와 인근에 살고 있음을 알았다.

김 씨 부부는 나를 반가워했다. 우리는 밤늦도록 살아온 이야기를 주고받느라 느지막이 잠이 들었다. 잠을 자는데 누군가 내 몸을 더듬었다. 김 씨였다. 그와 내 사이에는 그의 처가 잠들어 있었는데도 손을 뻗어 나를 더듬고 있었다. 나는 놀라 손을 뿌리쳤다.

내가 가져온 중고 모시옷들은 인기가 좋았다. 초여름처럼 더운 날씨도 도움이 되었다. 당시 농촌에서는 길쌈을 해서 모시를 짰지만 그것은 팔려고 만든 것이지 입으려고 만든 것은 아니었다. 대장간 집에 쓸 만한 칼이 없다는 말이 딱 들어맞았다. 그러니 내가 가져온 도시의 번듯하면서도 싼 모시옷에 사람들이 끌리는 것은 당연했다. 그러나 문제가 있었다. 농촌에서는 현금이 귀해서 곡식을 주고 물건을 샀다. 그런데 내가 모시옷을 팔 때는 보릿고개로 곡식조차 귀했다. 부득이 외상을 줄 수밖에 없었다. 어떤 이는 보리를 거두면 준다고 했고 어떤 이는 벼가 나오면, 또 콩이 익으면 준다고 했다. 비록 외상이었지만 옷은 하루 이틀 만에 다 팔렸다.

외상이 많이 깔려 장사 밑천이 부족했다. 그러나 여름에는 품을 팔 곳이 많아서 먹고사는 것은 어렵지 않았다. 배급도 여전히 나왔다. 한 동네에 사는 문 씨는 우리를 많이 생각해주었다. 그 집의 일을 해줄 때면 낮에 밥을 넉넉하게 했다가 저녁에 꼭 남은 밥을 싸주었다. 참으로 고마운 사람이었다.

가을이 되니 외상이 걷혔다. 방에 곡식이 쌓였다. 나는 곡식을 인천에 가져갈 심산이었다. 그해 여름 인천에서 장사를 한다는 사람을 본 적이 있었다. 그는 곡식을 사서 인천에 가져다 팔았는데 뱃삯을 빼도 꽤 남는다고 말했다. 나도 그렇게 해보기로 했다.

잡곡을 배에 싣고 인천으로 향했다. 배 안에서 만난 한 상인이 영신상회라는 도매상을 추천했다. 그녀와 함께 영신상회로 갔다. 주인은 일흔쯤 되어 보이는 할머니였다. 일은 '서사'라 불리는 중년의 여자가 다 하는 것처럼 보였다. 서사가 나에게 거래하는 방법에 대해 설명해주었다. 이야기를 나눈 후 나는 '어디로 갈까?' 고민했다. 어딘가에서 잠을 자야 했는데 아무리 생각해도 김창기의 집으로는 갈 수 없었다. 상인들은 밥집에 가서 잠을 잔다고 했다. 밥만 사 먹으면 잠은 공짜로 재워준다는 것이다. 나는 상인들을 따라 밥집으로 갔다. 돈을 주고 밥을 사 먹어야 하는 점이 아쉬웠지만 어쩔 수 없었다. 저녁을 먹고 상인들은 남녀가 뒤섞여 술을 마시고 화투를 쳤다. 나는 그들과 어울리지 않고 한쪽 구석에 몸을 뉘었다. 까무룩 잠이 들었다가 한밤중에 누군가 내 발을 만져 놀라 일어났다. 어스름하게 남자들이 누워 자는 모습이 보였는데 여자는 한 명도 없었다. 그때 문득 여자들은 다락에서 잔다는 말이 떠올랐다. 황급히 다락으로 올라가 여자 상인들 틈에 자리를 잡았다.

여기서 인천 장사에 대해 소개하는 것이 좋겠다. 당시의 육로 수송은 기차가 중심이었다. 그러나 서산, 당진에는 기차가 다니지 않았기 때문에 해로를 이용한 전통적인 수송 방법에 의존했다. 집에서 머지않은 곳에 명천이라는 항구가 있었다. 명천은 지금 대호방조제로 막혀 있지만 당시는 충청도 내륙으로 깊숙이 들어오는 항구였다. 서산 읍내는 거기에서 30리 길이고 당진 읍내는 40리 길이었다. 기록에 의하면 조선 시대에도 '명천창鳴川倉'이 있었고 그곳에 지역의 조세, 공물을 보관했다가 한양으로 보냈다고 하니 항구로서의 명천의 역사는 꽤 긴 듯하다. 그러나 명천은 만조 시에만 배가 들어올 수 있는 항구였다. 간조가 되면 20리 아래까지 물이 빠졌다. 이때는 개펄밖에 보이지 않았기 때문에 항상 물때에 맞춰 배를 운행해야 했다. 그래서 항구에는 한 달 동안 유효한 선박 운항 시간표가 매월 초에 게시되었다. 그러나 만조 전후의 두세 시간은 운항이 가능했으므로 출항 시간은 새벽 6시인 경우가 많았다. 이 시간이 간조와 맞아떨어지면 배는 미리 부두를 떠나 수심 깊은 곳으로 이동한 후 부두에서 승객을 나룻배로 날랐다. 그것마저 불가능하면 출항 시간을 뒤로 늦추었다. 초여드레나 스무사흘의 조금 때는 물이 조금 들어오기 때문에 오후 1시나 2시에 출항해야만 했다. 도착할 때도 마찬가지였다. 인천항에서는 명천에 배가 도착했을 때 70퍼센트 정도 만조가 되도록 출항 시간을 잡았다. 혹시 배에 고장이 나거나 중간의 기착지에서 시간을 더 써도 명천 부두에 접안할 수 있게 한 것이다. 배가 제시간에 도착하면 만조 때까지는 시간이 얼마간 남게 되어 배는 바다에서 만조를 기다렸다. 이때도 승객은 나룻배를 이용해 바로 상륙했다. 배는 가끔 고장이 났고 물때를 맞추지 못하는 경우도 더러 있었다. 그러면 배는 명천까지 오지 못했다. 승객들은 명천에서 10리 아래에 있는 출포나 20리 아래에 있는 사성에서 내려 걸어야 했다. 명천에서 출발한 배는 출포, 사성, 적서, 삼길포, 난지도, 영흥도를 거쳐 인천에 갔다. 일곱 시간이 걸렸다. 6시에 명천을 출발하면 보통 점심때 도착했고 오후에 출발하면 밤에 도착했다. 그러나 배가 고장이 나서 자정이 넘어 도착한 때도 있었다.

어머니가 장사를 할 때에는 인천-명천 간에 칠복호와 장곡천안이라는 두 배가 매일 교대로 운항했다. 배를 타는 사람들은 인천, 서울로 여행하는 사람들이 주였지만 상인들도 많았다. 어머니의 인근 동네에서도 인천 장사를 하는 사람들이 다섯 명이 넘었으니 명천 주변을 모두 치면 수십 명은 족히 되었을 것이다. 이들은 화물을 가지고 다녔기 때문에 '화주'라고 불렸고 배에서 대접받았다. 배가 부두에 도착해 화물이 하역되면 바로 화물 적재가 시작되었다. 그래서 화주들은 출항하기 전날 소가 끄는 달구지에 화물을 실어 부두로 보냈다. 이때 화주도 품목, 수량을 기재한 목록을 가지고 부두에 갔다. 부두에서는 '화륙'이라 불리는 사람이 달구지에서 곡물을 하역하는데 이때, 또는 화주가 도착한 후에 목록과 현물을 하나하나씩 대조했다. 배에서 화물을 관장하는 사람을 '보승'이라고 불렀는데 보승은 화륙과 함께 화물을 하나씩 확인하고 선적을 지휘했다. 화물이 서로 섞이지 않도록 가능하면 한 장소에 적재하도록 했다. 일이 끝나면 보승은 화주에게 물표를 떼어 주었다. 오늘날의 선하 증권과 같은 것이다. 선적이 다 이루어지면 화주들은 선창에 있는 취급점에서 저녁을 사 먹고 잠을 잤다. 술을 마시거나 화투를 치면서 출항을 기다리는 상인들도 있었지만 대개는 방에 들어가 잠을 잤다.

　남자 상인에 비해 여자 상인의 수가 한결 많았다. 남자들은 대부분 쌀을 취급하는 큰 상인이었다. 그러나 여자 상인들은 콩, 팥 등 잡곡을 취급했다. 여자 상인들은 자루 몇 개와 저울을 들고 인근을 돌아다니며 잡곡을 사 모았다. 아침을 먹으면 나가서 해 질 무렵에 돌아왔다. 이렇게 모은 잡곡을 인천으로 가져갔다. 반면 쌀을 취급하는 큰 상인들은 거의 돌아다니지 않았다. 이들은 가마니 단위로 쌀을 샀다. 가마니 단위로 쌀을 파는 경우는 잔치를 하거나 땅을 사거나 학비를 대는 등 집안에 무슨 일이 있을 때였다. 이럴 때 사람들은 상인을 찾아가거나 상인이 곳곳에 심어놓은 중간책을 통해 쌀을 팔았다. 아버지도 한때 중간책 역할을 했다. 북쪽 산 넘어 고지네라는 동네에 윤화삼이란 부자가 살고 있었는데 그 사람의 딸이 과부가 되어 친정으로 돌아왔다. 훤칠한 미인이었다고 한다. 그 여인이 인천 쌀장사를 시작했다. 아버지가 가진 인간관계가 좋았기 때문인지 이 여인이 아버지를 중간책으로 삼았다. 나는 좋지 않은 소문이 끊이지 않았던 아버지의 삶 이야기를 들으며 그 여인과도 깊은 관계가 있지 않았을까 의심했지만 어머니는 "그렇지 않다. 그 여자는 똑똑하고 경우가 바른 사람으로 결코 그런 짓을 할 사람이 아니다"라고 무를 자르듯 단언했다.

아버지는 한동안 중간책 역할을 잘 수행했다. 그러나 사건이 터져 그 역할은 곧 끝이 나고 말았다. 쌀을 사달라고 받은 10만 환을 들고 다니다가 노름판에서 노름하는 사람에게 빌려준 것이다. 돈을 빌려 노름을 한 사람이 그 돈까지 잃어 문제가 터졌다. 나중에 돈을 돌려받기는 했지만 돌려받기까지는 시간이 꽤 걸렸고 그래서 그 여인이 자초지종을 알게 되었다. 그게 끝이었다. 이 경우처럼 쌀을 취급하는 상인은 큰 상인이었다. 그리고 일정량 이상의 쌀이 구매되었을 때만 인천에 가져갔기 때문에 이들은 자주 배를 타지 않았다. 반면 잡곡을 취급하는 여인들은 가을 추수 후에는 일주일에 한 번씩 배를 탔다. 시장에 자리를 잡고 곡식을 사들이는 상인도 있었다. 이들 역시 큰 상인이었는데 물량이 많을 때는 트럭을 빌려 육로를 통해 인천으로 가져갔고 그만한 물량이 되지 않으면 배에 실어 가져갔다. 곡물을 취급했기 때문에 상인들이 제일 바쁠 때는 가을 추수가 끝난 후였다. 그때부터 이른 봄까지가 대목이었다. 장마가 들기 시작하면 장사는 중단되었다.

일곱 시간이 걸리는 인천 항해는 지루한 여행이었을 것이다. 화주들은 항해의 무료함을 달래기 위해 다다미가 깔린 선실에 모여 술을 마시고 화투를 쳤다. 술기운이 오르면 노래를 부르고 춤을 추었다. 배에서는 할 일이 없는 보승도 친한 화주들과 함께 어울렸다. 선장, 기관장도 들어와 잠깐씩 어울리다 가곤 했다. 이렇게 남녀가 어울리다 보니 가끔 불미스러운 일이 일어나기도 했다. 이런 일은 대체로 상인들 간에 일어났지만 그렇지 않은 경우도 있었다. 칠복호의 보승은 나이가 든 사람으로 점잖았다. 그러나 장곡천안의 보승은 젊었고 까불까불했다. 이 보승과 한 여자 상인의 눈이 맞았다.

인천항에는 화주와 거래하는 도매상에서 보낸 사람들이 손수레를 끌고 나와 배를 기다렸다. 배가 도착하면 화주는 물표를 그들에게 넘겨주고 바로 도매상으로 갔다. 마중 나온 사람들이 보승과 함께 화물을 확인하고 수레에 실었다. 보승은 일을 정확하게 처리했다. 어머니는 10년 장사 동안 한 번도 화물 문제가 일어난 적이 없었다고 말했다.

어머니가 10년 가까이 거래한 영신상회는 서사라고 부르는 중년의 여자가 아침에 출근해서 일을 하고 저녁이면 퇴근했다. 그녀는 거래처에 전화해서 물품을 인수하도록 하고 주산알을 굴려 화주에게 지급해야 할 물대를 계산했다. 계산을 마치면 화주에게 직접 돈을 주었다. 물품은 보통 빠르게 팔려나갔기 때문에 도착 당일에 물대를 받는 경우도 있었다. 그러나 대개 다음 날까지 팔려나갔다. 따라서 2박 3일이 표준적인 인천 장사 여행이었다. 그러나 급한 경우에는 1박 2일 여행도 가능했다. 이때까지 팔리지 않은 품목이 있으면 다음에 와서 받았다.

화주들은 앞에서 말한 밥집에 머물렀다. 낮에는 인천을 쏘다니며 구경하기도 하고 물건을 사기도 했으며 동네 사람들이 요청한 심부름을 하기도 했다. 그러나 밤이면 모두 밥집에 모였다. 밤에는 술을 마시고 화투를 쳤다. 어머니는 두 번째 장사 여행에서 함께 간 상인들과 함께 이 밥집을 찾게 되었고 추행을 당한 것이다.

✼ 난 오전에 출항하는 배를 타고 집으로 돌아오고 싶었다. 그러나 가지고 간 물품 중에 아직 팔리지 않은 것이 있어 하루를 더 인천에 머물러야 했다. 인천을 구경하며

하루를 보냈다. 저녁때가 되어 영신상회로 돌아오니 서사가 물대를 정산해주었다. 상회에 머물 이유가 없었지만 그냥 앉아 있었다. 밥집에 가기가 싫었다. 누가 발을 만졌는지는 모르지만 그 사람 근처에 가는 것이 영 내키지 않았다. 밥집에 가지 않고 머뭇거리는 내게 주인 할머니가 물었다.

"권 씨는 왜 밥집에 가지 않우?"

"거기는 가고 싶지 않아요."

할머니도 소문을 들었는지 이유를 묻지 않았다. 그리고 뜻밖의 제안을 했다.

"여기서 자. 나와 함께."

가게 뒤편에 만든 방은 코딱지만 했다. 그러나 두 사람이 빠듯하게 잘 수 있을 만큼은 컸다.

그때부터 어머니는 그 방에서 잠을 잤다. 나중에 나를 업고 장사하면서부터 어머니는 '권 씨' 대신 '명돈 엄마'로 불렸다. 식구가 하나 늘었지만 영신상회 할머니는 여전히 어머니와 나를 방으로 초대했다. 어머니는 나를 허벅지 위에 올려놓고 잠을 잤다. 방이 좁은 탓도 있지만 오줌을 누면 재까닥 치워 주인 할머니에게 오줌이 흘러가는 것을 막기 위해서였다. 물론 그때도 기저귀는 있었다. 기워 입을 수 없을 만큼 해진 옷을 잘라 만든 기저귀였다. 방수포도 없었다. 그러니 어머니는 내 오줌에 지린 속치마를 입고 다녀야 했다.

충청도에서의 피란 생활

✼ 다음 날 아침, 나는 아침밥을 지었다. 며느리 노릇을 한 것이다. 그 할머니는 혼자 가게에서 살았다. 외롭게 사는 노인이었다. 손자는 가끔 보였으나 아들이나 며느리가 나타난 적은 없었다. 그 노인과 함께 자는 것이 관례가 된 후부터는 인천에 갈 때마다 반찬을 한두 가지 준비해갔다.

아침밥을 먹은 후 배다리시장으로 가 유똥치마와 인조 옷감을 샀다. 유똥치마는 기성복이었다. 반짝반짝 빛이 나고 국화 무늬가 선명한 것이 아주 예뻤다. 당시에는 유똥치마, 인조 저고리, 인조 치마가 유행이었고 시골 여인들도 하나씩 갖고 싶어 했다. 충청도로 돌아와 이것들을 이고 다니며 팔았다. 비싼 물건이지만 잘 팔렸다. 때로는 도둑을 맞기도 했다. 산성리의 어느 집에 들러 물건을 보여주고 일어서는데 밥이나 먹고 가라며 붙잡았다. 고맙다고 인사하고서 부엌에 들어가 차려준 밥을 먹었다. 그런데 다음 집에 가서 보따리를 풀어보니 유똥치마 하나가 없어졌다. 부엌에서 밥을 먹는 사이에 **빼낸** 것이 틀림없었다.

인조 장사를 마지막으로 보따리 장사를 그만두었다. 보따리 장사는 발품과 시간이 많이 들었다. 또 대부분이 외상이어서 수금을 하려면 몇 번 더 찾아가야 했고 심지어는 한 철을 기다려야 하는 경우도 있었다. 이에 비해 곡물을 사서 인천에 가져가 도매상에 넘기는 장사는 회전이 빨랐다. 가을 추수 후에는 곡물을 파려는 사람들이 많았기 때문에 이를 사서 인천에 가져가 파는 데 일주일이면 충분했다. 또 이 장사는 수금의 어려움도 없었다. 문제는 자본이 없다는 것이었다. 나는 외상으로 물건을 얻을 요량을 했다. 보따리 장사를 하며 친해진 사람들에게 외상으로 물건을 구할 수 있을 것 같았다.

그즈음 우산 큰집에서 나를 불렀다. 큰집에 가니 큰아버지가 남편 소식을 물었다. 모른다고 대답했다. 인천에 갔을 때 소문을 들은 바가 없느냐고 재차 물었다. 들은 바가 없다고 대답했다. 큰아버지는 "왕팥 한 말을 줄 테니 인천에 가서 최 서방을 찾아라. 그리고 내가, 팥을 판 돈으로 가마솥을 사서 지고 오라 했다고 전해라"라고 말했다. 길 아래에 사는 작은집에서는 녹두 한 말을 주며 광목을 사다 달라고 부탁했다. 나는 그것들과 그동안 모은 잡곡을 가지고 인천으로 향했다.

인천에서 남편 소식을 물어볼 수 있는 사람은 김창기밖에 없었다. 영신상회에 들렀다가 김 씨의 집을 찾았다. 뜻밖에도 남편은 그 집 윗방에서 어떤 여자와 살고 있었다. 남편은 밖에 나가고 없었다. 부역을 하러 갔다고 했다. 김 씨의 처가 나를 안방으로 안내했다. 그러고는 조그맣게 속삭였다. "이렇게 예쁜 마누라를 둔 남자가 저런 늙은 여자와 무슨 짓이람?" 그녀가 말하길 남편은 배급을 타서 생활한다고 했다. 충청도에 간 처와 자식까지 함께 사는 것으로 올렸는지 배급 타오는 양이 많다고 덧붙였다. 그 말에 분노가 하늘까지 치밀어 올랐다.

'식구 배급까지 받아 혼자 처먹고 살다니······.'

얼마 후 남편이 집에 돌아왔다. 손에는 삽이 들려 있었다. 나는 분노를 삭이고 큰아버지의 말을 전했다.

영신상회에서 잠을 자고 다음 날 아침 다시 김 씨의 집으로 갔다. 남편이 기다리고 있었다. 우리는 배다리시장에 가 커다란 가마솥을 골랐다. 쇠죽을 끓일 수 있는 커다란 솥이었다. 어깨에 멜 수 있도록 남편이 새끼줄로 솥을 묶는 동안 내가 셈을 치렀다. 우리는 함께 명천행 배에 올랐다. 배에서 내려 집에 잠깐 들러 시어머니에게 인사하고 바로 우산으로 향했다. 솥을 지고 들어오는 사위를 보고 큰어머니가 한마디 했다.

"사위 얼굴 보기 힘들구먼."

나무라는 소리는 없었다.

아버지와 어머니의 관계에서 이 가마솥 사건은 매우 중요하다. 인천을 떠나며 어머니는 아버지를 증오했다. 그리고 시어머니가 두 손주를 데리고 친정에 가는 모습을 지켜보며 아버지에 대한 증오심을 더욱 키웠다. '사람도 아니다'라고 생각했다. 그 후 1년이 다 되도록 아버지는 나타나지 않았다. 처자의 피란살이가 얼마나 힘들지 아버지도 상상할 수 있었을 터이다. 그러나 아버지는 그를 방치했다. 그런 아버지를 어머니는 찾아간 것이다. 그것도 "충청도에 내려가 함께 살자"고 말하기 위해서. 아버지를 찾았을 때 아버지는 다른 여자와 함께 살고 있었고 그곳에서 같이 사는 여자를 만나기까지 했다. 하지만 어머니는 돌아서지 않았다. 옆방에서 아버지를 기다렸고 아버지에게 친정 큰아버지의 말을 빌려 자신의 뜻을 전했다.

참으로 놀라운 일이다. 어떻게 이런 일이 일어날 수 있을까? 더욱 놀라운 것은 어머니가 이 일을 대수롭지 않게 생각한다는 점이다. 그간 인민 공화국, 용갈미 할머니, 장사 등 이 책에 나왔던 많은 이야기에 대해서는 적어도 어머니가 몇 번씩 들려주곤 해서 퍽 익숙한 이야기였다. 하지만 가마솥 이야기는 지금껏 한 번도 전해 듣지 못했다. 나는 어머니에게 친정 큰아버지의 심부름을 하고 싶지 않아 고민하지 않았는지, 배를 타고 인천에 가며 속상하지 않았는지를 물었다. 그러나 어머니는 그런 적은 없다고 했다. 어머니는 말했다.

"자식 봐서라도 같이 살아야지 어떡하겠니? 사내는 다 그러려니 하고 넘어가야지."

"남자들 중에도 바람 안 핀 사람은 많잖아요?"

"그렇지. 남자라고 다 바람 피는 건 아니지. 그렇다고 같이 안 살 순 없잖아. 자식 봐서라도……. 네 애비에게 고마워하는 마음도 있지. 잡히면 죽는 것을 알면서도 나를 데리러 왔지 않겠니? 고맙지. 안 데려왔으면 난 죽었을 거다."

어머니는 아버지를 용서하고 있었다. 그리고 아버지가 돌아오기를 기다리고 있었다. 친정 큰아버지는 그 맥락을 이해했고 기회를 만들어주었다. 나는 종종 어머니가 감성적이기보다는 이성적인 사람이라고 생각하곤 했는데 이때도 그런 생각을 지울 수 없었다. 정말로 대단한 이성의 힘이었다. 그 힘 앞에서 아버지에 대한 증오는 기운을 잃었다.

가마솥 사건에서 아버지는 어떠했는가? 나는 어머니에게 물었다.

"어머니, 내가 아버지였다면 그때 가마솥을 메고 오지 못했을 것 같아요. 창피스럽기도 하지만 같이 사는 여자와 정리도 해야죠. 혹시 아버지가 나중에 가겠다는 말은 하지 않았나요?"

"응, 그런 말은 하지 않았어."

아버지도 반성의 나날을 보내고 있었음에 틀림없다. 사실 죄책감 없이 그런 생활을 할 수 있는 남자는 드물 것이다. 그러나 죄책감에도 불구하고 아버지는 그 생활에서 빠져나올 수 없었다. 용서를 비는 것은 자존심이 허락하지 않았다. 없었던 일이라고 치부하고 뻔뻔스럽게 사는 것도 양심상 할 수 없었다. 아내가 받아줄 것인지도 알 수 없었다. 그래서 그냥 주어진 틀 속에서 하루하루를 보내고 있었으리라. 그때 어머니가 아버지를 찾아왔고 아버지는 그런 어머니가 고마웠을 터다. 돌아갈 마지막 기회라고 생각하고는 여자를 정리하고 바로 어머니를 따라나선 것임에 틀림없다. 그때 아버지나 어머니가 조금이라도 자존심을 세웠다면 그게 두 사람의 마지막 만남이 되었을 수도 있다. 참으로 중요한 순간이 아닐 수 없었다.

나는 어머니의 용서에 감격한다. 아버지의 반성과 용기에 고마워한다. 그리고 큰외할아버지의 기지에 탄복한다. 가마솥을 사 오는 것은 정말 작은 일이었다. 그러나 그 작은 일이 부부를 다시 함께 살게 했고 가정을 온전하게 만들었다. 작은 것이 큰 것이고 큰 것이 작은 것이라는 말은 이런 때에 딱 들어맞는다.

❋ 충청도로 돌아오는 배에서 남편은 의화 작은아가씨를 만났던 일에 대해 말했다.

"몇 달 전에 의화를 만났어. 피란 나와 만석동에 있더군. 시어머니와 일곱 살 먹은 조카하고 피란 나왔대. 그런데 시어머니와 애하고 같이 지내는 게 아니고 강화도 출신이라는 어떤 남자하고 같이 지내는 거야. 화가 나서 '네가 사람이냐? 시어머니, 애 모두 버리고 이게 무슨 짓이냐?'고 야단을 쳤지. 얼마 전에 만석동에 갔다가 의화를 찾았는데 안 보이데. 시어머니와 애도 안 보이고. 그 후 못 만났어. 그때 너무 심하게 야단쳤어. 무서워서 어디 숨었나 봐."

우리 가족 중 누구도 작은고모를 다시 만나지 못했다. 자존심이 강한 아버지도 "그때 참 잘못했다"고 자식 앞에서 종종 후회했다. 1970년대에 경찰은 대한민국 국민 모두를 컴퓨터에 입력하고 실종된 사람을 찾아주는 캠페인을 벌였는데 아버지는 그 기회를 놓치지 않았다. 작은고모의 이름과 나이를 입력해 검색한 결과는 무려 수십 명이었다. 아버지, 작은아버지, 큰고모 세 사람은 인쇄된 주소를 들고 전국을 돌았다. 그러나 세 사람이 찾는 사람은 그들 중에 없었다. 1982년 KBS에서 〈이산가족 찾기〉 생방송을 할 때에도 아버지는 방송국으로 달려갔다. 방송국 안팎에서 '최의화를 찾습니다'라고 적힌 종이를 가슴에 달고 다녔다. 그리고 거기에서 똑같은 사람을 찾는 젊은 남자를 만났다. 만석동에서 만났을 때 일곱 살 아이였던 조카 '시종'이었다. 시종은 어머니와 만석동을 떠나 숭의동에서 잠깐 살다가 헤어졌으며 그 후는 할머니와 함께 살았다고 했다. 두 사람은 끝내 '최의화'를 만나지 못했다.

🌼 남편의 귀향으로 여섯 명의 가족 모두가 함께 살게 되었다. 그러나 여섯 명이 초가삼간의 윗방에서 살기에는 방이 너무 비좁았다. 이때 하성리에 사는 을희 아버지가 남편을 불러 말했다. "아저씨 가족이 살기에 그 집은 너무 좁다. 우리도 집안이니 도와야겠다. 회실會室로 와라."

그 친척은 나의 10대조에서 나뉜 집안사람으로 이름은 '영수'였고 5대 종손이었다. 전주 이씨인 본부인과의 사이에서 자식이 없었기 때문에 대를 이을 아들을 얻기 위해 김 씨 여인을 작은마누라로 얻었다. 김 씨는 자식을 낳았으나 아쉽게도 딸만 넷을 낳았다. 을희가 바로 막내딸이다. 영수 종형은 결국 동생의 아들, 인규를 양자로 들여 대를 이었다. 그런데 이 집안에 특이한 일이 있었으니 바로 본처인 이 씨와 첩인 김 씨의 관계였다. 이 씨는 자신이 대를 이을 자식을 낳지 못했다고 한탄하며 김 씨가 꼭 아들을 낳아주기를 바랐다. 비록 김 씨가 아들을 낳지는 못했지만 그래도 함께 살며 자식을 낳아주는 것을 항상 고마워했다. 이런 이 씨의 배려 덕분일까? 김 씨는 이 씨를 어려워했고 깍듯이 어른으로 대했다. 김 씨가 낳은 네 딸들도 이 씨를 존경하고 사랑했다. '큰어머니'라고 부르지 않고 '어머니'라고 불렀다. 한때 이 씨가 병이 들어 생사가 분명하지 않았다. 이때 김 씨의 둘째 딸이 밖으로 나가 자귀를 들어 가운뎃손가락을 내리쳤다. 뼈가 으깨지고 살이 찢어져 피가 흐르자 그대로 방에 들어와 큰어머니의 입을 열어 흐르는 피를 마시게 했다. 그 정성 덕분이었을까? 이 씨는 소생했고 그 후 10년 이상 살다 세상을 떠났다. 둘째 딸의 그 손가락은 아쉽게도 관절이 굳어 더 이상 구부러지지 않았다.

이 씨는 나의 할머니와도 친척 지간이었다. 할머니의 고모의 손녀딸이었다. 그래서 이 씨는 할머니를 좋아했다. 이 씨는 초파일에, 또 불공을 드리기 위해 안국사나 개심사를 찾았는데 그때마다 할머니, 외동서 김 씨 이렇게 세 사람이 동행했다.

회실은 마을 사람들이 모여 행사를 치르는 장소로 지금의 마을 회관이었다. 하지만 영수 종형의 소유였기에 소유자로서 마을 사람들의 동의를 얻어 용도를 바꾼 것이다. 회실은 여섯 칸의 크기였다. 대문을 열고 들어가면 헛청이 있고 헛청 너머에 부엌과 방이 있었다. 처음에는 방이 하나였는데 나중에 작은아버지가 함께 살면서 헛청 오른편에 방을 하나 더 만들었다. 이런 집의 구조는 전통적인 충청도 양식과 전혀 달랐다. 되레 황해도 집과 비슷했다.

🌸 우리는 바로 이사를 했다. 여전히 남의 집이었지만 당숙의 집보다는 한결 쾌적했다. 방도 컸고 부엌도 널찍했다. 좁은 부엌에서 두 사람이 엉덩이를 부딪치며 음식을 장만하던 어려움도 사라졌다.

그러나 새로운 어려움이 우리를 기다리고 있었다. 당숙의 집은 빈한했지만 그래도 사람이 사는 곳으로 가재도구도 갖추어져 있었고 된장, 고추장도 얻어먹을 수 있었다. 그러나 회실은 살림을 하는 곳이 아니었다. 된장과 간장도, 밥그릇도, 밥상도, 물을 떠오기 위한 물동이도, 물을 담아두는 항아리도 없었다. 부엌에는 그저 커다란 무쇠솥만 덩그러니 걸려 있었다. 그냥 빈집이었다는 표현이 정확할 것이다. 우리가 가진 것은 피란 나올 때 가져온 놋쇠 수저 다섯 벌과 무명 이불 한 채뿐이었다.

을희네의 도움으로 살 수 있었다. 밥그릇, 밥상, 양은솥, 작은 항아리 등의 살림과 된장, 간장, 김치까지 나누어주었다. 고마움이 이루 말할 데가 없었다. 부엌을 개조해서 작은 아궁이를 하나 더 만들고 양은솥을 걸었다. 거기에서 밥을 했다. 본래 걸려 있던 무쇠솥에서는 물을 데워 썼다. 뜨거운 물을 써야 할 때마다 바로 쓸 수 있는 것이 참 좋았다. 대수로운 일이 아닐 수 있지만 추운 겨울을 나기가 한결 수월했다. 이는 부엌을 혼자 쓰게 된 당숙모 역시 마찬가지였을 것이다.

이사 오고 며칠이 지나자 이웃에 사는 여인이 나를 찾아왔다. 동네 아낙 몇 명이 옹기그릇을 사러 간다고 하면서 나에게 같이 가자고 권했다. 봉화산 너머 여미리에 옹기 가마가 있는데 그곳에 보리쌀 두세 되만 들고 가면 겨우 이고 올 만큼 많은 옹기를 살 수 있다고 했다. 바로 시아버지가 옹기를 사던 곳이었다. 찌그러지거나 흠이 난 그릇은 덤으로 준다는 말에 나는 보리쌀 한 되를 들고 따라나섰다. 그리고 흠이 나거나 찌그러졌거나 입이 터진 '무기'라고 부르는 옹기만 잔뜩 사서 이고 왔다.

회실에 살면서 땔감을 구하는 것이 큰일이 되었다. 당숙의 집은 큰 산 밑에 있어 틈틈이 산주 몰래 나무를 할 수 있었다. 하지만 이곳에서 나무를 하려면 산을 넘어가야만 했다. 가까운 산은 동네에서 마주 보였고 산에 나무가 없어 산에서 땔감을 찾는 모습이 멀리서도 잘 보였다. 그때마다 산주가 소리를 질러댔다. 산을 넘어가도 민둥산으로 땔감이 없는 것은 마찬가지였지만 그래도 산주에게 들키지 않고 그럭저럭 땔감을 구할 수 있었다. 나는 마포로 만든 푸대를 들고 가 나무를 해서 머리에 이고 돌아왔다. 아껴 때도 겨울에는 2~3일에 한 번은 산에 가서 나무를 해야 했다. 남편은 나무하는 것을 거들지 않았다. 자식 중에는 광하가 나무를 할 만큼 컸지만 하루 종일 상을 펴놓고 공부하는 애를 끌고 나가는 것이 안쓰러워 혼자 나무를 했다. 딸이 살림을 도울 만큼 자란 후에는 딸을 데리고 다니며 나무를 했다.

아침저녁으로 음식을 만드는 일은 쉬웠다. 찬을 준비하는 일이 없었기 때문이다. 배급으로 받은 청보리쌀에 안남미를 섞어 밥을 했다. 밥만 놓고 먹을 수는 없어 무언가를 하나 만들곤 했는데 가장 많이 만든 것이 물에 된장만 풀어 끓인 된장찌개였다. 찌그러진 뚝배기에 쌀뜨물을 반쯤 채우고 된장을 넣어 푼 후 밥솥에 넣어 함께 끓였다. 뜸이 들기 시작하면 솥에서 꺼내 아궁이에서 보글보글 끓였다. 요즘 같으면 쳐다보지도 않을 음식이나 찬이 그것밖에 없으니 그것도 남지 않았다.

김장할 때가 되면 을희네, 권 선생네 등의 집에 가서 김장하는 것을 거들어주고 무와 배추를 얻었다. 그들도 김장을 하고 남은 것 중에 쓸 만한 것은 모두 땅에 묻었다가 꺼내 먹으니 우리에게 차례가 오는 것은 모두 형편없는 것들뿐이었다. 그것을 젓갈도 고춧가루도 없이 그냥 소금에 절여 김장을 했다. 그래도 신기하게 익어 김치가 되었다.

 무는 귀중한 채소였다. 구할 수 있는 대로 구해서 땅에 묻어두었다가 필요할 때마다 꺼내 먹었다. 겨울과 이른 봄에는 특히 먹을 게 부족했다. 품을 팔 농사일이 없으니 모든 식사를 집에서 해결해야만 했고 그래서 곡식이 더 들었다. 돈을 벌지 못하니 보리쌀이나 잡곡을 살 수 없었다. 오직 배급을 받는 것만으로 먹고살아야 했는데 배급으로 받은 양곡은 필요한 양에 크게 모자랐다. 당연히 양식이 부족했다. 그래서 땅에 묻어두었던 무를 꺼내 채 썬 후 보리쌀과 섞어 밥을 했다. 솥에 먼저 보리쌀을 깔고 그 위에 무채를 올려놓은 후 불을 땠다. 대개 반반씩 넣었지만 배급이 늦어지면 대부분이 무였다. 곡식이 떨어질 때가 되면 죽을 끓이기도 했다. 주로 끓이던 것이 김치죽이었다. 아무것도 없이 그냥 소금에 절여 담근 배추김치를 썰어 솥에 넣고 물을 부었다. 거기에 된장을 묽게 푼 후 쌀을 한 줌 집어넣고 불을 땠다. 봄에 쑥이나 나물이 자라면 그것으로 죽을 쑤기도 했다. 점심은 생각할 수도 없었다.

 사실 나는 거의 먹지 않았다. 무밥일망정 밥을 넉넉하게 하지 못했다. 시어머니, 남편, 자식의 순으로 밥을 푸고 나면 솥에는 밥이 거의 남아 있지 않았다. 밥상을 방에 들여놓고 나는 부엌으로 돌아와 숭늉을 끓였다. 다 끓으면 숭늉과 내 밥그릇을 올려놓은 쟁반을 들고 방으로 들어가 한쪽에 따로 앉아 밥을 먹었다. 안 먹을 수는 없으니 옆에 앉아 먹기는 했지만 언제나 먹는 둥 마는 둥이었다. 대신 난 밖에서 점심을 얻어먹었다. 물건을 사기 위해 동네를 돌다 보면 점심때가 되고 그러면 점심을 권하는 집들이 많았다. 나는 사양하지 않았다. 가능하면 배부르게 먹었다. 그게 저녁밥일 수도 있었다.

참 억지로 살았다. 집에는 인천으로 가져갈 잡곡이 있었지만 아무리 먹고살 것이 부족해도 손대지 않았다. 그것이 생명 줄이었기 때문이다. 된장이나 간장이 떨어지지 않은 것이 다행이었다. 어디 가서 장 좀 달라고 한 적은 없었다. 사람들은 된장, 간장을 여유 있게 담갔다. 햇된장이 나올 때도 묵은 된장이 넉넉하게 남는 것이 보통이었다. 그래서 된장, 간장 인심은 나쁘지 않았다.

여름철은 살 만했다. 남의 집 농사일을 도와주며 배부르게, 맛있게 먹을 수 있었다. 우리 가족의 처지를 알고서 일이 끝나고 집에 돌아갈 때 바가지에 밥을 담아주던 사람들도 많았다. 을희네는 일꾼을 사서 일할 때마다 우리 가족을 모두 불러 점심을 먹게 했다. 품을 판 돈이 있으니 배급으로 받은 것이 떨어져도 보리쌀을 사 먹을 수 있었다. 밭에 반찬거리가 풍성했기에 이웃들은 우리에게 반찬거리나 반찬을 나누어주곤 했다. 우거지가 끼었다며 버리려는 짠지도 얻어다 찌개를 끓여 먹었다. 동글동글하게 썰어서 뚝배기에 넣어 밥솥에 넣어 끓이면 간간한 것이 먹을 만했다.

가을이 오면서 나는 다시 장사를 시작했다. 그러나 밑천이 부족해 어려움이 많았다. 외상으로 물건을 구해 인천에 가져가 판 후 돈을 주었지만 당장 돈이 필요해 팔려는 경우에는 그냥 물러설 수밖에 없었다. 인천 장사를 하는 사람들도 늘어났다. 남쪽으로 피란 갔던 사람들이 인천이나 서울의 집으로 돌아오면서 곡식이 귀해져 장사는 좋았다. 새로 장사에 끼어든 사람들은 현금을 갖고 있었고 그들은 즉석에서 돈을 주었다. 그래서 외상 장사는 불리했다. 좀 더 좋은 가격을 줄 수밖에 없었다. 이때 동서가 각자 5,000환씩 내서 장사 밑천으로 1만 환을 만들자고 했다. 좋은 제안이었다. 장사 밑천이 웬만큼 생기자 장사는 활기를 띠기 시작했다. 콩, 팥, 수수 등 잡곡만 취급하다가 달걀, 밤까지 품목을 늘려나갔다. 그해 겨울 명돈이를 낳았다. 그러나 장사를 쉰 것은 거의 한 달도 되지 않았다. 겨울철 장사가 최고였기 때문에 명돈이를 배 속에 품은 채로, 등에 업은 채로 장사를 계속했다.

당시 작은어머니는 산성리에서 두 살 난 아들과 단 둘이 살고 있었다. 작은아버지가 징집되어 군에 나갔기 때문이었다. 작은아버지 가족은 수당리에서 살고 있었다. 주변에는 진외가 친척들이 있었지만 우리 집안사람들은 없었다. 젊은 여인이 젖먹이 하나 데리고 낯선 곳에 사는 것이 안되었던지 우리 집안은 산성리 큰재종조모의 밭에 작은 집을 짓고 작은어머니를 데려왔다. 작은어머니는 미인이었다고 한다. 이목구비가 또렷하고 피부가 뽀얘서 농촌 아낙 같지 않았다. 그런 것도 이주에 영향을 미쳤을 것이다. 이사는 했지만 시댁 집안에서 먹고살게 도와주지는 않았다. 그래서 작은어머니는 어머니의 장사에 함께 나선 것이다.

✿ 그러나 몇 달 지나지 않아 장사 밑천을 모두 잃어버리고 말았다. 그때는 밤 흉년이 들어 밤이 귀했다. 게다가 대목인 설이 코앞에 있어 밤값이 하루가 다르게 오르고 있었다. 산성리에 커다란 밤 동산을 가진 집이 있었는데 그 집에 밤이 있다는 소문을 듣고 찾아갔다. 흥정이 잘되어 80킬로그램 한 가마를 사기로 하고 밤값을 지불했다. 밤을 묻은 곳을 파보니 물이 고여 있었다. 주인과 함께 밤을 파내어 물에 헹군 다음 푸대에 넣었다. 작업을 끝내니 날이 저물고 있었다. 이고 올 만한 무게가 아니어서 인근에 사는 김재만의 집으로 가 밤을 마차에 실어 운반하게 했다. 나는 언제나 그 집 마차를 이용했다. 마차가 집에 도착한 후 마차 삯을 주려고 했으나 돈이 없었다. 한두 푼이 아니었다. 100환짜리 100장을 묶은 돈다발이었다. 돈다발을 손수건으로 싸서 스웨터 한쪽 주머니에 찔러두었었는데 불행히도 스웨터 주머니는 깊지 않았고 그래서 돈다발의 절반 정도만이 주머니에 걸쳐 있었다. 구덩이에서 밤을 꺼내고 헹구어 담을 때나, 아니면 허리를 구부려 밤

푸대를 마차에 실을 때 땅에 떨어진 것이 틀림없었다. 어두웠지만 다시 그 집으로 갔다. 그러나 아무리 찾아도 없었다. 주인 남자가 불쾌한 음성으로 "찾아보았지만 없어요. 다른 데서 찾아보세요"라고 말했다. 결국 찾지 못하고 집으로 돌아왔다.

밤 한 가마 값으로 800환을 주었으니 1만 환은 얼마나 큰돈인가? 그동안 고생해서 모은 돈이 순식간에 사라진 것이다. 그 집의 누군가가 주워 숨긴 것이 틀림없었다. '사람들이 어찌 그럴 수 있는가?' 하는 생각에 잠을 이룰 수가 없었다. 예전에 유똥치마를 도둑맞은 바로 그 집이어서 그 사람들에 대한 분노가 치밀어 올랐다. 뒤척뒤척하다 날이 밝아오자 나는 그 집으로 갔다. 또 한 번 샅샅이 꼼꼼하게 살펴보았지만 돈은 없었다. 이렇게 해서 장사 밑천이 모두 날아갔다. 내가 2년 동안 벌어 모은 돈만 날아간 것이 아니고 동서가 보탠 돈까지 모두 날아갔다. 오직 밤 한 가마만 남았다. 나는 상심해서 며칠을 그냥 집에 머물렀다. 며칠을 쉬자 충격이 많이 가셨다. 다시 자루와 저울을 들고 집을 나섰다.

어머니에게 인천 장사는 자본 없이 가장 효율적으로 돈을 벌 수 있는 일이었다. 어머니는 인천 장사를 가족의 생명처럼 생각했고 그래서 장사를 하는 과정에서 부닥치는 모든 어려움을 이겨낼 수 있었다. 밤을 사다가 장사 밑천을 거의 잃었지만 정작 돈을 잃은 것보다는 사람들의 매정함과 거짓말에 대한 분노가 어머니를 더욱 힘들게 했다. 그렇기 때문에 마음이 추슬러지자 다시 장사를 시작할 수 있었던 것이다.

🌿 인천 장사의 대목은 봄과 겨울이었는데 특히 겨울에 장사가 잘되었다. 아침에 집을 나서면 해 질 무렵까지 염솔 일원을 돌며 물건을 구했다. 따뜻한 옷가지도 없는 시절이었고 가난으로 그나마 나은 옷차림을 할 수도 없었다. 그러나 추운 줄을 몰랐다. 무릎까지 빠지도록 눈이 온 날도 고무신을 신고 종일토록 동네를 돌았다. 버선이 젖어도 발이 시린 줄 몰랐다. 물건을 사면 그것을 머리에 이고 집으로 돌아왔다. 40킬로그램이나 나가는 잡곡을 머리에 이고 근 10리를 걸어왔던 기억이 잊히지 않는다. 그때는 참 힘이 좋았다. 그 무거운 짐을 이고도 한 번밖에 쉬지 않았다.

추운 겨울 부실한 옷차림으로 동네를 도는 일도 어머니에게는 힘든 일이 아니었다. 무거운 잡곡을 이고 집으로 돌아오는 것도 고통스럽지 않았다. "그런 일이 힘들지 않았느냐?"는 나의 질문에 어머니는 "그런 생각은 들지 않았다. 그것이 내가 해야 할 일인데 힘들든 안 힘들든 그게 무슨 상관이 있느냐?"고 대답했다.

배를 타고 인천을 다니던 일 또한 그렇다. 어머니는 일주일이나 열흘에 한 번 인천을 왕복했다. 북서풍이 부는 겨울 바다는 잔잔한 날이 많지 않았을 것이다. 어머니는 처음 배를 타던 열세 살 때 멀미로 큰 고생을 했었다. 그러니 파도가 치는 겨울 바다에서 멀미를 하지는 않았을까? 멀미를 하면서 배가 지긋지긋하지 않았을까? 게다가 그때의 배는 지금의 배에 비하면 작고 부실했다. 출항 시간의 파도와 일기 예보에 따라 출항은 통제되었지만 그때의 일기 예보가 얼마나 주먹구구였을지는 충분히 상상할 수 있다. 아마 거센 파도에 침몰의 위험을 느낀 적도 한두 번이 아니었으리라. 어머니는 거친 겨울 바다가 무섭지 않았을까?

※ 장사 초기에는 멀미를 많이 했다. 바람이 없어 물결이 잔잔한 날에도 영흥도 부근을 지날 때는 대개 바다가 거칠어졌다. 그래서 그곳을 지날 때마다 멀미를 했다. 바람이 부는 날은 배가 흔들리니 타자마자 멀미를 했다. 멀미가 나면 그냥 속을 게워냈다. 배에 익숙한 장사꾼들은 멀미를 하지 않았는데, 언젠가는 나도 그들처럼 멀미를 하지 않을 거라고 생각하며 견뎠다. 정말 그렇게 되었다. 1년을 타고 나니 웬만한 파도에는 멀미를 하지 않았다.

파도가 높은 날은 출항계를 떼어주지 않았고 배는 출항하지 못했다. 그러나 가끔은 항해 중에 거친 파도를 만났다. 그때마다 배가 요동쳤다. 사람들은 선실에 누워 이리 뒹굴 저리 뒹굴 굴러다녔다. 이때는 멀미를 하지 않는 사람이 없었다. 밖으로 나가 난간을 잡고 토하느라 경황이 없었다. 파도가 더 심하면 선원들은 선실 문에 못을 박았다. 사람들이 문 밖으로 나가지 못하도록, 또 배의 요동이나 바람에 선실 문이 열리고 그곳으로 바닷물이 들어오지 않도록 하기 위해서였다. 특히 덩치가 작은 장곡천안은 큰 파도를 만나면 어찌나 흔들리는지 꼭 뒤집어질 것만 같았다. 이런 모습을 두고 '조랭이질'을 친다고 말했다. 배가 야단스럽게 조랭이질을 치면 사람들은 선실을 구르며 그냥 토해댔다. 두려움과 멀미에 승객들의 얼굴은 하얗게 질렸다. 그러나 나는 무섭지 않았다.

나는 "왜 무섭지 않았을까?" 하고 물었다. 어머니는 "배를 타다 죽더라도 이 장사를 그만둘 수 없는데 뭐가 무섭겠느냐?"고 반문했다. 이해할 수 없었다. 어머니처럼 죽기 아니면 살기로 무엇을 해본 적이 없어서 그런 것인지도 모르겠다.

그러나 어머니도 두려워한 것이 하나 있었다. 바로 밤중에 산을 넘는 일이었다. 앞에서 상인들은 화물을 부치고 부두의 취급점에서 잠을 잤다고 했는데 어머니는 예외였다. 어머니는 저녁 사 먹을 돈을 아끼기 위해서 집에 돌아와 저녁을 먹었다. 그러고는 잠을 잔 후 새벽에 일어나 명천으로 갔다. 6시에 출항하는 배를 타려면 4시경에는 집을 나서 산을 넘어야 했다.

❀ 명천에서 집까지는 평탄한 신작로가 나 있었다. 그러나 배를 타는 사람들은 그 길을 이용하지 않고 예덕리를 경유하는 산길을 이용했다. 지름길이었기 때문이다. 그 길은 산성리에서 산을 넘어 예덕리로 들어선 다음 다시 산을 넘어 명천에 가도록 되어 있다. 그중 첫 번째 산이 특히 무서웠다. 나는 밤에 산을 넘어가는 게 무서워 남편에게 데려다 달라고 부탁했다. 그래서 남편이 명천까지 바래다주었다. 남편과 동행해도 산길은 무서웠다. 덤불은 꼭 웅크린 짐승처럼 보였다. 산에 호랑이도 살고 있다고 믿던 때였다. 갑자기 짐승이 뒤에서 달려들 것 같아 남편을 바짝 따랐다. 그러나 남편은 점점 바래다주는 것을 귀찮아했다. 남편이 봉성리 주막에서 밤을 보내던 날 나는 홀로 산을 넘어야 했다. 그 후 남편은 집에 있으면서도 바래다주지 않았다. 어쩔 수 없이 홀로 산을 넘어야 했다. 몇 차례 혼자 산을 넘은 후 밤길 걷는 것을 아예 포기해버렸다. 밤길은 결코 익숙해지지 않았다. 오히려 시간이 지날수록 무서움이 더했다. 밤에 산길 걷는 것을 포기한 후 나는 다른 상인들처럼 취급점에서 잠을 잤다. 돈을 아끼기 위해 저녁을 사 먹지 않았다. 그것이 안돼 보였는지 취급점 여자가 따로 불러 먹다 남은 밥을 주기도 했다.

어머니는 지금도 가끔 예덕리 산길을 헤매는 꿈을 꾼다고 한다. 얼마나 그 길이 무서웠는지 알 만하다. 저녁 식사값, 그것을 아끼기 위해 그 고생을 한 것이다. 슬픈 이야기가 하나 더 있다. 집에는 시계가 없었다. 그래서 어머니는 지레짐작으로 시간을 맞춰 집을 나서야 했다. 한숨 자고 명천에 와보니 자정인 적도 있었다고 한다. 참으로 황당한 이야기다. 모두 저녁 식사값을 아끼기 위한 노력이었다. 취급점에서 자면서도 끝내 저녁을 사 먹지 않았다는 어머니의 말에 나는 "배고프면 잠이 안 오는데 저녁을 안 먹고도 잠을 잘 수 있었어요?" 하고 물었다. 어머니는 "안 먹다 보면 배고픈 것도 모른다"고 대답했다. 이처럼 어머니에게는 육체적 고통, 정신적 고통, 두려움 그리고 배고픔이 없었다. 예덕리 산길만 빼면…….

❦ 어느 날 뜻밖의 사람이 집을 찾아왔다. 동네를 돌며 물건을 구하다 저녁때 집에 돌아오니 방에 스님 한 명이 앉아 있었다. 바로 둘째 큰아버지였다. 출가했다는 소문이 있었는데 사실이었다. 반갑기는 했으나 어려워 내색을 하지 못했다. 예전에도 어려웠는데 스님이 되니 더욱 어려웠다. 무언가를 물으면 짧게 대답이나 했을 뿐 말을 하지 못했다. 반찬도 없는 보리밥을 대접했다. 잠은 우산에 가서 자겠다며 저녁만 먹고 떠났다.

수덕사에 보관된 승적부를 보면 둘째 큰외할아버지는 1953년 10월 20일 서산 개심사開心寺에서 김해륜海輪 스님을 은사로 해 득도得度한 것으로 되어 있다. 법명은 호은虎隱, 법호는 석봉

錫峯이다.

개심사는 해미에서 동북쪽으로 15리쯤 떨어진 상왕산象王山 기슭에 있는 큰절이다. 수덕사가 있는 가야산 줄기의 북쪽에 있다. 나도 대학 때 개심사에 간 적이 있다. 배낭을 메고 개심사를 거쳐 산 정상에 올랐다가 큰고모가 살던 강댕이로 내려왔다. 그때 개심사는 비구니 사찰이었고 강원이 있어 스님들이 많았다. 조용한 절에 젊은 남자 혼자서 배낭을 메고 온 것이 흥미로웠는지 많은 스님이 나를 주시했다. 한 스님이 나에게 달려왔다. 스스로 지객知客이란 소임을 맡고 있다고 밝힌 그 스님은 나를 안내하며 절을 소개해주었다. 한창 절을 구경하고 있는데 석축 틈에서 커다란 독사가 나와 마당을 가로질러 갔다. 나는 기겁하며 말했다. "아무리 살생을 금한다 해도 저렇게 큰 독사를 그냥 두어서 되겠습니까?" 스님은 빙그레 웃으며 말했다. "잡을 수가 있어야지요."

득도란 사미계를 받는 것을 말한다. 출가해서 절에 가는 즉시 사미계를 받고 승려가 되는 것은 아니다. 행자 생활을 거쳐야 한다. 큰절에서는 1년 동안 행자 생활을 하게 한다. 개심사도 격이 있는 사찰이니 적어도 6개월 이상 행자 생활을 시켰을 것이다. 따라서 둘째 큰외할아버지는 1952년 가을에서 이듬해 봄 사이에 우산을 떠난 것으로 추정된다. 왜 둘째 큰외할아버지는 예순의 나이에 출가했을까?

1953년 3월에 아들 명중 아저씨가 군대에 징집되었다. 나의 작은아버지가 징집되던 날과 같은 날이었다. 두 사람은 제주도에서 훈련을 받고 헤어졌다. 당시는 6·25 전쟁의 막바지로 많은 신참 군인이 전선에서 죽어가고 있었다. 그러나 두 사람 모두 살아남았다.

작은아버지가 제대한 때가 1956년 7월이었으니 명중 아저씨도 그 무렵에 제대했을 것이다. 제대를 하고 돌아와 보니 집도, 아내도 없었다. 아내는 막내를 데리고 해미 친정에 가 있었고 세 명의 자식은 모두 큰집 신세를 지고 있었다. 명중 아저씨는 아내를 불러서 자식들과 함께 살지 않았다. 군대에서 의무병으로 근무하며 익힌 의술을 펼치면서 여기저기 홀로 떠돌며 살았다. 낙태 등 산과에 이름을 날렸다고 한다. 그렇게 살다 1960년에 큰집으로 돌아와 자살했다. 큰딸에게 물을 떠 오게 하고 그 물로 수면제를 삼켰다.

둘째 큰외할아버지 집안을 들여다보면 며느리의 영향이 참 컸음을 알 수 있다. 사람들은 둘째 큰외할아버지가 꼬장꼬장하고 포용력이 부족한 사람이었다는 평을 하기도 한다. 그러나 그런 사람들도 며느리 때문에 그 집안이 몰락했다는 사실에는 이의를 제기하지 않는다. 나는 명중 아저씨가 군에 입대한 시기와 둘째 큰외할아버지가 출가한 시기가 비슷하지 않을까 추측한다. 명중 아저씨가 군대에 나가자 둘째 큰외할아버지는 외로웠을 터다. 아들이 있을 때에는 그래도 아들과 대화를 나누고 일도 함께 했을 터지만 아들이 떠난 집에서 눈엣가

시와 같은 며느리와 함께 지내는 것은 고통스러울 수밖에 없다. 집을 떠나고 싶었을 것이다. 또 하나밖에 없는 자식을 사지로 보내면서 부처님이 그를 가피해주도록 빌고자 하는 이유도 불가로 이끌었을 것이다.

사미계를 받은 후 호은 스님은 이듬해 봄까지 개심사에 머물며 사교과四教科를 마쳤다. 그러고는 바로 수덕사로 옮겼다. 그곳에 있으며 가끔 고향을 찾았다. 머리를 깎고 속세를 떠났지만 부모 없이 자라는 손주들에 대한 연민이 스님을 우산으로 이끌었을 성싶다. 우산을 방문하면 꼭 회실로 어머니를 찾아왔다. 열 살 무렵이던 내 누이는 파르라니 머리를 깎고 회색 승복을 입은 스님의 방문을 지금도 기억하고 있다.

※ 1954년 겨울, 동서가 내쫓기는 사건이 일어났다. 바람을 피웠다는 것이다. 인천에 갔다 오니 이미 일이 끝나 있었다.

홀로 자식을 키우는 작은어머니도 호구지책이 필요했다. 어머니 장사에 돈을 투자했지만 어머니가 돈을 잃어버리는 바람에 실패했다. 작은어머니는 아들이 좀 자라 등에서 내려놓을 수 있을 정도가 되자 집에서 가마니를 치기 시작했다. 작은어머니의 가마니 치는 솜씨는 대단했다. 황해도에서 피란 나온 내 육촌 형제들은 작은어머니의 가마니 치는 솜씨가 동네 최고였다고 말했다. 작은어머니는 산성리에서 그 솜씨를 발휘했다. 아쉽게도 작은어머니는 둘이서 가마니를 치는 방식에 익숙했는데 상대가 홀아비였다. 하루 종일 둘이 붙어 앉아 가마니를 치다 보니 좋지 않은 소문이 나기 시작했다. 두 사람을 주시하던 팔촌 형이 불륜처럼 보일 만한 장면을 목격하고 이를 알려 소란이 일어났다.

아버지는 이 이야기를 듣고 작은어머니에게 찾아갔다. "부끄러우니 동네를 떠나라"고 말하며 세 살 먹은 조카를 회실 집으로 안고 왔다. 작은어머니는 그날 밤 회실 집으로 찾아와 문 밖에서 아들 이름을 부르며 울었다. 그다음 날 밤에도 그랬다. 그러다 아버지가 없다는 사실을 알고서 방에 들어와 아들을 데리고 도망쳤다. 할머니가 방에 있었지만 만류하지 않았다.

그 후 몇 년 동안 작은어머니와 사촌 형에 대한 소식은 없었다. 그러다 작은어머니로부터 편지가 왔다. 아들이 학교에 입학할 수 있도록 취학 통지서를 보내달라는 내용이었다. 주소는 서울이었다. 나의 누이는 나중에 작은어머니의 도움으로 서울에서 일자리를 얻었고 그 후 우리 집안사람으로는 유일하게 작은어머니와 관계를 유지했다. 나의 사촌은 중학교를 다니면서 방학 때마다 충청도에 왔는데 작은아버지가 재혼을 한 후여서 회실 집에서 나와 함께 지내곤 했다. 나의 누이는 지금도 작은어머니가 결백하다고 믿고 있다.

작은아버지는 작은어머니가 집을 떠난 한참 후인 1956년 7월에 제대했다. 군대도 편지가 오가니 제대 전에 사건을 알았을 것이다. 군에 갈 때는 집과 처자가 있었지만 돌아와 보니 집도, 처자도 없었다. 처자가 어디에 있는지도 알 수 없었다. 그래서 작은아버지는 회실 작은방에서 우리와 함께 살았다. 그러나 이 생활은 재미도, 희망도 없었다. 술을 마시지 않던 작은아버지는 이때부터 술을 마셨다. 얼마 후 작은아버지는 서울로 떠났다.

🌸 장사가 익숙해지자 위험한 물건을 취급하기로 했다. 돼지를 잡아 가마니에 넣어 쌀로 위장했다. 이어 엽연초도 취급했다. 엽연초를 재배하면 모두 나라에 팔게 되어 있었지만 인천으로 가져갈 엽연초를 구하는 일은 어렵지 않았다. 나라의 수매에 응하는 것보다 상인에게 파는 것이 유리했기 때문이었다. 무엇보다 값이 좋았고 품질 검사도 까다롭지 않았다. 그래서 엽연초 재배 농가는 일부 물량을 빼돌려 상인에게 팔았다. 엽연초 역시 가마니에 넣어 쌀로 위장했다.

소, 돼지는 예나 지금이나 오직 허가받은 도살장에서만 잡을 수 있다. 도살장이 아닌 곳에서 소, 돼지를 도살하는 것은 밀도살이라고 하는데 이는 범죄 행위로 형사 처분을 받게 되어 있다. 어머니는 그 위험을 감수하며 장사했다. 또 담배는 전매 사업으로 오직 국가만이 만들어 팔 수 있었다. 제품으로 만든 담배나 담배 원료의 사적인 거래는 당연히 불법이었다. 하지만 담배를 만들어 팔면 매우 많은 이윤이 남았기 때문에 당시에는 몰래 담배를 만들어 파는 것이 성행했다. 6·25 전쟁이 끝나고 아직 치안이 잘 잡혀 있지 않은 때였다. 담배를 만들려면 원료인 엽연초가 필요한데 어머니가 바로 공급자 중 한 사람이 되었다. 위험한 장사였다. 그러나 위험이 크면 수익도 큰 법, 어머니는 불법 행위의 맛을 알았다.

🌸 인천항에는 불법 행위를 단속하는 단속원들이 상주했다. 그들은 화물을 눈으로 검사하고 의심스러우면 가마니에 삭대를 찔러 내용물을 확인했다. 돼지고기나 엽연초를 넣은 가마니는 한눈에도 표시가 났다. 특히 돼지고기를 넣은 가마니에서는 피가 흘러나왔다. 그래서 마음만 먹으면 쉽게 적발할 수 있었다. 그러나 나는 한 차례도 발각된 적이 없었다. 뇌물의 힘이었다. 관례는 화주당 500환이었다. 쌀 한 말에 2,000~3,000환 할 때였다. 상회에서 온 사람들은 부두를 떠나기 전에 그 돈을 단속원들에게 주었다.

그러나 결국 일은 터지고야 말았다. 그 사건은 부두가 아닌 영신상회에서 일어났다. 돼지고기를 꺼내놓고 정육점 사람들을 기다리고 있을 때 단속원들이 들이닥쳤다. 누군가 일러바친 것이다. 단속원들은 고기를 압수한다며 모두 가져갔다. 나중에 들으니 여관으로 갖고 가 밤새 구워 먹으며 술을 마셨다고 했다. 그 소식을 듣자 더욱 분통이 터졌다.

돼지고기를 빼앗기는 바람에 상당한 손해를 보았다. 수년간 장사를 하면서 손해 본 적은 없었다. 모든 장사에서 이문이 남았기 때문은 아니다. 인천으로 가져간 물건 전부에서 이익을 보는 경우는 드물었다. 대개 한두 물건은 남는 게 없었다. 그러나 다른 물건에서 이익을 내었기 때문에 전체적으로 이익을 내는 것이었다. 그런데 이번 장사에서는 큰 손해를 보았다.

돈을 잃은 것보다 더 큰 문제는 장사의 전망을 잃었다는 점이었다. 불법인 사실을 알면서도 돼지고기나 엽연초를 취급한 이유는 쏠쏠한 이익을 봤기 때문이었다. 그러나 이제 그 장사를 계속할 수 없었다. 하지만 마진이 좋은 불법 장사의 맛을 알았기 때문에 마진이 적은 곡물 장사는 결코 구미가 당기지 않았을 것이다.

❋ 그 일이 있는 직후 나는 명순을 낳았다. 1956년 12월이었다. 한창 장사할 때였지만 애 낳은 것을 핑계 대고 그냥 쉬었다. 내가 장사를 쉬자 아쉬워한 사람들이 꽤 있었다. 중간책인 도산리 강 서방이 특히 그랬다. 그는 회실 집으로 나를 찾아와 "아주머니, 솜 한 장 더 사서 꾸려가

지고 장사하세요"라고 말하기도 했다. 날이 춥다고 집에 있지 말고 명순을 업고 다니며 다시 장사하라는 것이다.

어느 날 반장재 아래에 사는 병갑 아저씨가 회실 집으로 찾아와 우리에게 제안했다.

"내가 쌀 스무 가마를 팔 게 있는데 이번에는 최 서방이 다녀오지."

남편은 어깨너머로 내가 장사하는 모습을 보았다. 아니, 그 이상이었다. 돌아다니다가 누군가 팔 것이 있다는 말을 들으면 그것을 사서 가져오기도 했다. 어떤 때는 너무 비싸게 샀다고 나에게 잔소리를 듣기도 했다. 영신상회가 어디에 있는지도 알고 있었다. 남편은 동의했다. 그러고는 여기저기서 잡곡까지 사 인천으로 갔다. 그런데 예정된 날짜에 돌아오지 않았다. 다음 날도 돌아오지 않았다. 돈을 기다리던 병갑 아저씨도 회실로 찾아와 의아하게 생각했다. 무슨 일이 일어난 것이 틀림없었다.

남편은 일주일 만에 돌아왔다. 몸이 축 늘어져 있었다. 얼굴은 팽이만 했다. 그 모습을 보니 '죽지 않고 살아 온 것만 해도 다행이다' 싶었다. 남편은 들치기를 당했다고 했다. 영신상회에서 받은 돈을 보자기로 싸서 들고 부두까지 걸어갈까 하다가 위험하다는 생각이 들어 택시를 타기로 했다. 왼손을 번쩍 들어 택시를 세우는데 누군가 철장으로 오른손을 내리쳤다. 돈을 놓지 않자 한 번 더 내리쳤다. 남편은 호되게 얻어맞은 터라 저도 모르게 돈을 떨어뜨렸다. 그러자 들치기 일행이 잽싸게 돈을 갖고 뛰었다. 참으로 남편은 하는 족족 되는 게 없었다. 돈을 빨간 보자기에 각지게 쌌으니 남들에게 돈이라고 자랑하는 꼴에 다름없었다.

장사 밑천이 완전히 날아갔지만 그것을 걱정할 겨를이 없었다. 친척이 보낸 쌀 스무 가마까지 날아갔으니 '그 돈을 우리보고 내어놓으라고 하면 어떻게 하나?' 하는 걱정에 잠을 이룰 수 없었다. 그 친척은 쌀 스무 가마를 팔 수 있는 부자가 아니었다. 대부분 남의 쌀이었을 것이다. 그렇지만 친척은 끝내 돈을 달라고 하지 않았다. 들치기를 당해 우리는 다시 돈 한 푼도 없게 되었지만 그 친척은 상당한 빚을 졌을 것이다.

돼지고기를 빼앗겨 주춤하고 있던 나는 장사 밑천까지 바닥나자 완전히 장사할 의욕을 잃었다. 장사를 그만두니 할 일이 없었다. 희망도 없었다. 마음속에는 일을 망친 남편에 대한 분노가 가득했다. 남편은 나를 피했다.

이때 아버지에게는 직업이 있었다. 바로 동네 이장이었다. 아버지는 충청도에 도착한 이듬해인 1954년에 하성리 이장을 맡았다. 이는 동네 사람들의 배려였다. 이장은 마을 일을 하는 사람이다. 국가의 농업 정책을 알고 그에 맞추어 마을을 이끄는 일, 농사에 필요한 비료 등 물자 소요량을 파악하고 확보하는 일, 농업 통계를 작성하는 일, 마을의 미풍양속을 살리고 유지하는 일 등을 해야 했다. 그러나 이장에게는 월급이 없었다. 그래서 동네 사람들이 십시일반으로 먹고살게 해주었다. 보리를 수확하면 보리 한 말, 벼를 수확하면 벼 한 말을 집집마다 갖다 주었다. 이를 이장조라고 했다. 가구 수가 50호쯤 되는 작은 동네지만 이장조를 모으면 보리 다섯 가마, 벼 다섯 가마가 된다. 한 가정이 먹고살 만한 양으로 사실상 대단한 수입이었다. 아버지의 됨됨이를 아는 몇몇 동네 유지들이 상의해서 이장을 아버지로 바꾸기로 하고 동네 사람들의 동의를 얻었다. 그래서 아버지는 이장이 되었다.

농사일을 즐기지 못하는 아버지에게 이장은 가장 적절한 직업이었을 것이다. 사교적이고 리더십이 있으며 인간관계가 좋았던 아버지는 실상 동네일을 잘했다. 정부는 마을 간 경쟁을 시켜 국가 정책을 가장 잘 따르는 동네를 우수 부락, 시범 부락으로 선정하고 우선적으로 지원해주었다. 1960년대의 공동 우물 개량 사업, 과수원 조성 사업, 1970년대의 화장실 개량 사업 등은 모두 우리 마을에서 시작되었다. 염솔에서 가장 먼저 전기가 들어온 곳도 우리 동네였다. 아버지는 무려 19년 동안 이장을 하다가 1973년에 물러났다. 새마을 운동이 시작되면서 젊은 사람을 새마을 지도자로 뽑도록 조치되어 이장직에서 물러났지만 만일 그런 요구가 없었다면 아마 그 후에도 오랫동안 이장 일을 계속했을 것이다.

이장 일은 아버지에게 맞았고 성과도 우수했지만 경제적으로는 큰 도움이 되지 않았다. 우선 이장조를 내지 못하는 집이 많았다. 집집마다 내게 되어 있었지만 생활이 어려운 집은 이장조를 내지 못했다. 그렇다고 받으러 가거나 외상으로 달아두지도 않았다. 내지 못하면 그냥 넘어갔다. 그런 집이 열 집이 넘었다.

또 이장 일을 하려면 상당한 비용이 들었다. 우선 집에 찾아오는 사람이 많았다. 동네일로 공무원이나 외지 사람들이 오면 이장 집을 찾았다. 그때마다 음식과 잠자리를 제공해야 했다. 또 이장은 정기적으로 이장 회의에 참석하기 위해, 마을 일을 보고하고 협의하기 위해 면에 가야 했다. 그때마다 교통비와 식비가 들었다. 이장들 간의 친목을 도모하기 위한 회식과 여행에도 비용이 들었다. 그러나 가장 큰 비용은 비공식적인 것들이었다. 이장을 보는 사람들은 대체로 농사일을 싫어하는 한량들이었다. 그러니 회의나 협의가 끝나면 자연스레 술집으로 갔고 집으로 가는 마지막 버스가 올 때까지 술을 마셨다. 이렇게 돈을 쓰다 보니 경제적으로 어려워져 이장을 그만두는 경우도 많았다. 역설적이지만 아버지가 부자가 아니었기 때문에 이장을 오래 할 수 있었던 건지도 모르겠다. 이처럼 이장 자리는 겉보기와 달리 가족의 부양에 별 도움이 못 됐다. 그래서 아버지가 이장 일을 하고 있을 때에도 어머니가 장사를 해야만 했던 것이다.

❋ 집을 떠나 남편이 할 수 있는 일은 친구들과 술집에

서 시간을 보내는 일이었다. 남편은 늙은 과부가 운영하는 봉성리 주막에 살다시피 했다. 남편이 집에 돌아오면 부부 싸움이 시작되었다. 그때까지 나는 남편에게 큰소리 친 적이 없었다. 남편 앞에서 구시렁대는 것이 전부였다. 그러나 그때는 독이 올라 있었다. 돈도 없는데 아무런 대책도 없이 술이나 마시고 바람이나 피는 남편을 도저히 용납할 수 없었다. 나는 삿대질을 하며 큰소리로 남편을 추궁했다. 달라진 나의 태도에 남편은 당황했지만 물러서지는 않았다. 서로 달려들어 뒤엉켜 싸웠다. 어느 날인가 부부 싸움을 하다가 하도 화가 나서 무언가로 항아리를 내리쳤다. 항아리는 쨍하는 소리를 내며 깨졌다. 속이 후련했다.

나는 지금도 아버지, 어머니가 서로 머리를 잡고 싸우던 모습을 생생하게 기억한다. 마을 한가운데 높다란 곳에 있는 회실에서 부부가 싸우면 곧바로 사람들이 몰려들었다. 어른들은 부부를 떼어놓으려고 노력했다. 그러나 쉽지 않았다. 그만큼 부부 싸움은 격렬했다.

🌸 봄, 여름이 가고 가을이 왔다. 사람들은 김장을 한다고 떠들었지만 우리는 배추 한 포기도 없었다. 처량했다. 이때 문득 한 생각이 떠올랐다.

"그래, 인천에 가서 식모를 살자. 식모를 살아서 밭을 사자. 남들처럼 밭에 배추도 심고, 콩도 심자."

인천 장사를 하면서 나는 식모를 두 명이나 소개해주었다. 명신상회 할머니가 평화공사 집에서 식모를 구한다며 내게 사람을 소개해달라고 부탁했다. 집으로 돌아와 동네에 소문을 내었더니 자모산 자락에 사는 끝순 엄마가 찾아왔다. 그래서 그녀를 소개해주었다. 끝순 엄마는 월급으로 5,000환을 받았는데 그 돈을 한 푼도 쓰지 않고 집으로 보냈다. 내가 돈을 배달해주었다. 얼마 후 그 집에서 청소하는 식모가 나갔다고 또 한 사람을 구해달라는 요청이 왔다. 동네 처녀를 데려다 주었다.

식모를 살기로 작심했지만 어린 자식들이 불쌍해 차마 행동에 옮길 수 없었다. 며칠을 전전긍긍하다 마음을 독하게 먹었다. 점심때가 지나 나는 시어머니에게 물건을 사러 간다 말하고 집을 나섰다. 옆집에 들러 들고 나온 자루와 저울을 맡겼다. 나는 명천으로 가는 길이 아닌 산길로 들어섰다. 명천에는 화륙, 보승, 선장, 기관장 등 아는 사람들이 많았다. 그들과 마주치고 싶지 않았다. 그래서 명천에서 출발한 배가 나룻배로 승객을 태우는 곳인 출포리로 향했다.

산마루에 올라서서 회실 집을 내려다보았다. 커다란 조끼를 입고 뱅뱅 돌아다니는 명돈, 이제 막 걸음마를 하는 명순을 찾았다. 그러나 아이들은 보이지 않았다. 애들을 떼어놓고 돌아서려니 너무 가슴이 아파 자리에 앉아 울며 아이들을 기다렸다. 그러나 한참을 기다려도 아이들을 볼 수 없었다. 어둡기 전에 출포리에 이르려면 일어나야만 했다. 일어났다. 그러고는 돌아서 터벅터벅 걸었다. 산을 내려가 들판을 걸었다. 눈물은 계속 터져 나왔다. 가슴이 복받쳐 오르면 걸을 수가 없었다. 그럴 때마다 땅에 주저앉아 그냥 울었다. 한참을 울고 나면 진정이 되었고 그럼 일어나 다시 걸었다. 어두워졌을 때 나루질을 하는 취급점에 도착했다. 문을 열고 물었다. "내일 6시 배 타려고 미리 왔어요. 잠 좀 잘 수 있나요?" 주인은 윗방으로 안내했다. 말리고 있던 대바라기 고추를 한쪽으로 밀어 누울 만한 자리를 만들어주었다. 행주치마를 뒤집어쓰고 흐르는 눈물을 닦으며 잠을 청했다.

광돈 형을 업고 인천을 탈출한 것이 첫 번째 탈출이라면 이번이 두 번째 탈출이었다. 근 6년 만이었다. 두 번의 탈출 모두 현실을 인정할 수 없다는 것이 탈출의 동기였고 탈출을 촉발한 것 모두 아버지의 방종이었다. 그러나 크게 다른 점이 하나 있었다. 첫 번째 탈출에서는 이별의 아픔이 없었지만 두 번째 탈출에서는 이별의 아픔이 대단했다는 점이다. 나는 그런 차이의 원인이 궁금했다. 그래서 어머니에게 캐묻기 시작했다. 그러나 아무리 어머니를 취조해도 그에 대한 단서를 찾을 수 없었다. 수수께끼였다. 하지만 이에 대한 실마리는 뜻밖의 곳에서 풀렸다.

기억을 짜내기에 지친 어머니와 나는 무릎 인조 관절 수술을 받기 위해 안양의 한 병원에 입원한 작은어머니를 문병하며 숨을 돌리기로 했다. 기름값 아깝다고 강남 터미널에 마중 나가는 것도 사양해온 어머니는 이번에도 지하철을 타고 문병 가자며 졸라댔다. 나는 효도하는 셈치고 어머니 말에 따르기로 했다.

지하철 플랫폼으로 내려가는 엘리베이터에서 우리는 한 여인을 만났다. 그녀는 우리를 보고 한마디 했다.

"얼굴을 보면 닮았고 키를 보면 안 닮았네요. 모자 지간이세요?"

어머니는 늙어가며 쪼그라들었고 이제는 허리까지 구부러져 키가 내 가슴에도 닿지 않았다.

일요일 오전이라서 지하철은 한산했다. 그 여인은 노약자석에, 우리는 일반인석에 앉았다. 어머니 옆에 빈자리가 생기자 그 여인이 재빨리 어머니 옆자리로 옮겨왔다. 그러고는 말했다.

"저는 할머니가 키웠어요. 그래서 할머니를 보면 그렇게 좋을 수가 없어요."

그 여인은 이어 말했다.

"할머니하고만 살았기 때문에 어머니하고는 별다른 정이 없어요."

마음속으로 쾌재를 불렀다. 그 여인에게 물었다.

"어머니하고 정이 없다고요?"

"예. 지금도 어머니 손을 잡으면 섬뜩해요."

나는 박자를 맞추었다.

"남과 다르지 않군요."

"아니요. 남의 손을 만진다고 해서 섬뜩하지는 않잖아요."

그 여인은 어머니 손을 잡으며 말했다.

예순여덟이라고 나이를 밝힌 그 여인은 전남 영산포에서 살았는데 증조할머니가 살아 있는 동안은 증조할머니가, 증조할머니가 세상을 떠난 후에는 할머니가 자신을 키웠다고 했다. 어머니는 젖을 먹일 때만 살을 맞대었다고 했다. 할머니가 마실을 갈 때에도 따라갔고 고모 집에 갈 때도 따라갔다. 마치 용갈미 할머니와 어머니의 이야기를 듣는 듯했다. 그 여인과는 신도림역에서 헤어졌는데 그녀는 헤어지기 전 요즘 세상을 한탄했다. 엄마와 아이는 살을 맞대고 살아야 하는데 요즘 여자들은 젖도 안 먹인다는 것이다. 요즘 삐뚤어진 사람이 많은 이유가 거기에 있다고 덧붙였다.

이 여인의 증언은 충격적이었다. 우리는 처음 보는 사람에게 좋고 싫은 감정이 없다. 중립적이다. 그러나 그녀의 말에 따르면 자식을 안아주지 않는 어머니는 자식에게 부정적인 존재가 될 수도 있었다. 그 섬뜩함은 무엇일까? 나는 숲길을 걷다 뱀을 보았을 때나 지하철에서 눈빛이 날카로운 젊은 남자와 눈이 마주쳤을 때 섬뜩함을 느낀다. 무의식적인 것이다. 이러한 무의식적인 반응은 앞에서 말한 것처럼 삼스카라에 근거해서 일어난다. 섬뜩함과 같은 부정적인 반응은 과거에 그로부터 직접적으로 어떤 상처를 받았고 그 상처가 각인되었을 때, 또는 직접 경험하지는 않았지만 학습을 통해 그것이 두려운 존재라는 것을 내재화했을 때 일어난다. 어머니를 두려운 존재로 가르친 사람은 없었을 테니 그러한 반응은 상처에 따른 것일 터다. 딸을 사랑한다고 표현하지 않은 것, 그것이 딸에게 상처를 준 것일까?

어머니와 나는 신도림에서 수원행 전철로 갈아탔다. 노약자석에 앉은 어머니와 그 여인의 이야기를 나누었다. 그때 옆자리에 앉아 있던 한 여인이 끼어들었다.

"우리 때야 어디 애를 안고 있을 수나 있었나요? 시어머니에게 맡겨두고 하루 종일 일만 했지요. 젖을 먹일 때나 애를 안아보았지요."

어머니의 삶과 같았다. 나는 그 여인과의 대화에 빠져들었다. 그 여인은 자신의 나이가 칠십이라고 했다.

"그때는 어른들 앞에서 애를 예뻐하면 야단맞았어요. 남편이 애를 안고 얼래다가 시아버지한테 야단맞은 적도 있어요. 애를 안아보거나 같이 놀려면 몰래 숨어서 해야 했지요. 그렇게 애를 키웠으니 애와 정이 없는 게 어찌 보면 당연하지요."

뜻밖에 어머니도 나를 쳐다보며 말했다.

"그래, 맞아. 나도 '젊은 년들이 애 업고 다니면 흉본다'는 말을 들었어."

수수께끼가 풀렸다. 그 여인은 계속해서 말했다.

"난 애를 낳은 다음에도 애가 예쁘다는 생각을 하지 못했어요. 그냥 부끄럽기만 했지……."

그 여인에게 몇 살에 첫애를 낳았는지 물었다.

"그때가 스무 살이었지."

놀라웠다. 스무 살에 애를 낳았는데도 부끄럽기만 했다고?

"계속 부끄러웠나요?"

"둘째 애 낳을 때까지. 그다음은 괜찮더구먼."

조선 사회에는 유학 이념에 근거한 '충효'가 가장 중요한 가치였다. 국가 차원에서는 충을, 가정에서는 효를 실천해야 했다. 자연계에 존재하는 모든 생물은, 예외도 있지만 거의 모두 자신의 유전자를 물려받은 새끼를 예뻐한다. 인간도 생물학적으로는 마찬가지일 것이다. 그러나 효의 개념은 그런 사랑의 표현을 막았다. 자식이 귀엽다는 생각이 들 때 그에 따라 행동하는 것은 불효였다. '나의 부모 역시 나를 그렇게 귀여워했을 것'임을 다시 인식하고 그 사랑을 부모에게 돌리는 것이 효였다.

우연히 두 여인을 만나 이야기를 들음으로써 여러 수수께끼가 단번에 풀렸다. 먼저 국화 누나가 네 살에 죽었을 때 어머니에게 일어난 일이 떠올랐다. 어머니는 별로 울지 않았다. 첫딸이 죽었는데도 별로 울지 않았다는 것을 못내 이해할 수 없어서 그 이유를 물었을 때 어머니는 "어른들이 계신데 젊은 것이 눈물을 질질 짜고 다니면 쓰간?" 하고 대답했다. 참으로 슬픈 일이었지만 유교적 가치에 따라 부득이 슬픔을 억제했다는 뜻으로 들린다. 아니다. 어머니에게는 슬픔이 많지 않았다.

  어머니는 첫딸과 거의 시간을 보내지 못했다. 첫딸을 난 이듬해부터는 논농사일까지 시작했다. 집안 살림에, 논농사에 어머니는 매우 바빴다. 시어머니가 "젖을 주라" 하면 젖을 먹였고 밤에는 옆에 재우다가 잠결에 젖을 먹이는 것이 애와 살이 맞닿는 시간의 전부였다. 잠시라도 애를 안고 어를 수는 있었겠지만 시어머니의 눈을 피할 수는 없었을 것이고 그러면 시어머니는 흉을 보았을 것이다. 설상가상으로 어머니는 열일곱 살에 애를 낳았다는 사실이 몹시 부끄러웠다. 그래서 어머니 역시 지하철의 그 여인네처럼 딸을 예뻐하지도 않았을 터고 그러니 시어머니 눈을 피해 애를 안아볼 뜻도 없었을 것이다. 한마디로 국화 누나와 어머니 사이에는 정이 흐를 수 없었다. 정이 흐르지 않았으니 죽어도 흘릴 눈물이 많지 않으리라.

  이러한 감정은 어머니의 첫 번째 탈출에서도 동일했다. 그때 어머니는 열 살 난 광하 형과 일곱 살 난 광순 누나를 남겨두고 인천을 떠났다. 자식과 이별해야 하는 고통은 있었지만 어머니는 울지 않았다. 광하 형과 광순 누나에게는 미안스럽게도 정이 약했기 때문이다. 두 사람 역시 할머니의 품에서 성장했다. 젊은 년들이 애 업고 다니면 흉본다는 말에 따라 아기에게 사랑을 표현하는 행동조차 할 수 없었다. 또 어머니 역시 광하 형을 낳을 때에도 애 낳는 것이 부끄러웠다고 지하철에서 고백했다.

그러나 자식과의 이런 관계는 광돈 형을 키우면서 크게 달라진다. 할머니가 광하 형과 연백을 탈출하는 날, 버려진 어머니는 광돈 형을 등에 업었다. 어머니가 처음으로 자식을 등에 업는 날이었다. 그 후 인천에서 다시 할머니를 만날 때까지 두 달 반 동안 어머니는 광돈 형을 업고 살았다. 광돈 형과 살을 맞대는 일은 인천에 머무는 동안 멈췄으나 어머니가 인천을 떠나면서 다시 시작되었다. 친정에서, 산성리에서 어머니는 광돈 형을 업고 살았다. 형에 대한 애착은 충청도에서 둘이 함께 고생하며 더욱 강해졌다.

이렇게 어머니는 자신이 낳은 아이에 대한 사랑에 눈을 떴다. 그리고 그 사랑은 나와 여동생에게도 이어졌다. 나를 낳았을 때 어머니는 한동안 나를 업고 거친 바다를 항해하며 정을 나누었다. 그러나 여동생은 살을 비빌 수 있는 기회가 없었다. 다시 할머니에게 맡겨졌고 젖도 별로 먹이지 못했다. 먹는 것이 부실해서 젖이 잘 나오지 않았기 때문이다. 먹을 것도, 희망도 없는 때여서 딸의 재롱을 지켜보고 그에 빠져 있을 여유도 없었다. 그러나 산마루에서 어머니는 명순을 보고 싶어 했다. 한 번 터진 사랑의 샘물이 계속 흘러나왔음이 틀림없다. 사랑의 힘은 아이와 살을 맞댈 기회가 좀처럼 없는 현실이나 주위의 시선이라는 장애물에 비해 한결 강한 것임이 틀림없다.

저녁상을 물리자 시어머니가 나를 쳐다보며 말했다.
"다 네 덕분이다. 고맙다. 이제 모든 것을 이루었으니 나는 죽어도 한이 없다. 아니다. 이런 좋은 집에서 3년만 더 살다 죽었으면 좋겠다."

다시 인천으로

인천항에 도착해 배에서 내렸지만 갈 곳이 없었다. '영신상회 할머니에게 부탁할까' 하는 생각도 있었지만 부끄러워서 도저히 찾아갈 수 없었다. 이리저리 거닐다 일단 평화공사 집으로 갔다. 끝순 엄마에게 사정을 말했더니 바로 주인 여자에게 나를 데려갔다.

"이 아줌마, 어디 식모 살았으면 좋겠대요."

주인 여자는 어딘가에 전화를 했다. 잠시 후 50대 중반으로 보이는 여인이 찾아왔다. 그 여인을 보니 이제 식모를 산다는 실감이 왔다. 가슴이 철렁했다. '드디어 식모를 사는구나. 식모 노릇을 잘할 수 있을까?' 하는 불안감이 일었다. 그 여인과 함께 간 곳은 율목동으로, 배다리시장에서 머지않은 곳이었다. 대문을 열고 들어가니 마당이 있었고 마당 왼편으로 우물이 있었다. 단층의 커다란 건물이 있고 그 뒤에도 널찍한 뜰이 있었다. 주인 부부, 4남 1녀 그리고 며느리가 함께 살았다. 본래 딸이 둘 있었는데 큰딸이 출가했다고 했다. 치과 의사인 큰아들은 장가를 들었지만 함께 살았다. 주인 남자는 공장을 갖고 있었다. 공장은 실상 큰 방앗간이었다. 미국에서 수입한 청보리쌀을 사서 먹을 만한 보리쌀로 깎아 판다고 했다.

월급은 8,000환으로 평화공사에서 식모를 사는 끝순 엄마보다 한결 많았다. 그러나 일이 정말 고되었다. 잠시도 앉아 있을 틈이 없었다. 아침 6시에 일어나 식사를 준비했다. 가족들이 함께 모여 아침 식사를 하지 않고 제각각 배가 고플 때 주방으로 찾아왔다. 그때마다 국과 찌개를 덥혀 상을 차렸고 밥을 다 먹고 나가면 설거지를 했다. 주인 남자는 안방에서 밥을 먹었기 때문에 상을 차려 안방으로 들고 가야만 했다. 아침 식사 후에는 잠시 집안 청소를 하고 다시 점심을 준비했다. 점심 식사를 마치면 빨래를 했다. 그 후에는 주인 여자와 함께 시장에 가서 반찬거리를 샀고 저녁을 준비했다. 생선과 고기를 요리할 때는 주인 여자가 간과 양념을 맞추어주었다. 저녁 식사는 시간을 정하고 모두가 함께 먹었다. 그 후에는 상을 차리지 않았다. 아침 일찍 일어나야 한다며 밤에는 일을 하지 말라고 했다. 그게 하루 일과였다.

아침에 일어나면 밤에 누울 때까지 잠시도 쉬지 못했다. 그렇게 움직여도 집안 청소를 제대로 할 수 없었다. 바쁠 땐 마루로 된 기다란 복도를 쓸고 걸레질하는 것으로 청소를 마쳤다. 사람마다 방을 따로 썼기 때문에 청소해야 할 방이 많았지만 그 모든 방을 쓸고 걸레질할 시간이 없었다. 그것이 마음에 걸려 참 미안했다.

얼마 뒤 주인 여자가 나를 생각해서 평화공사 집처럼 청소를 전담하는 식모를 구해주었다. 젊은 처녀였다. 그런데 그 처녀는 청소만 끝나면 놀려 했고 노는 데 빠져 청소도 대충했다. 그게 보기 싫어 주인 여자에게 말해 내보냈다.

식사를 준비하는 데 많은 시간을 썼지만 그 일은 힘들지 않았다. 공장에서 가져온 새끼줄을 때서 밥을 했고 하루에 한 번씩 아궁이에서 재를 꺼내 뒤뜰에 버렸다. 나중에는 거기에 채소를 심어 키우기도 했다. 우물물에는 소금기가 있었기 때문에 식수로 쓰지 못했다. 공장에서 수돗물을 가져다 먹었다. 매일 아침 공장에서 일하는 인부 두 명이 드럼통에 수돗물을 채운 후 수레에 싣고 와 물통에 쏟았다. 가끔 물이 부족하기도 했는데 그때마다 공장으로 전화를 했다. 그러면 작은 통에 물을 담아 가져다 주었다.

가장 힘든 일은 빨래였다. 우물에서 두레박으로 물을 푸는 것도 일이었지만 소금기 때문에 비누가 잘 풀리지 않아 한참을 비벼대야 했다. 식구가 많고 모두 깨끗하게 옷을 입어서 빨래가 많았다. 특히 이불과 요를 빠는 것이 큰일이었다. 한 달에 한 번씩은 이불과 요를 빨아야 했는데 이 빨래는 손이 많이 든다. 먼저 광목을 뜯어내 물에 빨아 말린다. 다 마르면 풀을 먹인 후 다시 말린다. 풀이

꾸덕꾸덕해지면 줄에서 거두어 접은 다음 다듬이질을 한다. 그러고 나서 바느질하는 것으로 끝이 난다. 만사를 제치고 일을 해도 식구가 많아 이 빨래는 하루 만에 끝낼 수 없었다. 이틀로 나누어 해야 했다.

빨래는 겨울에 특히 힘들었다. 해가 짧아 일할 시간이 적어 뛰는 듯 일해야 했다. 차가운 우물물로 빨래를 하다 보면 손등이 쩍쩍 갈라졌다. 그런 손으로 하루 종일 물을 만지며 일을 했다. 손이 물에 닿을 때마다 몹시 쓰라려 억 소리가 절로 나왔다. 연탄불을 보살피고 제때 갈아주는 것도 큰일이었다. 사람들이 각기 방을 쓰고 있기 때문에 아궁이가 많았다. 마루 밑에 아궁이가 있었으므로 수시로 마루 아래로 몸을 숙여 불이 제대로 타고 있는지, 연탄을 갈 때가 되었는지를 확인해야 했다.

율목동에 도착하고 며칠이 지난 후 집으로 편지를 썼다. 아무 말 없이 집을 나왔기 때문에 소식을 알려야 했다.

어머니가 떠난 후 회실 집에서는 난리가 났다. 온 동네가 술렁거렸고 자살한 것 아니냐는 말도 나왔다. 회실 아래 200미터쯤 떨어진 논 가운데에 작은 방죽이 하나 있었다. 아버지와 동네 사람들은 대나무 막대를 가지고 그 연못을 뒤지기까지 했다. 그러던 중 다행히도 어머니에게서 편지를 받고 놀란 마음을 진정시킬 수 있었다. 하지만 편지에는 보낸 사람의 주소가 없었다. 아버지가 할 수 있는 것은 오직 기다리는 일뿐이었다.

🌸 한 달이 지나니 월급이 나왔다. 모처럼 만져보는 꽤 큰돈에 기분이 좋았다. 땅을 사려면 월급을 모아 큰돈을 만들어야 했다. 나는 계를 들기로 했다. 하지만 연고가 없는 인천에서는 계를 들 수가 없었다. 그래서 할 수 없이 영신상회를 찾아갔다. 주인 할머니는 무척 반가워하며 반겼다. 모두 궁금해하고 보고 싶어 한다고 했다. 함께 장사하던 상인들도 다시 만났다. 집 소식도 들었다. 한 상인이 명천 부근에서 이뤄지는 10만 환짜리 계를 소개해줬다. 나는 그 계에 들고 매월 5,000환을 인편을 통해 계주에게 보냈다. 당시 쌀 한 가마가 3만 환쯤 했으니 시골에서 하는 계치고는 큰 계였다.

영신상회를 왕래하면서 집과 소식이 오갔다. 사람들이 가끔 찾아왔다. 끝순 엄마는 심심하면 찾아왔다. 인천 장사를 하던 큰당숙모도 어떻게 지내는지 궁금하다며 가끔 찾아왔다. "뼈쩍 마르고 까맣던 사람이 살도 찌고 뽀얗게 이뻐졌다"고 다들 말했다. 어느 날 밤에는 뜻밖에 남편이 찾아왔다. 끝순 엄마와 함께 있었다. 내가 머무는 부엌방에서 밖으로 나가면 담이 있었는데 거기에 작은 쪽문이 있었다. 주인 식구들은 앞쪽 현관문을 이용했기 때문에 누가 그 문으로 드나들어도 주인 식구들을 만날 가능성은 없었다. 나는 남편을 쪽문으로 불러 방 안으로 안내했다. 전등불에 비친 남편의 행색이 초라했다. 땟국물이 질질 흐르는 바지저고리를 보며 안쓰러운 마음이 일었다. 남편이 입을 열었다.

"힘들지 않아? 그만 식모 살고 내려갑시다."

그럴 생각은 없었다. 곗돈을 부으며 다달이 늘어나는 돈에 재미를 붙이고 있을 때였다. 그저 남편이 집 안에 있다는 사실이 불안하기만 했다. 잠을 자고 있을 시간이었기 때문에 찾아올 사람은 없었지만 마음이 편치 않았다. 잠깐 대화를 나눈 후 남편을 내보냈다. 하루 세 번 긁어모은 누룽지가 잔뜩 있었는데 그것을 들려주었다.

남편은 그 후 가끔 찾아왔고 나는 그때마다 누룽지를 한 보따리씩 보냈다. 한 번은 광순을 데려왔다. 광순은 나와 함께 잤다. 새벽에 다시 남편이 와서 광순을 데려갔다. 그 후에는 남편도 한 번 자고 갔다. 그런데 하필이면 그날 도둑이 들었다. 밤에 부엌에서 사람 소리가 들렸다. 남편은 재빨리 다락으로 피했다. 잠시 뒤 소리가 수그러든 후 문을 열고 부엌에 나가보니 흙 묻은 발자국이 남아 있었다. 안방으로 가서 도둑이 들었다고 말하고 집 안을 샅샅이 둘러봤는데 사라진 물건이 없었다. 부엌까지 들어왔는데도 잘 보이는 곳에 있었던 은수저를 가져가지 않은 것이 이상했다.

어머니는 율목동으로 찾아온 아버지에게 한 번도 돈을 내주지 않았다. 아버지도 구차한 이야기는 하지 않았을 것이다. 그러나 식구들이 어떻게 지내고 있을지 어머니가 모르지는 않았으리라. 주머니에 있는 돈을 꺼내 아버지에게 건네면서 보리쌀이라도 사 가라고 하는 것이 도리가 아니었을까? 어머니는 고개를 흔들었다. "독한 맘먹고 자식 떼놓고 온 사람이 그렇게 해서는 안 되었다. 나 죽은 셈 치고 살아야 했다. 그래야 돈을 모아 땅을 살 수 있었다."

🌸 어느 날 뜻밖의 사람이 찾아왔다. 승복을 입은 둘째 큰아버지였다. 10여 세쯤 되어 보이는 어린 스님이 옆에 있었다. 바로 명중의 아들인 석진이었다. 둘째 큰아버지를 인천에서 만난 것은 참으로 뜻밖이었다. 당황스럽고 부끄러웠다. 잘사는 모습을 보여주지는 못할망정 식모 사는 모습을 보이는 것이 부끄러웠다. 나는 둘째 큰아버지를 집 안으로 안내하지 않았다. 우리는 그냥 문간에서 대화를 나누었다. 둘째 큰아버지는 "유람차 인천에 왔다. 지금은 부근에 있는 동학사에서 머물고 있다"고 했다. 또 "한동안 동학사에서 머물 테니 언제 짬을 내어 절에 와라"라고 말했다. 나는 "잠시도 짬이 안 나요"라고 대답했다. 둘째 큰아버지는 안쓰럽다는 듯이 쳐다보며 "그러면 저녁을 먹고 밤에 오거라. 내 방에서 같이 자자"라고 했다. 나는 그러겠다고 대답했다. 둘째 큰아버지와 석진은 돌아섰다.

며칠 후 밤에 동학사를 찾아갔다. 살아온 이야기는 밤새 해도 모자랐다. 잠깐 자고 새벽에 절을 나왔다. 아침 6시에 밥을 해야 하기 때문이었다. 그때 둘째 큰아버지에게 적은 돈이라도 주고 나왔어야 했다. 그렇게 하지 못한 것을 두고두고 후회했다.

회실 집으로 어머니를 찾아오던 스님이 이제는 인천 식모 사는 집으로 어머니를 찾아온 것이다. 이때 호은 스님과 함께 어머니를 찾았던 스님의 속가 손자인 석진은 당시 열세 살이었다. 그는 동갑인 친구와 함께 머리를 깎고 승복을 입은 채 할아버지와 동행했지만 두 소년 모두 승려는 아니었다. 석진에 따르면 스님은 일주일이 멀다 하고 어머니를 찾았다. 스님은 절 밖에 나가지 않았으며 어머니를 만나러 가는 것이 유일한 외출이었다. 그렇게 몇 년 동안 동학사에 머물며 조카딸을 찾았다. 어머니도 스님이 3년 정도 거기 머물렀던 것으로 기억한다. 그런데 어머니는 단 두 번의 만남밖에 기억하지 못한다. 왜 그럴까? 어머니는 당신이 식모를 살던 3년 동안 둘째 큰외할아버지가 수덕사를 떠나 근처의 절에 머물며 일주일이 멀다 하고 찾아왔던 사실을 왜 기억하지 못할까?

감정에 각인되는 강한 인상을 받지 못했기 때문이다. 스님의 방문에 어머니는 어떤 특별한 의미를 부여하지 않았던 듯하다. 그러나 나는 거기에 특별한 의미를 부여한다. 스님이 불쌍한 어머니 옆에 머물며 어머니의 외로움과 고통을 달래주고 어머니를 위해 기도하고 싶어 그 절에 있었을 것으로 짐작한다. 그때 스님의 속가 아들은 혼자 이리저리 떠돌고 있었다. 불쌍했지만 스님이 아들을 위해 할 수 있는 것은 기도밖에 없었다. 다행히 아들 못지않게 소중한 존재인 조카딸은 식모살이할지언정 한곳에 정착하고 있었고 얼굴을 보러 찾아갈 곳이 있었다. 타향에서 홀로 고생하는 조카딸을 생각하면 가슴이 미어졌으리라. 스님은 질문했을 것이다. '왜 내가 사랑하는 사람들은 모두 힘들게 살고 있을까?' 스님은 그러한 고통이 자신의 업장 때문이라 생각했고 그 업장을 녹이고자 수없이 참회했을 것이다. 또 힘이 닿는 한 고통을 받고 있는 사람에게 다가가 힘을 주고 자비를 행하고 싶었을 것이다. 손자 석진을 데리고 다닌 것도 스님이 할 수 있는 자비의 실천이었다. 수덕사가 속을 떠난 곳이었다면 동학사는 속의 인연을 살리는 곳이었다.

🌸 1960년 추석이 다가오자 집이 그리워졌다. 가야 할 일도 있었다. 1957년 11월에 떠났으니 근 3년이 되어가고 있었다. 주인 여자에게 "집에 좀 다녀오고 싶어요. 명절이 오니 애들이 보고 싶네요"라고 말했더니 표정이 어두워졌다.

"여기 형편으로는 안 되는데……. 할 수 없지. 빨리 다녀와요."

늦은 가을 일하다 떠난 차림이라서 귀향 때 입을 옷이 필요했다. 젖을 먹이다가 떠난 죄책감에 명순에게 입힐

때때옷도 하나 사고 싶었다. 그래서 주인 여자와 함께 시장에 갔다. 주인 여자가 옷감을 몇 개 고른 후 나를 보며 그중에서 고르라고 했다. 옥색 저고릿감, 쑥색 치맛감을 골랐다. 주인 여자가 셈을 치렀다.

"이제 맞추러 갑시다."
"아니요, 제가 손으로 꿰맬게요."
"바느질도 할 줄 알아요?"

주인 여자는 눈이 둥그레졌다. 고향에 가기 위해 손수 옷을 지어 입은 내 모습을 보고는 옷이 예쁘다며 연신 감탄했다.

어머니가 미리 편지를 보내 귀향을 알렸기 때문에 가족들은 어머니를 기다렸다. 그때 서산에서 중학교를 다니던 광하 형이 추석을 쇠려고 집에 와 있었다. 형은 어디서인지 자전거를 빌려 나를 뒤에 태우고 명천으로 갔다. 우리는 부두에 앉아 배를 기다렸다. 얼마간 시간이 흐르자 오른쪽 산 옆에서 갑자기 커다란 배가 나타나 시커먼 연기를 뿜어대며 빠르고 위풍당당하게 다가왔다. 아직 물이 충분히 들어오지 않았기 때문에 배는 부두까지 오지 못하고 얼마 떨어진 곳에 멈춰 섰다. 부두에 있던 나룻배가 그 배로 다가갔다. 널판자가 놓이고 사람들이 나룻배로 옮겨 탔다. 나룻배가 부두에 닿을 때 형과 나는 벌떡 일어났다. 3년 만이지만 어머니를 단번에 알아보았다. 반가움은 잠시, 어머니가 형에게 한마디 했다.

"애 옷 좀 제대로 입혀서 데리고 나오지."

아마 내 옷이 형편없었던 모양이었다. 어머니의 힐난은 형에게로 향한 것이었지만 나는 어머니의 말에 당황했다. 그래서 어머니에게 좀처럼 가까이 가지 못했다. 영화에서 보는 멋진 포옹이나 뺨을 적시는 눈물은 전혀 없었다. 형은 어머니가 가져온 짐을 자전거에 싣고 먼저 돌아갔다. 나는 어머니와 함께 집으로 향했지만 어머니에게서 멀리 떨어져 걸었다. 예덕리 산길을 걸을 때는 날이 저물어 어두워졌지만 그래도 걸을 만했다. 외길이었기 때문에 내가 앞서 걸었다. 그렇게 집에 왔다. 내 나이 여덟 살 때의 일이다.

🌸 집에 돌아온 나는 밭을 사고 싶다는 소문을 냈다. 신작로 건너편에 사는 천우 어머니가 찾아왔다. 자기 밭이 1,720평인데 반만 팔고 싶다고 했다. 흥정이 이루어졌다. 860평을 23만 환에 매매하기로 했다. 경계가 분명하지 않았기 때문에 우선 발걸음으로 짐작해서 경계를 정하고 말뚝을 박았다. 이미 심어져 있는 작물은 천우네가 추수하기로 했다. 그래서 우리의 첫 농사는 늦가을에 씨를 뿌리는 보리농사였다.

밭을 사고도 내게는 돈이 10만 환이나 남아 있었다. 서방님이 이를 빌려달라고 했다. 장례로 빌려주었다.

당시에는 빌리고 빌려주는 것 모두 쌀이었다. 쌀을 빌리는 것을 장례를 얻는다고 했다. 이자가 무려 50퍼센트였다. 돈이 아닌 쌀을 빌려주는 것은 빌려주는 사람에게 몹시 유리하다. 화폐 가치가 떨어졌을 때 따르는 손실을 막을 수 있기 때문이다. 그러나 쌀농사를 짓지 않아 쌀을 사서 갚아야 하는 사람에게는 이중의 부담이 따르게 된다. 가난한 사람이 부자가 될 수 없는 시대였음은 이러한 사실만 보아도 알 수 있다.

❀ 추석을 쇠고 다시 인천으로 향했다. 남편은 나를 만류했다. 그러나 난 흔들리지 않았다. 어린 자식들이 있었지만 돌아서는 것이 힘들지는 않았다. 3년 전에 집을 떠날 때와는 사뭇 달랐다. 열다섯 살인 광순이가 시어머니와 그럭저럭 살림을 해나가고 있는 것도 자못 든든했다. 밭을 샀으니 이제는 논을 사야 했다. 식모살이를 끝낼 때가 아니었다.

인천에 도착하자마자 다시 일상으로 돌아갔다. 그러나 홑몸이 아니었다. 주인 여자에게 말했더니 애를 떼자고 했다. 주인 여자를 따라가 수술을 받았다. 수술을 받고 돌아와 바로 일을 시작했다. 몸이 퉁퉁 부었다.

겨울에 남편이 찾아왔다. 남편은 식모살이를 그만두고 돌아가자며 채근했다. 그러나 난 그럴 생각이 조금도 없었다. 어쩔 수 없이 남편은 그냥 돌아섰다. 봄이 되자 남편이 다시 찾아왔다. 이제 그만두고 내려가자는 남편의 제안을 다시 거부했다. 그러나 남편은 물러나지 않았다.

"애들이 불쌍하지도 않으냐? 집에 어미가 있어야 애들이 제대로 큰다. 나도 이제 못 하겠다. 당신 이러면 이제 애들 쪽박 채워 내보내겠다."

남편은 혼자서는 내려가지 않기로 작심한 듯했다.

사실 아버지도 참 어려웠을 것이다. 할머니는 본래 살림을 잘하는 편이 아니었으며 당시에는 건강까지 나빠져 더욱 살림하기가 어려웠다. 손가락이 뒤틀려 굳고 있었다. 산후풍이라고 했다. 할머니도 산후 조리를 못 했다. 분가해서 사는 처지니 아이를 낳아도 밥해줄 사람이 없었다. 당신이 일어나 밥을 하고 애들을 먹여야 했다. 할아버지는 옹기를 가지고 장사하러 나가면 몇 달 후에나 돌아왔다. 집에 돌아와도 머무는 날이 많지 않았다. 옹기가 구워지면 다시 떠났기 때문이다. 설사 집에 있었다고 해도 부엌일을 했을지 의문이다. 남자들이 부엌에 들어가면 뭐가 떨어진다고 믿는 시대였다.

할머니는 마지막으로 작은아버지를 출산하고 나서 산후 조리를 못 했다. 그때 할아버지는 집에 없었고 양식은 바닥나 있었다. 할머니는 작은아버지를 낳고 3일 만에 미역 몇 줄기를 광주리에 이고 팔러 나갔다. 혹시 당신이 먹으려고 사놓은 미역을 이고 나간 것은 아니었을까?

하필 이때 양식이 바닥난 것은 우연한 사고였다. 할아버지는 조 한 가마를 사서 할머니에게 보냈다. 그런데 이를 우산에 사는 한 사람이 중간에서 가로챘다. 할아버지가 돈을 갚지 않아 가로챘다고 한다. 그는 우산의 큰 부자였다. 이 부자 역시 당대에 망했다.

할머니가 살림을 할 수 없게 되니 열세 살의 광순 누나가 할머니에게 물어가며 살림을 했다. 그게 오죽했을까? 돌아다니기를 좋아하는 아버지도 아마 깨끗하고 단정하게 다림질한 옷을 못 입었을 것이다. 그러니 어머니를 찾아가는 행색이 꾀죄죄할 수밖에.

어머니가 없는 동안 회실 집에는 한동안 작은아버지가 함께 살았다. 그때 작은아버지는 폐병을 앓고 있었다. 군대에서 제대한 작은아버지는 몇 달 동안 회실에 머물다가 서울로 올라가 양담배 단속원 생활을 하며 지냈다. 작은아버지는 가정 파탄의 상처에서 벗어나지 못하고 그 상처를 술로 달랬다. 밥을 챙겨주는 사람이 없었기에 몸은 급격하게 나빠졌다. 결국 허약해진 작은아버지의 폐에 결핵균이 자리를 잡았다. 폐병이 심해져 피를 토하게 되자 작은아버지는 회실로 돌아왔다. 1958년 봄이었다. 폐병에는 뱀이 좋다는 소리를 들은 아버지는 구렁이와 독사를 사와 직접 다려 작은아버지에게 먹였다. 소나무가 있는 쪽 마당에 아궁이를 하나 만들고 큰 약탕기를 구해서 걸었다. 뱀을 약탕기에 넣어 다렸다. 마치 한약을 다리듯 한참을 다리자 뽀얀 우윳빛의 진국이 우러났다. 건더기를 베로 싸서 짠 후 진국을 마시게 했다.

나는 그때 뱀을 무척 많이 보았다. 사람들은 뱀을 잡으면 무조건 회실로 들고 왔다. 아버지 또는 작은아버지가 돈을 주었다. 살모사나 독사도 있었지만 커다란 구렁이가 많았다. 대개 회색이었고 때로는 검은색도 있었다. 초가지붕인 회실 지붕에서 구렁이가 굴뚝을 타고 내려오는 모습을 동네 사람들이 보고 잡기도 했다. 사람들은 몸을 길게 늘어뜨린 뱀을 잘 가늠해서 꼬리부터 약탕기에 넣었다. 머리까지 넣고 뚜껑을 덮은 후 그 위에 큰 돌을 얹었다. 불을 때기 시작하면 뱀이 몸부림치면서 뚜껑이 흔들리기도 했다. 그럴 때는 뱀이 나올까 봐 난 멀리 도망쳤다. 뱀을 다린 후 뚜껑을 열어보면 언제나 뱀의 머리가 아궁이 쪽을 향하고 있는데 뱀이 죽을 때 불을 때는 사람을 저주하기 때문이라고들 했다.

뱀을 고는 일이 험하기 때문에 한동안은 아버지가 직접 다렸다. 그러나 얼마 후부터 광순 누나가 다렸다. 어머니가 집에 있었다면 어머니가 했을 것이다. 어머니는 지금도 이 이야기를 들으면 몸서리를 친다. 그 징그러운 뱀을 어떻게 보고, 다리고, 또 짜느냐는 것이다.

아버지는 작은아버지를 참 위했다. 하루는 아버지가 사람의 태반을 구해 왔다. 피비린내도 가시지 않은 것을 동네 우물에서 씻을 수는 없는 일이었다. 아버지는 누이와 함께 개울물이 흐르는 자모산 밑으로 갔다. 그러고는 개울물에 태반을 씻었다. 고무장갑이 없을 때였다. 마치 빨래를 하듯 태반을 돌에 비벼대며 한참을 빨자 내장과 같은 모습이 드러났다. 누이는 마치 허파와 같았다고 기억한다. 태반이 깨끗해지자 누이는 근처의 우물에서 물을 길어 와 그 위에 부어 헹궈냈다. 아버지는 태반을 먹을 수 있는 크기로 잘랐다. 어찌나 질긴지 자르는 게 고생스러웠다고 한다. 그 질긴 것을 작은아버지는 생으로 씹어 먹었다. 날로 먹어야 효과가 있었기 때문이다.

그해 작은아버지의 폐병 증상이 사라졌다. 기적이었다. 물론 뱀과 태반에만 의존한 것은 아니었다. 보건소에서 결핵 약을 받아 식후마다 복용했다. 어린 내 손으로는 쥘 수도 없을 만큼 많은 양이었다. 병이 심해지면 서산 사는 고모가 작은아버지를 의원에 입원시켜 치료를 받게 했다. 사람들은 작은아버지의 회생을 기적이라며 축하했다. 아마 작은아버지 당신보다도 아버지가 더 기뻐했을 것이다. 아직도 나의 형제들은 태반이나 뱀 이야기를 하며 아무래도 아버지가 자식보다 동생을 더 사랑한 것 같다는 말을 한다. 하지만 이는 어디까지나 농담이다. 어머니도 "네 아버지가 자식들을 얼마나 예뻐했는데?"라며 증언한다. 그러나 우리는 몰랐다. 아버지는 우리가 인식할 수 있는 방법으로 사랑을 표현하지 않았다. 그리고 그것은 양반의 전통에 매여 있는 그 세대 아버지들의 공통점이었다.

이듬해 작은아버지는 재혼을 했다. 1959년 2월이었다. 작은아버지가 쓰던 회실 작은방이 신방이 되었다. 그러나 몇 달 후 작은아버지는 군댕이의 남 씨 집에 방을 얻어 나갔다. 이를

'젓방살이'라고 했다.

어머니의 부재는 경제 측면에서도 아버지에게 큰 영향을 주었다. 어머니가 있을 때는 아내가 어떻게 해나가겠지 하는 믿음에 친구들과 술을 마시며 지낼 수 있었다. 그러나 아버지가 양식을 구하지 않으면 그냥 굶을 수밖에 없는 상황이 되었다. 당시 살림을 한 누이에 따르면 보리쌀은 언제나 달랑달랑했다. 독을 박박 긁어 밥을 한 적도 부지기수였다. 그러나 굶지는 않고 살았다.

이장조만으로는 살 수가 없었기 때문에 아버지는 틈틈이 인천 장사를 했다. 영신상회와 거래했으므로 상회에서 어머니와 만날 뻔한 적도 있었다. 아버지도 어머니처럼 주로 잡곡을 가지고 갔는데 쌀을 가져가기도 했다. 때로는 돼지를 잡아 가져가기도 했다. 나는 지금도 이때를 생생히 기억한다.

회실 앞에는 수백 년 된 소나무 몇 그루가 있었는데 그곳이 돼지의 숨이 끊어지는 장소였다. 어른들은 그곳으로 돼지를 몰고 와 앞발은 앞발끼리 뒷발은 뒷발끼리 새끼줄로 묶었다. 그리고 도끼로 커다란 돼지의 시커먼 머리를 몇 번 내리쳤다. 마음이 여린 아버지는 돼지를 죽이지 못했다. 그래서 힘이 세고 담대한 조 서방이 이 일을 주로 맡았다. 조 서방은 한 번에 서너 마리의 돼지를 잡았다. 돼지는 마을이 떠나가라고 꽥꽥거리며 비명을 질러댔다. 나는 먼저 죽어가는 돼지를 바라보는 다른 돼지들의 고통이 얼마나 컸을까 생각하곤 했다.

돼지가 죽으면 어른들은 목에 칼을 찔러 피를 받았다. 우리 집에는 어린아이가 목욕할 수 있을 만큼 커다란 양은그릇이 몇 개 있었는데 거기에 돼지 피를 받았다. 그 옆에서는 큰 가마솥에 물을 끓였다. 돼지 피가 빠지면 가마솥에서 끓는 물을 퍼 돼지에게 끼얹고 털을 뽑았다. 털도 쓰이는 데가 있는 모양인지 어른들은 털을 모두 갈색 부대에 담았다. 털을 다 뽑고 나면 돼지 배를 가르고 내장을 분리했다. 일이 모두 끝나면 어른들은 피와 내장을 끓여 먹었다. 구경하는 아이들에게는 오줌보를 던져주었다. 나는 동네 애들과 오줌보에 바람을 넣어 공을 만든 다음 인규 집 마당에서 차고 놀았다.

어른들은 털이 벗겨지고 내장이 제거된 돼지를 밤나무에 걸어놓았다. 살이 허옇게 드러난 돼지는 마치 사람이 벌거벗고 서 있는 듯 보였다. 한참을 기다렸다가 어른들은 돼지를 가마니에 넣었고 가마니에 먹으로 아버지의 물건이라는 표시를 했다.

또 가을이면 아버지는 명천에서 새우젓을 사 소매하기도 했다. 때로는 일부를 도매로 넘기기도 했다. 그러나 새우젓 장사는 아버지와 정말 맞지 않았다. 문제는 외상이었다. 새우젓을 팔 때는 곡식이 나오기 전이었다. 그래서 외상으로 팔 수밖에 없었는데 호인인 아버지는 외상을 받는 것이 어려웠다. 돈을 주지 않고 버티면 쉽게 포기했다. 외상값으로 한두 푼을 받으면 술값으로 썼다. 이처럼 아버지는 이런저런 사업에 손을 댔지만 어머니 말대로 돈을 벌지는 못했다.

   ❀ 남편의 공세에 결국 손을 들고 말았다. 나의 귀향은 주인 여자가 늘 우려하던 일이었다. 들어선 애를 떼어내게 하고 그 비용을 모두 대준 것도 나를 놓치고 싶지 않아서였다. 주인 여자는 내가 떠날까 봐 항상 노심초사했다. 누가 오는 것도 싫어했다. 데려가거나 다른 데로 옮기게 할 것을 걱정해서였다.

어머니는 좋은 식모였을 것이다. 우선 어머니는 건강을 타고난 사람이다. 3년 넘게 식모를 살며 한 번도 앓아누운 적이 없었다. 이는 그 후의 삶에서도 마찬가지다. 또 어머니는 성질이 급하고 행동이 빠르다. 대충대충 하는 경우가 없다. 어머니가 동네 사람들과 밭을 매는 모습을 보면 어머니가 맨 고랑은 다른 사람들이 맨 고랑에 비해 눈에 띄게 깨끗했다. 주인은 이런 솜씨를 가진 어머니와 오랫동안 함께하고 싶었을 것이다.

   ❀ 나는 주방에 딸린 방에서 내가 쓰던 자개장을 가져가고 싶었다. 주인 여자는 흔쾌히 수락했다. 선물인 셈이었다. 남편이 장을 메었다.

이 장은 지금도 어머니의 집에 있다. 그동안 많이 훼손되었지만 어머니 집에서 가장 품격 있는 물건이다. 아니, 품격 있는 유일한 물건이라는 표현이 맞겠다. 가로 넉 자, 세로 석 자쯤 된다. 못을 쓰지 않고 나무를 끼워 맞추는 전통 양식으로 만들어졌으며 고풍스러운 자개가 박혀 있다. 검정색 옻칠이 묵직한 무게감을 더해준다. 조선 시대 말기나 일제 강점기 초기에 만들어진 것이 아닐까 싶다. 이 장을 어깨에 메고 오는 일은 퍽 고생스러웠을 것이다. 몇 년 전에 지고 온 가마솥보다는 가벼웠겠지만 덩치는 더 컸다. 짊어진 짐은 자꾸만 어깨를 짓누르고, 어머니와 함께 걷는 모습은 어딘가 어색했겠지만 어머니를 데려오는 아버지의 기쁨은 대단했을 터다. 1961년 봄의 일이었다.

❀ 이렇게 해서 나는 충청도로 돌아왔다. 내 주머니에는 그 사이 모은 4만 환이 들어 있었다. 그 돈을 회실 뒤에 사는 권 선생에게 빌려주었다. 역시 장례였다. 돈을 빌려주고 몇 달이 지나자 권 선생이 나를 찾아왔다. 빌려준 돈을 고리채로 신고하겠다고 말했다. 나는 "안 돼요"라고 말하고는 간곡히 부탁했다.

"그 돈은 남의 집에서 식모를 살면서 번 돈입니다. 한겨울에 살이 터지도록 일하며 번 돈이에요. 제발 부탁합니다."

신고를 막은 것은 권 선생의 어머니였다. 소식을 듣고 아들에게 "회실 아주머니 돈은 그냥 드려라"라고 말해줘서 신고당하지 않았다.

이는 1961년 6월에 공포된 '농어촌고리채정리법' 때문에 생긴 일이다. 앞서 말한 것처럼 돈을 빌릴 때 이자율이 연리 50퍼센트나 되었고 인플레이션까지 감당해야 했기 때문에 가난한 사람은 가난을 면할 수가 없었다. 고리채로 신고당하면 채권자는 빌려준 돈에 해당하는 정부 발행 채권을 받았다. 채권은 연리 20퍼센트의 이자를 지급하며 1963년부터 4년간 균등하게 원리금을 상환하는 조건이었다. 반면 채무자에게는 연리 12퍼센트의 자금을 융자해주고 2년의 거치 기간을 지나 5년 분할 상환할 수 있도록 했다.

마을에서는 고리채로 인해 소란이 일어났다. 빌려간 사람은 신고하려 했고 빌려준 사람은 신고하지 말라고 요구했다. 그러나 분위기는 신고하지 않는 쪽으로 흘러갔다. 신고한 사람은 손가락질을 받으며 양심 없는 놈이라는 욕을 얻어먹기 일쑤였다. 가난한 사람들 대부분은 어쩔 수 없이 신고하지 못했다. 언제 또 돈을 얻어 쓸지 모르고, 또 대개 몽매하고 순수한 사람들이었기 때문에 신고하지 않았다. 반면 부자들은 신고를 어려워하지 않았다. 굳이 미래를 걱정할 필요가 없었기 때문이다. 권 선생 역시 그런 경우였다. 그는 어머니의 7촌 조카인데다 동네 최고 부자였다. 같은 집안이고 돈도 많은 부자였지만 부자들의 마음 씀씀이가 대개 그러하듯 그 역시 인심이 박했다. 덕을 베풀지 못한 부자들이 영화를 잃어가는 것은 예나 지금이나 다름이 없는 듯하다. 어머니의 큰집도 그랬고 권 선생 집도 그랬다.

❋ 귀향한 나는 밭에서 살았다. 씨를 뿌리고 풀을 매면 싱그러운 잎새 사이로 탐스런 열매가 맺혔다. 점점 농사에 재미가 붙었다.

농사일에 짬이 생기자 남편이 홍성 장모님을 보러 가자고 했다. 나는 어머니를 보고 싶은 마음이 들지 않았다.

"거기 뭐하러 가요?"

"처남이 보고 싶은데."

남편은 그 사이 몇 번 남동생을 만난 눈치였다. 내키지 않았지만 남편이 고집을 부려 그냥 가기로 했다. 그러나 여행을 하면서 생각이 달라졌다.

'그래, 이번에 어머니를 만나면 어머니가 시집와 아버지와 살았던 이야기를 들어보자. 아버지는 어떤 사람이었는지, 어떻게 세상을 떠났는지, 재산은 있었는지……'

집은 예전 그대로였으나 많이 낡아 있었다. 남편이 문간에서 사람을 부르니 한 새댁이 나왔다. 새댁은 남편을 알아보고 인사를 했다. 옆에 선 나를 보고 누군지 알아챈 듯 입을 열었다.

"형님, 왜 이제 왔어요."

무슨 말인가? 나는 의아했다.

"어머님은 3년 전에 돌아가셨어요. 중풍을 앓으시다가요. 그때 쉰다섯이셨어요."

갑자기 가눌 수 없는 슬픔이 밀려왔다. 나는 통곡을 했다. 마루에 엎드려 몸부림치며 울었다.

'처음으로 어머니하고 이야기를 하러 왔는데…… 세상에 이렇게 허무할 수가…….'

한참 꺽꺽 울어대니 마음이 가라앉았다. 그 사이 동생이 나타났다. 구레나룻을 기르고 있었는데 시커먼 게 꼭 도적 같았다. 그 큰 집에는 동생 부부만 살고 있었다. 많던 식구는 모두 서울로 갔다고 했다.

그날 밤 남편과 동생은 늦도록 술을 마시며 많은 이야기를 나누었다. 모두 한 방에서 잠을 잤다. 나는 동생이 무서워 남편에게 꼭 붙어서 잠을 잤다. 아침에 동생 내외와 작별하고 집으로 돌아왔다.

아버지는 외할머니가 세상을 떠난 사실을 알면서도 모르는 체하지 않았을까? 외할머니가 작고했을 때 우산으로 부고를 보냈을 가능성이 있다. 권 씨 집안에 시집가 딸을 하나 낳았고 그 딸이 아버지와 혼인한 일도 알고 있었기 때문이다. 부고를 받았다면 사위인 아버지는 장례식에 참례했을 것이다. 그러나 어머니는 그 가능성을 부인했다. 숨긴 기색이 전혀 없었다고 말했다. 나는 어머니에게 외할머니 산소를 찾지 않았는지를 물었다. 어머니는 가지 않았다고 대답했다.

❀ 그해 가을 농사가 끝난 후 소유권 이전을 위한 일이

진행되었다. 측량사를 불러 측량을 했다. 놀랍게도 발걸음을 세어 잡은 경계와 측량으로 잡은 경계에 별 차이가 없었다. 밭을 분할한 후 소유권 이전 등기를 했다. 나는 내 이름으로 등기하도록 남편에게 요구했다. 그러나 남편은 내 요구를 따르지 않았다. 남편은 밭문서를 나에게 내밀며 "광하 이름으로 등기를 냈어. 어차피 아들에게 갈 것이니 미리 한 거야"라고 말했다. 내가 또 도망칠까 봐 겁이 나 내 이름으로 하지 못한 것이 틀림없었다.

몇 년 후 내가 꿈꾸어왔던 논도 두 마지기를 샀다. 그러나 논은 얼마 지나지 않아 다시 팔았다. 집에서 멀리 떨어져 있어 오가기가 번거로웠고 경제적인 규모에 미치지 못했기 때문이었다.

나는 밭농사의 재미에 빠졌다. 날이 밝아오기만을 기다렸다는 듯 자리에서 일어나 밭으로 나갔고 어두워 일할 수 없을 때가 되어야 밭에서 나왔다. 얼마나 치열하게 농사를 지었는지 남편은 "밭이 불쌍하다"고 말하곤 했다. 노는 땅이 전혀 없었다. 풀도 크지를 못했다.

초기에는 주로 보리농사를 지었다. 양식이었기 때문이다. 먹고 남는 양은 보리 수매에 응했다. 보리를 베고 난 후에는 김장을 갈았다. 내가 기른 깨끗한 무와 배추로 김장을 했다.

'이렇게 김장을 하는 것이 몇 년 만인가?'

손으로 꼽아보니 12년 만이었다. 그러나 아주 오래전

일처럼 느껴졌다.

  농사일에 빠지기는 했지만 다시 장사를 시작했다. 인천 장사의 대목은 겨울이었고 겨울에는 농사일이 없었다. 자본이 있었고 장사에 목을 걸고 있는 것도 아니어서 여유 있게 할 수도 있었다. 그러나 살림할 사람이 없었다. 큰딸은 내가 인천에서 돌아온 직후 서울로 올라갔다. 작은딸은 일곱 살에 불과했고 시어머니는 손가락이 굳어져 음식을 하기 어려웠다. 그래서 가끔만 인천에 갔다.

어머니가 인천에 가면 할머니가 부엌에 나왔다. 그러나 이미 칠십 나이에 손까지 불편해서 홀로 부엌일을 할 수 없었다. 10대의 광돈 형이 주로 할머니를 도왔다. 아궁이에 불을 때고 할머니의 지시에 따라 움직였다. 가끔은 아버지도 부엌에 나왔다. 나는 아버지가 내 도시락을 직접 싸주던 모습을 지금도 기억한다. 전날이 할아버지 제삿날이었다. 쌀 구경을 못 하고 사는 처지에도 제사를 지낼 때는 쌀밥을 했다. 아버지는 제사를 지내고 남은 쌀밥을 보리밥과 섞어 도시락을 싸줬다. 제사상에 올랐던 굴비도 찢어 반찬 통에 넣었다. 보기만 해도 침이 꿀꺽 넘어가는 도시락이었다. 자랑스러운 마음으로 도시락을 들고 학교에 갔다. 가는 날이 장날이라고 도시락을 자랑할 수 있는 기회가 왔다. 서울에 사는 예쁜 여선생이 담임으로 부임한 날이었다. 다른 선생들은 모두 교무실에서 점심을 먹는데 담임선생은 교실에서 우리와 함께 점심을 들려 했다. 도시락 뚜껑을 열며 말했다.

 "앞에서 혼자 먹기가 싫구나. 누가 나와 함께 먹자. 함께 먹을 사람?"

 누가 손을 들겠는가. 아무도 손을 들지 않자 담임선생은 가운데쯤 앉아 있는 나를 지목했다.

 "최명돈, 도시락 들고 이리 나와!"

 도시락이 평소와 같았다면 아마 무척 창피했을 것이다. 나는 얼떨떨한 기분으로 앞으로 나갔다. 담임선생이 도시락을 보고 말했다.

 "어머, 맛있겠다. 누가 이렇게 싸주셨니?"

 "……아버지요."

 어머니라고 대답할 수 없다는 사실에 어깨가 움츠러들었다.

 ❋ 1962년 가을, 태모시를 샀다. 노인들은 여름이면 모시옷을 입었다. 노인 축에 들지 않아도 좀 사는 집 사람은 모시옷을 입고 여름을 지냈다. 그러나 시어머니나 남편은 피란 나온 후 한 번도 모시옷을 입어보지 못했다. 10년 전에 인천 배다리시장에서 중고 모시옷을 사다가 동네를 돌며 팔았어도 시어머니에게 한번 입어보라는 말을 할 수 없었다. 을희네는 해마다 길쌈을 했고 그때마다 시어머니는 그 집에 가서 일을 도와주었다. 그러나 그뿐, 시어머니에게 모시옷은 그림의 떡이었다. 그것이 아쉬웠다. 나도 시어머니와 남편에게 모시옷을 입히고 싶었다. 그래서 태

모시를 산 것이다.

  태모시는 모시나무에서 껍질을 벗긴 것이다. 이것으로 모시옷을 만드는데, 옷이 만들어지기까지는 해야 일이 참 많다. 모시를 째고 삼는 것은 주로 시어머니의 일이었다. 시어머니는 하루 종일 방에서 모시와 씨름했다. 나는 낮에는 일을 하고 밤에는 시어머니 옆에서 모시를 삼았다. 이듬해 봄에 풀을 매어 모시를 짤 준비가 다 되었다. 그러나 모시 틀을 구할 수 없었다. 모시는 보통 봄과 가을에 짠다. 여름에는 너무 더워서 모시 짜는 일이 고생스럽기도 하지만 모시가 잘 끊어졌다. 겨울에는 특히 더 잘 끊어진다. 그러니 봄, 가을에 노는 모시 틀이 있을 수 없었다. 장마가 끝난 후 을희네에서 틀을 빌렸다. 당시 나는 임신 중이었고 출산이 머지않은 때였다. 허리에 부테를 대고 말키에 부테끈을 돌려 매면 말키가 아랫배를 눌렀다. 모시를 짜다 보면 둥그렇게 솟아오른 배 탓에 말키가 자꾸 위로 올라갔고 그때마다 말키를 아래로 내렸다. '이래가지고 애가 온전할까?' 하는 걱정이 일었지만 무사하기만을 바라며 모시를 짰다. 열흘쯤 걸려 70자 한 필이 만들어졌다. 7새나 8새쯤 되는 모시였지만 그래도 깨끗하고 고왔다.

  모시를 잘라 먼저 시어머니 적삼을 만들고 다음으로 남편의 반소매 상의를 만들었다. 두 사람이 모시옷 입은 모습을 보니 흐뭇했다. 도리를 다한 듯했다. 그때 산기가

있어 아이를 낳았다. 아이는 온전하지 못했다. 죽은 아이
였다.

  광돈 형에 따르면 어머니가 죽은 아이를 낳은 것은 아니었
다. 난산이었다고 했다. 아이의 목에 탯줄이 걸려 있었고 아이
는 "끼륵끼륵" 소리를 내다 죽었다고 한다. 어머니는 "이러나
저러나 모시를 짜며 아랫배를 눌러서 아이를 죽게 했다"며 지
금도 한스럽게 생각한다. 아침에 아버지가 죽은 아이를 안고
나가 산에 묻었다. 이때 열다섯 살의 광돈 형이 동행했다. 형은
삽을 들고 아버지를 뒤따랐다. 아버지는 가까운 산이 아닌 들
판 건넛산에 아이를 묻었다. 그게 사랑이었다. 죽은 아이는 자
주 가는 가까운 산에 묻지 않는 법이었다.

  어머니는 생애에 걸쳐 열 번 임신했다. 여덟을 낳았고 둘을
지웠다. 첫 번째로 지운 아이가 바로 식모 살 때 지운 아이였
다. 두 번째로 지운 아이는 모시를 짜고 몇 년 지나 임신한 아
이였다. 이 아이는 억지로 유산시켰다. 한 동네에 사는 남 모
씨가 유산을 잘 시켰다. 아버지, 어머니는 그 사람을 집으로 불
렀다. 그가 어머니에게 주사를 놓자 몸에 열이 나기 시작했다.
열이 점점 높아지자 아버지는 덜컥 겁이 났다. 주사를 놓고 떠
나려는 남 씨를 아버지가 다시 붙잡았다. 얼마 후 어머니는 아
이를 낳았다. 죽은 아이로, 이미 사지가 다 갖추어져 있었다.
아버지가 안고 나가 산에 묻었다.

낳은 여덟 중에는 다섯이 성장했고 셋이 죽었다. 열일곱에 난 국화 누나는 네 살에 죽었다. 광순 누나보다 앞서 태어난 아이는 한 달을 넘기지 못하고 죽었다. 모시를 짠 직후 출산한 아이는 바로 죽었다.

> 🦋 아이를 낳은 후 모시옷을 하나 더 만들었다. 남편이 입을 두루마기였다. 초상집에 갈 때나 제사를 지낼 때는 두루마기를 입는 것이 예법이었다. 모시 두루마기가 없는 남편은 여름에도 광목으로 만든 두루마기를 입어야 했다. 그 모습을 볼 때마다 모시 두루마기를 하나 만들어 입히고 싶었는데 드디어 꿈을 이루었다. 두루마기를 만들고 나서도 모시는 절반이나 남아 있었다. '나중에 쓰겠지' 하며 깊숙이 찔러두었다.

아버지가 어쩌다 한 번 입을 두루마기를 만드는 데 무려 열여덟 자의 모시를 썼지만 어머니는 당신을 위한 모시옷은 단 한 벌도 만들지 않았다. 옷 세 벌을 만든 후 어머니는 남은 모시를 간직했다. 30년쯤 지난 후 모시를 꺼내 아버지의 잠방이를 하나 만들고 다시 깊숙한 곳에 넣어두었다. 다시 10년쯤 지나 어머니는 남은 모시로 자식 네 명의 상의를 만들어 나누어주었다. 자식들 중 누구도 그 옷을 입지 못한다. 그 옷에 들어 있는 한과 설움을 잘 알기 때문이다. 어머니는 아직도 다섯 자 남짓한 모시를 가지고 있다. 아마 돌아가실 때까지 그 모시는

다시 인천으로 **231**

그렇게 있을 것이다.

> 어느 날 둘째 큰아버지가 찾아왔다. 둘째 큰아버지는 내가 식모살이를 청산하고 시골로 돌아온 후에도 1년에 한두 번씩 찾아왔다. 둘째 큰아버지는 아버지 무덤을 파묘해서 유골을 화장하자고 했다.

"이제 뼈만 남았으니 화장을 하자. 내가 해주겠다. 석유 세 병하고 새끼줄 한 통만 준비해라. 묻을 때 얕게 묻어서 얼마 지나면 뼈가 드러날 거다. 아들이 없으니 모이 깎아줄 사람도 없지 않느냐? 네가 애비 무덤이 어디에 있는지나 아느냐? 설사 안다 해도 네가 죽으면 누가 무덤을 돌보겠느냐? 그러니 화장을 하자."

그러나 나는 화장하는 것이 싫었다. 둘째 큰아버지도 강요하지는 않았다.

그게 호은 스님의 마지막 방문이었다. 속세의 나이로 칠십을 바라보고 있던 스님은 당신이 다시는 고향을 방문하지 못하리라는 사실을 알았다. 그래서 대가 끊어진 동생의 유골을 화장해 끝을 맺는 것이 고향에서 마지막으로 해야 할 일이라고 여겼을 터다. 그러나 혈육인 어머니의 거부로 스님은 마무리를 할 수 없었다.

스님의 제안이 있은 후 10년쯤 지났을 때 어머니는 후회했다. 당시 서산에서 사업을 하는 친정 조카가 틈틈이 땅을 팔고 있었다. 조상의 무덤이 있는 댕닥골 산은 손을 못 대고 있었지만 어머니에게는 그 산을 파는 것도 시간문제로 보였다.

'아, 그때 둘째 큰아버지가 하자는 대로 했어야 했는데.'

스님의 목탁 소리는 없어도 화장을 하기로 했다. 아버지가 동네 사람들 두 명을 데리고 산으로 갔다. 어머니가 점심 식사를 준비해서 무덤가에 다다르자 유골이 활활 불타고 있었다. 어머니는 통곡을 했다. 무덤을 돌볼 사람이 있나, 제사를 지낼 사람이 있나. 아들로 태어나지 못한 것이 한스러웠다. 게다가 큰집 산이고 큰집에서 가까운 곳이었지만 정작 큰집에서 아무도 나오지 않았다는 사실도 쓰라렸다. '이런 대접을 받으니 일찍 죽을 수밖에…….' 아버지를 생각하며 처음이자 마지막으로 흘린 눈물이었다.

어머니가 스님을 다시 만난 것은 동네 사람들과 함께 수덕사 관광을 갔을 때였다. 사람들이 절 구경을 하는 동안 어머니는 호은 스님을 찾았다. 스님은 절 한쪽 조용한 방에 있었다. 마침 점심 공양 시간이어서 나이 든 보살이 상을 들고 왔다. 상 위에는 곰국이 놓여 있었다. 고기를 안 먹는 절이지만 기력이 쇠한 노스님에게는 고깃국을 대접한다는 사실을 그때 알았다. 스님이 식사하는 모습을 가만히 지켜보다 물러났다. 그게 마지막 만남이었다.

호은 스님은 수덕사에서 1980년 입적했다. 입적했을 때 수덕사에서 우산으로 부고를 보냈기 때문에 아버지 및 권씨 집안사람들 여러 명이 발인 및 다비식에 참석했다. 어머니는 참석하지 않았다. 둘째 큰아버지의 어머니에 대한 사랑은 짝사랑이었다. 어머니는 끝내 둘째 큰아버지의 지극한 사랑을 알지 못했다.

🦋 농사일과 장사로 살림은 조금씩 나아졌다. 나는 동네 사람들을 따라 엽연초 농사를 짓기 시작했다. 엽연초 농사는 참으로 일이 많았다. 모종을 부어 키운 후 옮겨 심고 물도 잘 주어야 했다. 잎을 따 말려야 했는데 잎을 딸 때 끈적끈적한 진액이 몸과 옷에 달라붙었다. 진액은 아무리 닦아도 쉽게 지워지지 않았다.

비와 이슬을 피해 비닐하우스를 짓고 그 안에서 잎을 말렸다. 좋은 황금색을 만들려면 말리는 데에도 정말 많은 정성을 들여야 했다. 힘든 농사였지만 수매를 하면 큰돈을 만질 수 있었다.

그사이 자식들은 하나둘 곁을 떠났다. 큰딸 광순이 제일 먼저 떠났다. 충청도에서 쫓겨 간 동서의 소개로 취직을 했다. 군대를 제대한 큰아들 광하는 제대 후 며칠 쉬고 바로 서울로 올라가 수유리에 있는 사료 공장에 취직했다. 우산에 살던 친정 쪽 친척이 운영하는 회사였는데 광하는 자전거로 사료 배달하는 일을 했다. 그 뒤를 따라 명돈이 서울로 떠났다. 명돈은 서울에 있는 고등학교에 들어가려고 재수를 했다. 막내딸 명순은 국민학교를 졸업하고 광하와 명돈이 자취하는 곳에서 밥을 해주며 야간학교도 다니겠다고 서울로 떠났다. 옆에서 함께 농사를 짓고 나무를 해오던 둘째 아들 광돈도 영장이 나와 군에 입대했다.

광돈이가 군대를 갈 때 나는 참으로 많이 울었다. 광돈은 잠시도 놀려고 하지 않았다. 밭에서 일하고, 산에 가서 나무하고, 밤에는 가마니를 쳤다. 집에 바쁜 일이 없으면 사방 공사를 하는 곳이나 간척 사업을 하는 곳에 가서 일하고 밀가루를 받아 왔다. 참으로 보기에 가슴 아프도록 일을 했다. 식성도 좋았는데 잘 먹이지를 못했다. 먹이지도 못하며 일만 시키는 것 같아 가슴이 미어졌다.

어머니는 둘째 아들을 크게 사랑하고 신뢰했다. 이러한 애정은 앞서 말했듯이 광돈 형과 살을 맞대면서부터 시작되었지만 그것만이 전부는 아니었다. 광돈 형은 세 아들 중 어머니를 가장 많이 닮았다. 몸매가 다부졌고 일도 잘했다. 반면 광하 형이나 나는 호리호리했고 일도 못했다. 광돈 형이 일할 때마다 흐뭇하게 바라보던 어머니는 내가 일할 때면 무언가 불안스러운 눈빛을 보였다. 광하 형이나 내가 광돈 형보다 나은 게 있었다면 오직 공부였다. 광하 형은 국민학교와 중학교에서 1등을 놓친 적이 없었다. 천재 소리를 들었다. 나는 1등은 못 했다. 어쩌다 할 때도 있었지만 1등은 내 자리가 아니었다. 다섯 손가락 안, 그게 내 자리였다. 광하 형이나 나는 때마다 상장을 받았다. 광돈 형도 꽤 많은 상장을 받았지만 우리 둘을 따르지는 못했다. 머리가 나쁘거나 공부를 못하는 사람은 결코 아니었지만 둘 사이에 끼여 빛을 낼 수 없었다. 운도 따르지 못했다. 광하 형이 국민학교를 졸업한 1958년은 우리 가족에게 정말 암울한 때였다. 비록 천재로 소문난 형이지만 중학 진학은 꿈도 꿀 수 없었다. 이때 마침 피란 나와 서산읍 향교골에 정착하고 있었던 고모부가 형을 불렀다. "우리도 하루 벌어 하루 먹는 신세지만 조카를 중학 보내 황해도에서 진 신세를 갚겠다"며 형을 서산중학교에 입학시켰다. 나 역시 운이 따랐다. 내가 초등학교를 졸업하던 1966년, 면사무소 위에 사립중학교가 설립되고 1회 신입생을 모집했다. 평소 중학교 설립을 희망해오던 지역 유지들은 이를 환영했다. 지역 유지 중 한 사람인 아버지도 나를 그 중학교에 보내 환영의 뜻을 표해야 했다. 불행히도 광돈 형의 경우에는 그런 운이 따르지 않았다. 그래서 아들 중에는 유일하게 국민학교 졸업이 정규 교육의 끝이었다. 광돈 형도 중학교를 가고 싶어 했다. 용돈을 모아 중학교 교복을 한 벌 사서 벽에 걸어두고 틈틈이 입어보며 먼지를 털어냈다. 그러나 그 옷은 뒤에 내 것이 되었다. 중학교에 들어가며 그 교복을 입게 되었을 때 몇 년 동안 형이 아껴온 교복임을 잘 알고 있었으므로 형에게 미안한 마음이 들어 좀처럼 입기가 어려웠다.

어머니는 광돈 형을 볼 때마다 다른 아들들에 비해 가르치지도 못하고 일만 부려먹었다는 죄책감이 들었다. 동시에 함께 농사를 지으며 든든한 버팀목이 되어온 것에 대한 고마움도 있었다. 이는 다른 아들들에게 느끼는 감정과는 완전히 달랐다. 어찌 보면 어머니의 옆에는 아버지가 아닌 광돈 형이 있었는지도 모르겠다. 아버지는 지주가 되어주지 못했지만 광돈 형은 튼튼한 지주였다.

🦋 광돈이가 입대를 하자 회실 집에는 시어머니, 남편 그리고 나 이렇게 셋만 남았다. 애들로 시끌벅적하던 집이었는데 모두 떠나고 나니 참으로 적막했다. 새끼가 자라면 부모 새가 둥지를 버리듯이 남편은 우리도 둥지인 회실을 떠날 때가 되었다고 생각했다. 피란 나와 회실에 산 지도 18년이 지났다. 남편은 밭 옆의 야산에 새집을 짓기로 했다. 그 산도 회실을 소유한 인규의 땅이었다. 인규는 환영했다. 자신에게는 회실이라는 재산을 활용할 수 있는 기회였고 대부, 대모에게는 완전한 자립의 신호였다.

마침 인사차 우산에 사는 딸의 집을 찾아온 한 지관이 있었는데 그는 꽤 이름이 알려진 사람이었다. 남편은 그에게 집터를 잡아달라고 부탁했다. 그가 와서 위치와 방향을 잡아주었다. 야산이 낮았기 때문에 지관은 지붕이 능선 위로 솟지 않게 아래쪽에 땅을 파고 집을 짓도록 당부했다. 대지가 확정되었다. 160평이었다. 땅값을 치르기 위해서 서방님에게 장례로 빌려주었던 쌀을 돌려받았다.

딱 맞았다.

바로 공사가 시작되었다. 내 집을 갖는 일은 무척 의미 있는 일이었다. 남편이 집을 짓는다는 소문에 자원봉사자와 기증자가 줄을 이었다. 동네 노인 여러 명이 터를 팔 때부터 집짓기가 끝날 때까지 돈을 받지 않고 일을 해주었다. 가래질을 해서 터 파기, 기둥이 세워진 후 새끼줄로 싸리를 엮어 벽체를 만들고 거기에 짚을 이긴 황토를 발라 벽 만들기, 구들 놓기, 황토 바닥 깔기 등 품이 많이 드는 일 모두 이 어르신들이 해주었다. 기둥은 밭둑에 심은 이탈리아 포플러를 베어 썼다. 심은 지 7년밖에 안 된 나무였지만 워낙 성장이 빠른 나무라서 큰 것은 직경이 한 자나 되었다. 그러나 포플러는 약해서 큰 힘을 받는 위치에는 쓸 수 없었다. 또 포플러 기둥의 수도 많지 않았다. 이때 봉성리에 사는 남편의 친구가 소가 끄는 달구지에 기둥으로 쓸 만한 나무를 가득 싣고 찾아왔다. 소나무였다. 대들보로 쓸 수 있을 만큼 굵은 재목도 있었다. 기와는 태안에서 기와를 만들어 파는 남편의 황해도 친구가 가져왔다. "네가 집을 지으면 기와는 내가 준다"고 공언해왔던 사람이었다. 그냥 받을 수 없다고 남편이 돈을 주었지만 끝내 받지 않고 떠났다. 나중에 그를 만난 남편이 고집을 부리니 "그럼 트럭 비용만 내라"고 해서 그것만 주었다고 한다. 그가 준 기와는 바닷모래로 찍어서 구은 것이었다. 흰색의 단단한 기와는 세찬 비바람에도 끄떡하지 않을 듯 다부져 보였다. 구들장은 동네 청년들이 자모산에 가서 돌을 쪼개 지게로 져 왔다. 이렇게 집을 지었으니 돈을 주고 산 재료는 못이나 문고리 등에 불과했다. 목수와 일꾼 품삯만 가지고 집을 지은 셈이다.

상량식은 동네 잔치였다. 마을 사람들이 모두 몰려들었다. 시루떡을 넉넉하게 했지만 사람이 많아 바닥이 났다. 그날 목수는 시루떡을 집에 가져가지 못했는데 목수댁이 "상량떡 못 먹어 보기는 처음"이라고 투정했다고 했다.

집이 완성된 후 이사를 했다. 이삿짐이라고 할 것도 없었다. 약간의 옷가지, 이불, 자개장, 옷장, 그릇, 장독이 전부였다. 어떻게 이사했는지 기억도 나지 않을 정도로 이사는 간단했.

이사를 마치고 저녁을 짓기 위해 부엌으로 들어갔다. 방바닥을 말리려고 여러 날 군불을 때었기 때문에 아궁이 바닥에는 재가 깔려 있었다. 가마솥 뚜껑을 열어보았다. 물이 얼마 없었다. 양동이를 들고 부엌을 나섰다. 펌프질을 해서 물을 폈다. 새로 판 우물은 깊이가 불과 스물세 자였지만 물은 맑고 따뜻했다. 한참을 퍼내도 깨끗한 물이 계속 흘러나오는 샘이었다. 우물을 판 사람들은 차돌 사이로 물이 솟아오른다고 말했다. 피란 후 논에 있는 못에서 물을 길어다 먹었던 지난 세월이 떠올랐다. 물뱀이 헤엄치는 못이었다. 5·16 이후 공동 우물 개량 사업으로 우물을 팠지만 그 우물도 논 옆에 있어 사실 논물이나 다

름없었다. 무거운 물통을 물지게로 지고 언덕을 올라오
느라 고생했던 추억도 떠올랐다. 겨울에는 눈을 치워도
언덕길이 미끄러워 종종 넘어졌고 그때마다 물통은 떼굴
떼굴 굴러 내려갔다. 그 때문에 물통은 찌그러지기도, 충
격으로 틈이 생겨 여기저기서 물이 새기도 했다. 그런데
이제는 부엌에서 열 발짝만 걸으면 맑은 물이 있었다.

양동이에 물을 담아 부엌으로 돌아왔다. 가마솥에 물을
붓고 불을 피웠다. 연기와 불이 빨려가듯 고래로 들어갔
다. 회실 집에서 불을 때며 울었던 생각을 하며 공연히 눈
가를 훔쳤다.

회실은 지대가 높았다. 동서남북 어디에도 바람을 막아
줄 것이 없었다. 그래서인지 바람이 불면 불이 잘 타지 않
았다. 불과 연기가 부엌으로 나왔다. 속이 빈 참죽나무로
굴뚝을 높이 세워놓아도 별 도움이 되지 않았다. 속수무
책이었다. 울면서 부엌일을 하는 수밖에 없었다.

나는 모처럼 쌀독을 열고 아끼던 쌀을 꺼냈다. 보리쌀
은 넣지 않고 밥을 지었다. 이사하고 잠깐 짬이 나는 동안
밭에서 캔 달래 한 줌을 뚝배기에 넣고 된장을 푼 다음 아
궁이의 불 위에 올려놓았다. 밥이 뜸 들자 상을 차려 안방
으로 들어갔다. 밖은 아직 환했지만 방 안은 어둑어둑했
다. 그러나 아직 등잔불을 켤 때는 아니었다. 시어머니와
남편은 어렴풋 보이는 하얀 쌀밥에 놀랐다. 하지만 내 속
뜻을 알고 그저 빙그레 웃었다. 수저를 들며 시어머니가

말했다.

"이럴 때 손주들이 좀 있었으면 좋겠다."

"그렇군요."

남편 역시 아쉽다는 듯이 대답했다.

저녁상을 물리자 시어머니가 나를 쳐다보며 말했다.

"다 네 덕분이다. 고맙다. 이제 모든 것을 이루었으니 나는 죽어도 한이 없다. 아니다. 이런 좋은 집에서 3년만 더 살다 죽었으면 좋겠다."

사위가 고요해졌다. 시어머니의 말에 가슴이 욱신거리더니 어느새 눈가에 방울이 졌다.

| 나가는 글 |

  집을 짓고 이사한 날 "이런 좋은 집에서 3년만 더 살다 죽었으면 좋겠다"고 말했던 할머니는 불과 1년 반 만인 1972년 11월에 세상을 떠났다. 그해 봄에 집에 전기가 들어왔다. 밤을 낮처럼 밝히는 세상을 경험하며 할머니는 3년만 더 살았으면 좋겠다는 말을 거듭했지만 하늘은 할머니의 소원을 들어주지 않았다.

  아버지는 2001년 5월에 숨을 거두었다. 새집을 지은 후에는 아버지에게 추문이 일지 않았고 그래서 어머니는 더 이상 아버지의 여자 문제로 고통받지 않았다. 그러나 어머니는 아버지 때문에 큰 경제적 고통을 한차례 더 겪어야 했다.

  민통선 북쪽에 경작이 허용되자 사리원 출신의 아버지 친구가 찾아왔다. 파주 장파리에 소재한 농지의 경작을 허가받았다며 함께 농사를 짓자고 아버지에게 제안했다. 농사일도 싫어하고 농사짓는 기술도 없는, 이미 육십이 머지않은 아버지가 어떻게 해서 그런 험한 동업을 받아들였는지는 모르겠으나 어쨌든 두 사람은 동업을 하기로 했다. 아버지는 농협에 가서 비료, 비닐, 종자 등 농사에 필요한 것들을 전부 외상으로 구입해 트럭에 싣고 파주로 갔다. 어머니 몰래 쌀 다섯 가마의 장례도 얻었다. 결과는 예상대로였다. 소식이 없던 아버지는 늦가을에 모습을 비추었다. 그때의 아버지 모습을 어머니는 이렇게 표현했다.

"쌔~카맣게, 삐~쩍 말라가지고…… 그럴 때 보면 네 애비는 참 웬수야, 웬수!"

어머니가 그 빚을 모두 갚는 데는 5년이 걸렸다. 이처럼 아버지는 가끔 어머니의 원수가 되기도 했지만 그런 때를 제외하면 다정하게 살았다. 아버지는 말년에 종종 호스피스 병동에 입원하곤 했는데 그때에도 어머니는 간병인을 못 쓰게 했다. "내가 멀쩡한데 왜 아버지를 간병인에게 맡기느냐?"고 하면서 보호자 간이침대에서 잠을 자며 아버지를 간호했다. 주말이 되면 자식들이 당번을 서며 어머니가 외출할 수 있게 했는데 어머니는 병원을 떠난 지 몇 시간 만에 다시 병원으로 돌아가고 싶어 했다. 자식들이 입원비를 부담하는 것도 싫어했다. "우리가 가진 돈이 있는데 왜 자식들 신세 지느냐?"고 말하곤 했다. 그 당시 부모님이 저축한 돈은 2,000만 원 가까이 되었다. 한때는 4,000만 원쯤 되었지만 입식立式 부엌을 만들며 집을 크게 고칠 때 비용의 절반을 부담하면서 많이 줄었다. 내가 아버지를 입원시키기 위해 집에 들르면 어머니는 꼭 농협에서 돈을 찾았다.

어머니는 젊은 날의 원수였던 아버지를 그리워한다.

"속상한 일도 많았지만 그래도 네 애비는 괜찮은 사람이다. 다시 결혼한다고 해도 네 애비와 결혼할 거다."

이런 말을 하는 여인과 짝이 된 아버지는 행복한 사람이다.

큰아들 광하 형은 1969년에 서울시 5급 을乙(현재의 9급) 공무원 시험에 합격했다. 낮에는 사료를 배달하고 밤에는 공장 숙직실에서 시험공부를 했다. 그해 동사무소 근무를 시작해서 2003년 정년퇴직했다. 9급 서기보로 시작해서 4급 서기관으로 퇴임했으니 광하 형의 우수함과 노력은 공무원 세계에서도 인정을 받은 셈이다. 형은 공무원 생활을 하면서 학업도 계속했다. 방송통신고등학교, 야간대학을 거쳐 대학원에서 행정학 석사 학위를 받았다. 어깨에 노란 띠를 두른 학위 기념사진은 어머니의 집에 들어서면 맨 먼저 눈에 뜨인다. 광순 누나는 결혼해서 1남 1녀를 두었다. 광돈 형은 군대를 제대하고 1년 동안 집에 머물다 서울로 올라와 진도모피를 다녔다. 외환 위기가 일어났을 때 실직하고 그 후 부동산 중개업을 하고 있다. 여동생 명순은 서울에 와 재건중학교를 다니며 학업을 계속했다.

고등학교를 졸업하고는 고향으로 내려가 지역에 있는 재건중학교에서 한동안 교사 생활을 했다. 그 후 서울시 공무원이 되어 동사무소와 구청에서 근무하다 서른한 살에 폐암으로 사망했다. 사망 전 성당을 다니고 있었기 때문에 성당에서 장례를 주관해주었다. 포천에 있는 천주교 묘원에 묻었다. 성당 사람들이 막내딸의 장례에 정성을 다하는 것을 본 아버지와 어머니는 성당에 나가기로 했다. 그러나 어머니는 망설였다. 절에 다니지는 않았지만 둘째 큰외할아버지가 승려였기 때문에 심정적으로는 불교 신도였다. 어머니는 나에게 물었다.

"성당에 나가도 된다니?"

나는 성당이나 절이나 다를 바가 없으니 아무 걱정할 것이 없다고 어머니를 격려했다. 그때부터 부모님의 종교는 천주교가 되었다.

끝으로 어머니의 발에 대해 말하겠다. 어머니가 상경했을 때, 예전 어머니에게 인조 관절 수술을 해주었던 분당의 한 병원을 함께 찾았다. 의사는 발을 살펴보았다. 나도 발을 보며 내 의식을 주시했다. '흉하다' '역겹다'는 생각은 일지 않았다. 일주일 남짓한 정화 작업이지만 많이 정화된 것이 틀림없었다.

의사는 엑스레이 필름을 보며 소견을 말했다.

"이 상태로 그대로 놔두면 엄지발가락이나 둘째 발가락이 빠집니다. 그런데 할머니의 경우에는 엄지가 빠지고 있습니다. 이미 이만큼 빠져 있는 겁니다."

의사는 엄지손가락과 집게손가락을 5센티미터쯤 벌려 보였다. 나는 물었다.

"수술하면 어떻게 되나요?"

"엄지를 고정시키기 때문에 관절을 쓰지 못합니다. 처음에는 불편하겠지만 점차 익숙해질 겁니다."

"입원은 얼마나 합니까?"

"3일 입원해야 합니다. 그 후 한 달 정도는 깁스를 하고 있어야 합니다."

어머니가 물었다.

"돈은 얼마나 든대요?"

의사는 난처해했다.

"저는 모릅니다. 상담사에게 얘기해놓을 테니 그 사람에게 들으십시오."

우리는 상담사를 만났다. 60만 원이 든다고 했다. 눈빛으로 보니 어머니는 다소 안심한 듯했다. 우리는 일주일 후로 수술 날짜를 잡았다. 그리고 다음 날 와서 피 검사를 하기로 했다. 그러나 어머니는 피 검사를 하러 가지 않았다. 그날 밤 둘째 아들 집으로 간 어머니에게 며느리는 충고했다.

"어머니, 제가 아는 사람이 새끼발가락 수술을 받았는데요. 수술 후에 걷지도 못해요. 그러니 좀 불편해도 그냥 사세요. 새끼발가락도 그런데 엄지발가락 잘못되면 큰일 아니에요?"